雨花忠魂 雨花英烈系列纪实文学

生死赴硝烟

夏雨初烈士传

吴万群 著

江苏凤凰文艺出版社

图书在版编目（CIP）数据

生死赴硝烟：夏雨初烈士传/吴万群著. -- 南京：
江苏凤凰文艺出版社，2020.11
（雨花忠魂.雨花英烈系列纪实文学）
ISBN 978-7-5594-5098-2

Ⅰ.①生… Ⅱ.①吴… Ⅲ.①纪实文学-中国-当代
Ⅳ.①I25

中国版本图书馆CIP数据核字(2020)第153693号

生死赴硝烟：夏雨初烈士传

吴万群 著

出 版 人	张在健
责任编辑	高竹君　傅一岑
封面设计	马海云
责任印制	刘 巍
出版发行	江苏凤凰文艺出版社
	南京市中央路165号，邮编：210009
网　　址	http://www.jswenyi.com
印　　刷	南京新洲印刷有限公司
开　　本	880毫米×1230毫米　1/32
印　　张	7.375
字　　数	194千字
版　　次	2020年11月第1版
印　　次	2020年11月第1次印刷
书　　号	ISBN 978-7-5594-5098-2
定　　价	32.00元

江苏凤凰文艺版图书凡印刷、装订错误，可向出版社调换，联系电话025-83280257

"雨花忠魂·雨花英烈系列纪实文学"丛书编委会名单

张爱军　徐　宁　邢光龙

万建清　范小青　汪兴国

贾梦玮　高　民　邵峰科

万里长空且为忠魂舞

中共江苏省委书记 娄勤俭

天地英雄气，千秋尚凛然。雨花台，这片深深浸染着英烈鲜血的山岗，曾见证了几代仁人志士信仰至上、慨然担当的英雄壮举，也铭记着无数革命先烈舍身为民、矢志兴邦的不朽事迹。在这里，彪炳日月、名垂青史的革命烈士就有1519人；也是在这里，还有更多鲜为人知的英烈故事，无法铭刻于碑文，没有见诸史册，像一粒粒晶莹的雨花石，深埋在雨花台殷红的泥土里。理想之光不灭，信念之光不灭。英烈们的背影虽然早已远逝，但他们的集体"影像"已定格在永恒的瞬间，那就是义无反顾、慷慨赴死，前赴后继、为国捐躯，用热血和生命铸就了信仰丰碑，在血与火的洗礼中撑起了民族脊梁，谱写出一部又一部壮怀激烈、气吞山河的"英雄交响曲"。

英雄是旗帜，革命英雄是民族的共同记忆。习近平总书记指出："对中华民族的英雄，要心怀崇敬，浓墨重彩记录英雄、塑造英雄，让英雄在文艺作品中得到传扬，引导人民树立正确的历史观、民族观、国家观、文化观。"为缅怀英烈伟绩、弘扬崇高风范，培育和践行社会主义核心价值观，培养爱国主义、集体主义精神和社会主义道德风尚，江苏省委宣传部、江苏省作家协会组织创作了《雨花忠魂·雨花英烈系列纪实文学》丛书，以文字、文学、文化的形式，讲述英烈的感人故事，表现英烈的高尚情操，诠释英烈的不朽精神。这一个个闪亮耀眼的名字，如同一座座高耸入云的丰碑，始终矗立在一代代共产党人的灵魂深处。这套丛书，为更好地传承弘扬"雨花英烈精神"提供了生动教材，也为教育党员干部走进历史、追寻英烈，激励党员干部不忘初心、牢记使命，永葆革命本色提供了精神之"钙"。

英烈风骨犹存、感召后人；历史启迪心灵、照亮未来。牺牲在雨花台的我党早期领导人恽代英曾说："我们吃尽苦中苦，而我们的后一代则可以享到福中福。为了最崇高的理想——共产主义，我们是舍得付出一切代价的。"可以告慰雨花英烈的是，经过七十余年的不懈奋斗，近代以后久经磨难的中华民族，迎来了从站起来、富起来到强起来的伟大飞跃，一幅国家富强、人民幸福、民族复兴的壮美图景正在祖国大地上全面展开。

与伟大祖国历史进程同步伐，江苏发展站到了新的起点上。深入贯彻习近平新时代中国特色社会主义思想，努力把习近平总书记为我们描绘的"强富美高"新江苏蓝图化为美好现实，推动高质量发展走在前列，迫切需要我们传承红色基因，用好红色资源，学习雨花英烈的崇高理想信念、高尚道德情操和为民牺牲的大无畏精神，不忘初心，砥砺前行。我们缅怀革命先烈，就要从前辈先贤身上汲取养分和力量，让他们曾经的牺牲和付出，成为今天前进的动力源泉，砥砺我们以永不懈怠的精神状态推进改革再深入、实践再创新、工作再抓实;我们讴歌革命先烈,就要用"雨花英烈精神",激励全省人民更加主动担当新使命,意气风发创造新未来,不断开辟新时代中国特色社会主义在江苏实践的新境界。这,正是我们对革命先烈最好的礼敬与告慰。

沧海横流,英雄显本色;落花如雨,正气贯长虹。"万里长空且为忠魂舞","雨花英烈精神"必将长留在时光的长河和人民的记忆中。

是为序。

目 录

001　第一章　英俊少年初长成
016　第二章　大志胸怀高云天
031　第三章　热血青年当自强
044　第四章　秦晋之好传佳话
054　第五章　江城学运露锋芒
069　第六章　北京求学跟党走
079　第七章　党的嘱托记心间
091　第八章　信仰坚定如磐石
110　第九章　郎川河畔播火种
123　第十章　赤心为党献忠诚
141　第十一章　面对劲敌剑出鞘
152　第十二章　于无声处建奇功
167　第十三章　金陵古都见丹心
190　第十四章　我以我血荐轩辕
203　第十五章　碧血雨花气若虹
211　第十六章　热泪盈眶祭英魂
219　后记
224　参考文献

第一章
英俊少年初长成

1906年冬。

皖南郎溪境内,一场鹅毛大雪从昏暗的天空中纷纷扬扬地飘落下来。霎时间,道路、村庄、山野,全被大雪笼罩,白茫茫一片,望不到边。

郎溪毕桥镇偏东北,有个村落叫蒋顾村,这场大雪好像有意和他们过不去,下了一天一夜也无停下的迹象。

大荒年又遇到大暴雪,穷苦人家遭受霜打雪侵。

1. "我长大了也要精忠报国"

这场大暴雪，对于蒋顾村夏氏的一个女主人来说，"屋漏偏逢连夜雨，船迟又遇打头风"。原来她的丈夫夏开源在这场大暴雪之前，不幸英年早逝。

夏开源祖籍湖北长阳花龙桥，其父夏宏度是一位清末进士，应朝廷张榜招垦，夏开源随其父"一担稻箩下江南"，迁徙来到郎溪。迁居初期，他们同大多数逃荒者一样，挤住在南漪湖畔的茅草棚里。南漪湖水产资源颇为丰富，一家人也是"靠湖吃湖"——通过捕鱼捉虾，生存下来。后来，凭着"勤是摇钱树，俭是聚宝盆"的生活信条，经过两代人的省吃俭用和艰苦奋斗，才在蒋顾村的溪北购买了一幢蒋氏的旧住宅，得以安居。

大凡经商之人，总想把生意做大做强，夏开源也不例外，他并不满足。当他看到当地的航运区位优势，便开启了以渔船载货的生意。由于夏开源能说会道，加之路子宽点子多，财源滚滚而来。有了大把大把的钱之后，他又在村溪北建造了一排三幢二楼二底的高门深宅，并购买了太平天国战乱后荒芜下来的一百多亩田地。

夏开源的生意越做越大，很快就做到了郎溪县城。为了在城里扩展夏氏基业，雄心勃勃的夏开源，既建楼房又开门市，令同行和街坊赞叹不已。

然而，天有不测风云。夏开源积劳成疾，一场重病倒下就再也没爬起来，年仅三十七岁就撒手西去。

此时，他的小儿子夏雨初只有三岁。

风在吼，雪在飘。蒋顾村已经被白雪覆盖了一层又一层。在夏氏的心里，对这场雪还有另一种寄托，空中飘舞的雪花就是她对丈夫夏开源最隆重的哀悼；在大儿子夏雨人、二儿子夏雨之、小儿子夏雨初的眼里，唯有这场纷纷扬扬的大雪才能表达他们对父亲的一片哀思。

"妈妈，门前冷，回屋吧。"母亲情绪低落，夏雨人心疼，上前劝她进屋。

小雨初也走过去拉着妈妈的手进屋。

小雨初长得胖乎乎的，十分聪明伶俐。夏开源在世时，视小雨初为掌上一宝，他更是深得母亲的疼爱。

夏母也姓夏，娘家宣城人。因为家境穷困潦倒，从小到大不被父母娇惯，就连名字也没给她取。但女大十八变，她越变越漂亮，人前亭亭玉立，结果被夏开源一眼相中。十七岁的美人嫁给十九岁的男儿。从此，夏开源在外把生意做得风生水起，夏氏在家把日子打理得井井有条，蒋顾村人都夸她是个贤妻良母。

眼下，丈夫英年早逝，孩子的祖父祖母年事已高。此时此刻，她意识到今后要与长子雨人共同支撑这个三世同堂的家了。

年轻丧夫，是人生一大悲剧。但作为三个孩子妈妈的她，没有被这突如其来的厄运吓倒压倒，而是下定决心把这三个孩子培养成人，特别是要把夏雨初培养得像他父亲和他大哥一样优秀。

"妈妈，您给我们讲个故事吧！"雨人为了消除母亲的悲哀思绪，带着雨之、雨初要求母亲讲故事。这些年，他们没少听母亲讲故事。母亲肚里的故事多得很，兄弟三个从来听不够。在他们心里，母亲就是蒋顾村的"说书人"。

小雨初机灵，为妈妈搬来小板凳。妈妈搂过小雨初，雨人、雨之在妈妈身边坐下。妈妈不紧不慢地说："大雪天，那我就给你们讲个下雪的故事。"雨人带头说好，小雨初拍着巴掌也跟着喊好。

妈妈思考了一小会儿，给他们讲了个下雪的故事——

很早很早以前，玉帝驾云巡视各地。每到一处，都看见在地里劳作营生的百姓累弯了腰，但到头来却总是吃糠咽菜食不果腹。玉帝见此长长地叹了一口气。从那以后，出于对普天下百姓的关爱，每到冬天最寒冷的时候，他便对掌管粮食的天神下令："把下大雪改成下白面！"这一变，乐坏了普天下的老百姓，只要到院子里装上十几口袋白面，全家人就再也不愁没饭吃了。

不知过了多少年，人们慢慢地变懒了。有户人家有个儿子懒得出奇，还埋怨母亲说："妈，白面馍、白面条不香且不说，这吃饭还要拿筷端碗，真的累死人。"母亲听了十分生气，但又无可奈何，只是不住地叹气。一天，母亲要出远门走亲戚，对儿子的吃饭不由犯起愁来，最后她还是想出了一个办法。她把儿子叫到跟前，拿出一张长六尺宽五尺，像被子一样大小的油烙饼，说："儿呀，妈要出门好几天，这是给你预备的吃的，你可以坐着吃，累了就躺着吃，千万别饿着啊！"说罢，母亲就出门去了。几天后，母亲回来了。她推门一看，儿子盖着那张油烙饼在炕上躺着一动也不动。她边推边喊："儿呀，快醒醒，妈回来了。"不想儿子却一声不吭，再上前仔细一瞧，儿子眼瞪了，腿也硬了，早就断了气。他身上盖着的油烙饼，仅把挨嘴的地方咬掉了。母亲呼天抢地地哭了起来："儿呀！儿呀！想不到你盖着油烙饼也被饿死了呀？！"

母亲悲伤的哭声惊动了玉帝，玉帝拨开云头向下一看，不禁勃然大怒："这样的人，饿死活该。唉！这全是朕过于恩赐的恶果啊！"

但是，众神仙仍小心劝说："玉帝大人勿怒，这也许是人间个况，待查清楚后再处置吧。"玉帝听后觉得在理，便立即指派一神仙下界视察。这位神仙下界来到一户人家，正好碰到这家人在吃晚饭。女主人一只手抱着婴儿，一只手拿着筷子吃饭，吃着吃着，孩子尿了，女主人只好放下筷子，随手从桌上抽了一张白面饼，把它当尿布给孩子换上了。啊？这个神仙目瞪口呆：人间怎么会这样？

该神仙回到天庭把在人间视察到的情景如实报告给玉帝，玉帝听后怒不可遏："朕可怜下界的人们到了冬天不好过，才指令下白面来解救他们，谁知他们如此不惜福。"于是，一气之下，玉帝又重新下了一条指令，把冬天下白面又改成了下白雪，以此惩罚人间肆意糟蹋粮食的行为。

这个故事很精彩，兄弟三个好喜欢。

夏母讲这个故事，就是教育三个孩子：任何时候都要爱惜粮食。

雨人已经十九岁，深知母亲的良苦用心，立即表态："妈妈，父亲不在了，我们一定听话，好好爱惜每一粒粮食。"

夏母点点头，然后叹息道："唉，这大雪天还不知有多少人家揭不开锅呢。"

小雨初搂着母亲的脖子说："妈妈，神仙不下白面了，那我们给村上的穷人送吃的吧，好不好？"

"好，好孩子，真懂事。"夏母话锋一转，"雨人、雨之，你俩去内屋拿点粮食出来，去救济村上那些已经吃了上顿没下顿的人家，要不这大雪天真会饿死人的。"

雨人、雨之听了母亲的话，进内屋各装了半口袋米。小雨初跟在两个哥哥的身后也要出去送米。夏母说："这是大孩子的事，你人小干不了，等你长大了，妈妈让你去。"

母亲的话在理，小雨初只好答应。

雨人、雨之背着米顶风冒雪走出了家门。他俩已经走出去老远了，夏母仍站在门前大声喊道："你们父亲下葬的时候，村里人都帮了大忙，顺便谢谢人家啊！"

"大哥二哥，一定要好好谢谢人家啊！"

小雨初的声音随着母亲的声音在大雪纷飞的天空中回荡……

蒋顾村虽说是个偏僻的小村落，但在当地还算得上有点名气。一条小溪从村东的明月塘逶迤地横穿村境，将蒋顾村一分为四，即溪东、溪南、溪西、溪北。溪东、溪南居户全是蒋家大姓，溪西为顾家小姓，溪北则为外地迁入的杂姓混居。溪东、溪南为这个村的气派热闹之处，几十户蒋家大姓几乎户户为灰砖青瓦的高门深宅，还建有蒋氏宗祠、祠山庙，另有一座土戏台，杂货铺、猪肉铺散落其间。

大雪之后的蒋顾村，变得干净利落多了，也热闹多了。干净，因大雪融化后的冲洗；热闹，因离1907年的新年越来越近了。

过年是乡下人最期盼的盛大节日，因为热闹，有好吃的，还能走亲访友，当然还有一些人好那一口——小赌一把。

夏家和村上的蒋家、顾家等人家一样,早早便开始盘算"今年这个年怎么过"。夏母想,丈夫虽然过世了,全家失去了顶梁柱,但这个年无论如何也要过好,不为别的,得让三个孩子从失去父亲的阴影中走出来。

蒋顾村过年是很讲究的,夏母忙得不亦乐乎。二十三送灶,二十四过小年,二十五做糖,二十六置办年货,二十八洗澡,二十九炸圆子。年三十是过年中最忙的一天,夏母一早起来就把腌制好的咸鹅、猪肉、猪头等拿出来,统统洗干净一起放到锅里煮,同时准备些公鸡、鲤鱼等荤菜。猪头煮好后,她让雨人将猪头、公鸡、鲤鱼用盘盛好,再携带些香烛纸炮,到村边土地庙去祭土地神,祈求来年五谷丰登,全家和睦安康。祭祀完土地神,再把猪头、鲤鱼、公鸡捧回家,好做一桌丰盛的年夜饭。这是当地人的风俗习惯,夏家不会无缘无故地违反。

但是,到了下午贴春联时,夏母遇到了棘手事——不能贴红春联了。以前,每到过年贴春联,都是夏开源带着大儿子雨人把家里大门、堂屋(客屋)、房门(卧室)以及厨房等贴个遍。雨人记得很清楚,去年大门贴的春联是:"门对青山龙虎地 户纳绿水凤凰池。"如今父亲撒手西归,全家所有的门均免贴红春联,只有大门头一年贴上"X"形的烧纸作为标志,以示全家人的悼念。夏母强忍悲痛,恰被小雨初瞧见:"妈妈,你的眼睛红了。"雨人立即走过来解围,对小雨初说:"哥带你去挂中堂好不好?"小雨初拍着小手说:"好!好!"挂中堂,其实就是挂祖宗牌位——"祖宗昭穆神位",六个大字挂在神台中央,两边再挂一副陪对。"祖宗昭穆"是什么意思呢?"祖宗",即指历代祖宗。"昭穆",即左为昭,右为穆,是古代区分辈分、亲疏的宗法制度。始祖辈分最高,其中的二、四、六世居左,叫昭;三、五、七世居右,叫穆。过年莫忘敬(祭)祖,祈求祖宗保佑岁岁平安、年年丰收。

再接下来,吃年夜饭,放鞭炮,守岁,拿压岁钱……这一切的一切，小小的雨初全看在眼里，笑在脸上。

大年初一、初二、初三、初四，蒋顾村好不热闹……

正月初五迎财神，是个大吉大利的好日子。这天一早，夏母带着三个儿子来到郎溪县城的商铺，放鞭炮，烧高香，迎财神。然后，雨人留在县城带着伙计经商，夏母领着雨之、雨初回蒋顾村守好家园。

这个年过得很圆满，夏母甚是满意开心，是的，孩子高兴她当然高兴。她在心里想，春节之后便是春暖花开，家中一切都会好起来的。

一晃两年过去了。

1909年的春天来了！

蒋顾村的春天特别有个性，池塘边的柳树梳起了长长的辫子，家前屋后的桃花红得像一团火，土戏台旁边的水池里有一只青蛙蹲在荷叶上，一群小蝌蚪在水里游来游去到处找妈妈，燕子陆陆续续飞回来，忙着打扮自己的"小金屋"。

春到农家万象新。

这个春天，小雨初该上学读书了。让夏雨初进学堂读书，是夏开源生前的再三嘱咐。夏母则希望夏雨初通过念书识字，将来成大器，光宗耀祖。

溪南的私塾设在蒋氏宗祠内，这是村里孩子唯一的学堂。

这天晚上，煤油灯下坐着母子二人。夏母忙着缝制书包，小雨初在学画画。

"雨初，明天送你上学堂，跟着老先生识字，一定不要起晚了。"

"妈，你都说好几遍了，我不会忘掉的。"

"雨初，你在画什么呀？"

"妈，我画的是村上的土戏台。"

夏母探过身子看了看，夸奖道："画得真好看，雨初好聪明。"

小雨初听了夸奖，抬头向母亲微微一笑。

这一夜，夏母高兴得没有睡好，天蒙蒙亮就起床为小雨初做饭。

小雨初没有贪睡,妈妈一喊就起来了。吃过早饭,太阳出来了,他背着小书包,跑在妈妈前面,向蒋氏宗祠奔过去。

私塾先生是蒋氏家族的一位老学究,高鼻梁上架着一副眼镜,文气冲天。

小雨初很懂礼貌,进门就向蒋老先生鞠了一躬。蒋老先生说:"最近,这孩子到门上张望过好几次了,我认识他。"

夏母听了满心欢喜:"雨初,向老先生报个姓名。要听老先生的话,好好念书。"

"先生,我叫夏雨初,是溪北的。"

"好啊,那你就坐前排吧。"

小雨初向四周瞧瞧,没有坐在前排,而是拿着书包坐到了最后一排。

蒋老先生问他为什么要坐在后排,小雨初站起来回答说:"我是高个子,就该坐后排。"

蒋老先生满意地点点头,在夏母面前夸奖道:"是个好孩子,将来肯定有出息。"

从此,小雨初便天天背着小书包,沿着村中那条弯弯曲曲的小路,一边背着《三字经》,一边走向私塾学堂。

一个月之后,夏母要考考他,结果出乎她的意料,小雨初竟然把《三字经》背得滚瓜烂熟。为了奖励儿子,她又讲了一个古代花木兰代父从军的故事。小雨初把眼睛睁得老大,听得非常入神。夏母故事讲完后,他追问:"女的不长胡子,男的认不出来吗?"夏母还真的被他问住了,一时回答得吞吞吐吐。小雨初又问:"她穿着衣服睡觉,身上不生虱子吗?"夏母开心极了,把他紧紧地搂进怀里。

又过了一个月,母亲又考了小雨初,让他背《百家姓》,这个也没难倒他。既然难不倒,那就给他讲故事。这是事先约定好的,当母亲的要说话算数。于是,母亲这回给他讲了一个岳飞精忠报国的故事。母亲的故事又讲完了,但这次小雨初没再追问岳飞后背刺字痛不痛,他深深地被岳飞精忠报国的英雄气概所打动，立即举起小小的拳头说："我长大了也要精忠报国！"母亲听后笑了，竖起大拇指说："雨初将来肯定是个大英雄！"

小雨初听完妈妈的故事，便进入了梦乡。

但是，妈妈没有睡意，独自坐在床边，一边轻轻地拍打着小雨初的后背，一边哼唱着当地流行的绍兴戏片段……

2."不平之事就要有人站出来管"

夏开源坟前。

祭台上摆了七样祭品，四荤三素，还有一瓶烧酒。

烧了一堆纸钱后，雨人、雨之、雨初轮流给父亲磕头，头脑全部着地，以示全心全意。

夏母蹲在坟前，流着眼泪说："开源，我要带着爷爷奶奶和三个孩子进城了。你生前就让我搬到城里，但为了蒋顾村的一片产业，我没有听你的话，现在情况不同了，搬过去主要是方便大儿子雨人做生意，小儿子雨初念书。雨人晓得好歹，说什么也不让我们在蒋顾村吃苦头了。开源，我们搬走了，但也没搬远，会经常回蒋顾村来看你的。蒋顾村的房产不动，留着，这是夏家的基业，除了让它们陪陪你，日后我们还要回来住。"

雨人、雨之、雨初也跟着母亲泣不成声，嘴里一句接着一句地喊着父亲。

在夏母的带领下，全家人搬到了郎溪城里。

郎溪的私塾和蒋顾村的私塾形式不一样，这里的私塾学堂分私塾、门馆、村塾、族塾四种形式。其中，城内的门馆是由声望较高的名儒在家或租房设馆，招收学生。郎溪城里，当数许济之、戴肇基、顾监时、陈朝选、洪孟璜等五个门馆最为出名。夏雨初被大哥夏雨人送到名师许济之门下读书。

夏雨初在蒋顾村已经念了半年私塾，进入许济之的门馆后，不仅把《三字经》《百家姓》《千字文》背得滚瓜烂熟,还将文中基本含义解释得头头是道,深得许济之赞赏。

可是,同窗有几个富家子弟不服气,还在放学路上一窝蜂地喊他"夏小胖子"。

这还了得,夏雨初哪能让这几个念书不用功的家伙欺负。一次放学路上,夏雨初突然站到路中间,挡住了他们的去路,手指着大树上的一个鸟窝,说:"你们不是喊我夏小胖子吗,那我们就比试比试,看谁敢爬上去把鸟蛋掏下来。谁爬不上去,掏不到鸟蛋,就是个小笨蛋。"这几个富家子弟抬头望望直冲云霄的大树,都被吓得倒吸了几口凉气,谁也不敢站出来比试。这时,只见夏雨初向两只手心里吐了两口唾沫,然后"噌噌噌"地爬上树把鸟蛋掏下来,并爽快地分给他们一人一个。从此,这几个富家子弟再也不敢欺负夏雨初了,甚至家里有什么好吃的都争着给夏雨初带上一份。

时间如流水,一眨眼又过去两年。

夏雨初又长高了一头,完全像个大孩子了。在门馆学了诗文,长了知识,他不但把《大学》《中庸》读得烂熟于心,还能背诵好多唐诗宋词。这年年底,他再次以最优异的成绩,赢得先生许济之的奖励。

"新年到新年到,大街小巷真热闹。女人穿花衣,男人戴礼帽,小孩放鞭炮……"

进入腊月送灶之后,夏雨初又多了一份忙碌,前来请他写春联的街坊络绎不绝。这几年,夏雨初除了学习成绩拔尖,足以自矜的还有他的毛笔字——正楷写得圆润而又洒脱。夏家堂屋桌上地上都摆满了墨迹未干的春联,连空气中也弥漫着阵阵墨香。街坊们都夸赞夏雨初是个小书法家。

郎溪城里要比蒋顾村过年热闹,这里除了舞龙船、赏灯,还可以到城郊去看"跳五猖"。

"五猖"所指何物?流传甚广的说法:"五猖"为邪恶之神,在人间专做坏事,偷、抢、放火,无恶不作,但同时又很喜欢搞恶作剧,常常把偷抢来的东西送给他看得顺眼的某人或某家。这样一来，在当时物质与精神都相当贫乏的百姓，便对"五猖"抱着既畏且敬的态度，为了不伤害自己，又能降福于自己，便希望通过"跳五猖"的方式来"拉拢"他们。"五猖"的面孔，有青、赤、黄、白、黑五样，个个威严狰狞，令人胆寒。

郎溪城郊民间"跳五猖"人数很多，面具、服饰都以青、赤、黄、白、黑五色相配，其意分别代表东、南、西、北、中五方天帝，又暗合木、火、金、水、土五行之色。表演时，身着古装的人按各自角色挑篮、扛旗、敲锣、打鼓，鞭炮齐鸣，一派欢腾景象。先由五个手持华盖的壮汉入场站定，接着四名衣着袍服，头戴面具，步态不一的表演者排成一字上场。他们分别代表道士、土地爷、和尚、判官等四位为民请命的一方"地神"。而随后入场的身穿铠甲、肩插金翎、手持双刀的五位才是真正的主角——"五猖者"，众多表演者在场上或行或舞或趴或跃，跳着各种充满寓意的舞蹈，其中有祈求吉祥和平的排字"天下太平"等阵式，最多时上场表演者达一百余人。

举行"跳五猖"仪式前，还有多种习俗与禁忌，如参与演跳者及还愿人家需洗澡净身，禁止污言秽语，夫妇不得行房事。

夏雨初特别喜欢民间过年"跳五猖"，因为这个"五猖"多为穷苦人家着想，他们出来大多是以恶制邪的。不过，在他心目中，岳飞才是真正的大英雄。

1912年8月，夏雨初在大哥夏雨人的帮助下，进入建平高等小学就读。这是郎溪最早兴办的新式学堂，它实行新式教育法，开设国语、算术、历史、唱歌、体育等五门课，都是聘请一些开明的教师任教。夏雨初天资聪颖、勤奋好学，很快成为建平高小的一名品学兼优的学生。

在私塾、门馆时，夏雨初就十分喜爱诗词，上高小后的课余时间，他手里经常捧着一本《唐诗三百首》，凭着过目不忘的惊人记忆力，不但是一些唐诗宋词，就连一些文人骚客赞美郎溪山水的诗句，他也能信口诵来。夏雨初最喜欢的一首诗,当数大诗人王之涣的"白日依山尽,黄河入海流。欲穷千里目,更上一层楼"。他一语惊人:"这首诗,在他眼前所呈现的是一幅溢光流彩、金碧交辉的壮丽图画,是激励人学好长进的千古绝唱。"

在诸多古诗词的熏陶下,夏雨初的眼界变得越来越开阔了。

"雨初回来了!""雨初放暑假回来了!"蒋顾村的小朋友们奔走相告。

跑在最前面迎接夏雨初的是村上的一个放牛娃,名叫二癞子。

自父亲去世后,夏雨初始终被母亲善良的心肠和长兄豪爽、慷慨的性格所感染,他从小就富有同情心和正义感,养成了热爱家乡和同情穷苦人的秉性。他最喜欢与蒋顾村的农民子弟交朋友。这几年在县城就读期间,他最企盼的就是每年的寒暑假,一到寒暑假,他就迫不及待地回蒋顾村。这里有他一帮亲密无间的小伙伴。

这次随母亲回蒋顾村,他第一件事就是从家里拿出米花团、花生糖,分给小伙伴们品尝。在这群小伙伴中,他最同情最关心的人要数放牛娃二癞子。

这个二癞子,以前头上长满了癞痢,成天用双手搔头,痒不堪言。有一次,夏雨初关切地问:"二癞子,你咋不去看医生?"二癞子哭丧着脸说:"我家穷,没钱。"

夏雨初心想,钱不就是铜钞吗?我回家跟妈妈要去。

打那以后,夏雨初再和二癞子一起玩耍的时候,二癞子就经常"捡"到铜钞。开始他以为是夏雨初丢的,捡到了就送还夏雨初。可夏雨初却说:"不是我的,你捡到就是你的了,拿去看医生吧。"原来这是聪明的夏雨初想出来的"馈赠办法"。

为了接济这些穷苦的小伙伴,他还把每年春节大人包的压岁钱和平日在家要的零用钱积攒起来,自己舍不得花,只要哪位小伙伴家有困难,他便慷慨解囊。

夏雨初在小伙伴们心中就是降福于他们的"五猖"。

这次回蒋顾村，他还遇到了一批乞丐和逃荒的人。为了瞧个究竟，夏雨初悄悄地尾随着他们。村南的祠山庙是这些无家可归者的一席宿地。他爬上庙旁的一棵大树向下看，眼前的情景让他惊呆了：一个婴儿嗷嗷待哺，母亲却坐在一旁哭泣；一个乞丐在用唾沫擦着身上的污泥；还有几个逃荒的人全睡在地上，连一张铺地的芦席也没有……

夏雨初实在看不下去了，便从树上下来往家里跑，在母亲的同情和帮助下，抱来芦席、床单，端来吃的，送给祠山庙里的乞丐和逃荒者。庙里的乞丐和逃荒者连连感恩道："小菩萨，你是我们的救命恩人啊！"

夏雨初起初从书上看到"朱门酒肉臭，路有冻死骨"的诗句，因年龄小不甚明白其中的含义，现在再对照眼前的情景思量，诗句中的含义就再清楚不过了，并在他的心灵里留下深深的印记。

夏雨初放暑假回村，恰巧又赶上一场大旱，整个蒋顾村四周塘坝干涸，唯有蒋仁贵家的水塘蓄得满满的。原来，蒋仁贵是村上的一霸，他把别的塘坝的水偷偷引灌到自己独霸的一口大塘里。无奈，一些小姓人家只好忍气吞声，眼睁睁地望着自家田里的禾苗枯死。

蒋仁贵的大公子生怕村邻偷放他家塘里的水，便日夜围着水塘巡逻。夏雨初将这一切看在眼里恨在心上，他决计要为村上小姓穷苦人家出一口恶气。

这个蒋大公子平时喜欢贪杯，不管村上哪家办红白喜事，他总是不请自到醉倒而归。夏雨初灵机一动，决定来个投其所好，将他灌醉后开塘放水。他把自己的想法告诉了村上的小伙伴，立即得到他们的一致赞成。于是，他趁家里来客时，偷拿了一些酒菜，送到塘边热情地款待这位酒徒。

蒋公子这边高兴地大吃大喝，那边小伙伴们早已把涵洞打开。蒋公子被夏雨初灌得烂醉如泥，等他醒酒时，大塘里的水已放了一大半，气得他浑身颤抖，哭天喊地，还扬言要与偷水者拼个死活。

这时，夏雨初站了出来，大声地怒吼道："塘是村上大家的，水是天上下的，你凭什么占为己有？！"蒋公子见塘水已放，覆水难收，在夏雨初面前更不敢反腔，只得骂骂咧咧地回家去了。当然他免不了蒋仁贵的一顿毒打。

夏雨初好样的，人小志气大。

从此，夏雨初在村里人眼里就是一个不平则鸣的小英雄。但夏雨初却对大家说："不平之事就要有人站出来管。"

暑假快结束的时候，夏雨初被母亲带回郎溪城。

这天是个礼拜天，夏雨初未上学，便来到长兄夏雨人的商铺。应该说，没有长兄夏雨人的全力支持，就没有夏雨初读书学习的机会。因此，夏雨初在心里非常感激长兄。

平时夏雨人是个挺开朗的人，没想到这次见到他显得一筹莫展。

"大哥，你怎么啦？"

"这是什么世道，这也要税，那也要税，没完没了，还让不让人活！"

夏雨初听后，"哦"了一声。

夏雨人没地方撒气，正好夏雨初来了，便在他面前说道说道，这样心里要好受一点。夏雨人扳着指头说："小弟，我说给你听听，从1912年开始，国税之外，地方税捐名目繁多，除属省税的契税、牧畜税、屠宰税、牙贴税、营业牌照税、营业税等项外，县府随征税附加捐款种类及数额不胜枚举。这些多如牛毛的苛捐杂税，压得生意人喘不过气来。"

夏雨初在街头巷尾也听人说过，自从芜湖正式被辟为通商口岸后，帝国主义对皖南的经济侵略，就以倾销商品和掠夺矿物资源、农副产品为特征。外商还利用雄厚的资本，操纵茶叶、茧丝、烟叶的价格，压迫民族工业。郎溪产茶、植桑历史悠久，鼎盛期郎溪开设的茶业、茧行多达二十余家。但由于洋商操纵压价，加上茧商贩的资本多贷于洋商，洋人因其借本牟利，货物久延，动辄多方挑剔，故意找碴折磨。 夏雨初还目睹了县城有家茧行的老板因此被弄得倾家荡产，一气之下投河自尽的惨景。

夏雨初被深深触动了，对长兄说："大哥，你说的没错，这是辛亥革命后，北洋军阀窃取了中华民国政权，官府横征暴敛的结果，封建统治是压在人民头上的一座大山。"

此话竟然出自小弟夏雨初之口，真是三日不见当刮目相看啊。

夏雨初看出长兄的心思，立即补充了一句："这是老师的话，我学给你听的。"

"你们老师这话说得好，现在中国社会危机日渐加深，太令人担忧了。"

夏雨初接着大哥的话题讲下去："西乡花赛圩（今幸福乡）有良田万亩，原为清兵垦殖，现如今却被军阀卢永祥手下的团长吴南陔用三万元的低价从别人手中购得。 吴得了花赛圩后，采取暴力欺压手段，强征民工，修筑圩坝，赶走圩内五十二户张、陈姓氏人家，霸占田产三百零六亩和村宅基地。 张、陈二姓涉讼耗资无数，濒于破产。 地主霸占着大量田地，采取各种手段，对农民进行残酷的剥削，可恨。"

"雨初，你说的这些，也是听老师讲的？"

"不，是在街坊听人说的。"

小小年岁，对政治这么关心，而且讲话切中要害，令夏雨人吃惊又担忧。 老百姓没有说错，从20世纪初，郎川原野上经济衰落，民生凋敝，政治腐败，文化落后，内忧外患。 这一残酷的社会现实，必将造就愤世嫉俗的一代。

不管怎么说，夏雨初年龄尚小，不宜过早涉足社会。 于是，夏雨人对他说："小弟，你现在的主要任务是读书，社会上发生的一些事情，等你长大了再去关注，好吗？"

夏雨初明白长兄的心思，点头回答道："大哥，我懂。"

第二章
大志胸怀高云天

春天，万物复苏。

1919年的春天，对于夏雨初来说，是一个心想事成的季节——他以优异的成绩考入了宣城储才中学。

这是夏雨初一个新的人生转折点。

1."储才中学，我来了"

夏雨初在第一时间，以最快的速度，向母亲报喜。

母亲接过入学通知书，端详了一番，含着欣喜的泪花说："儿啊，你不容易，考入这么好的学校，你是蒋顾村第一人，妈妈太高兴了。如果你父亲在天有灵，一定会拍手叫好的。"

"妈妈，我考入宣城储才中学，都是父亲、你和大哥大嫂的功劳，如果没有你们的教育和帮助，我很难考上这么好的学校。"

"雨初，你长大了进步了，妈妈心里头好欢喜。"

"妈，我早就长大了，现在已经十六岁了，是个活蹦乱跳的小伙子了。"

母亲微笑，突然地问："雨初，知不知道你为什么这么聪明？"

"不知道。"

"你头大，脑门也大。常言说得好，大脑门有大学问。"

"妈妈，你听谁说的？"

"你不要问我听谁说的，我问你，孔圣人的脑门大不大？"

"大！"夏雨初回答完，扑哧一声笑了起来。

就在这时，夏雨人拎着一块猪肉和妻子从外面回来了，人没进屋笑声先到："呵呵，今天我们提前回家，为雨初举行状元宴。"

"大哥、大嫂，你们也知道了？"

"谁说好事不出门，我们全晓得啦！"夏雨人笑嘻嘻地说。爷爷、奶奶听说后，也走过来向夏雨初祝贺。

全家人沉浸在喜悦之中。

……

郎溪到宣城的交通，主要是走一条水路，乘船顺郎川河过南漪湖，再顺水阳江上行不远便是宣城。这是夏雨初第一次出远门求学，长兄夏雨人特地动用了自家的货船，还派美孚洋行的一名小伙计送行。

船儿在阳江行，鸟儿在上空飞，迎面吹来凉爽的风，站在船头的夏雨初兴奋至极，张口来了一段郎溪地方戏《花木兰从军》：

尊一声贺元帅细听端详

阵前的花木棣就是末将
我原名叫花木兰啊，嘿嘿
是个女郎
都只为边关紧军情急征兵选将
我的父在军籍就该保边疆
见军帖不由我愁在心上
父年迈弟年幼怎敌虎狼
满怀的忠孝心烈火一样
要替父去从军不容商量
……

宣城到了。

夏雨初下船后，爬上高高的大码头，眺望宣州古城风景，感觉就像到了世外桃源。

宣城古称宣州，历史悠久，早在公元前109年就已设郡，向来被视为江南大郡，素有"南宣（州）北合（肥）"之称，也是皖南核心宁国府治所。宣城有着"皖南学府""文化摇篮"的美称。1914年，民国政府实行学制改革，在安徽设立五所师范学校，宁国府中学堂改名为安徽省立第四师范学校，其后又分别建立了储才中学和教会学校的培英中学。

夏雨初触景生情，热血沸腾，张开双臂，大声呼喊："宣城，我来了！储才中学，我来了！"

一群白鸽带着悦耳的哨音掠过天空，像是热烈欢迎夏雨初来宣城求学。

储才中学是个新天地。

学校大，师生多，夏雨初过去在蒋顾村私塾、郎溪门馆、郎溪建平高小从未见过的新生事物，在这所中学全能大饱眼福。此时此刻，夏雨初为出生在夏家和到这所学校读书而兴奋不已。

夏雨初所在的初中部，除开设文、史、地课程外，还教自然科学以及音乐、体操等。在这所学校，学生勤奋读书的气氛相当浓厚，大多数教员都充满爱国主义情怀。

历史老师，经常向学生们讲述近代中国屈辱的历史，如清王朝是如何投降帝国主义、割地赔款、卖国求荣的……

音乐老师爱唱爱国歌曲，尤其喜欢唱岳飞的《满江红》："怒发冲冠，凭阑处、潇潇雨歇。抬望眼，仰天长啸，壮怀激烈……"

语文教员是位造诣颇深的诗人，对李白、杜甫、陶渊明的诗特别推崇。如李白的《塞下曲》："五月天山雪，无花只有寒。笛中闻折柳，春色未曾看。晓战随金鼓，宵眠抱玉鞍。愿将腰下剑，直为斩楼兰。"这首《塞下曲》，描写的是边塞生活的艰苦，却表现出戍边将士奋勇杀敌的英雄气概和爱国精神。

体操课还设有军体科目。

每一堂课，夏雨初都收获良多。音乐老师那声情并茂、慷慨激昂的演唱，像重锤一样敲打在他的心头；语文教员所讲述的"诗仙"李白雄奇奔放、纵情山水的绝唱，"诗圣"杜甫忧国忧民、疾恶如仇的沉吟，陶渊明不为五斗米折腰的孤高人格，以及他那不加雕饰，含蓄淳厚，描写自然景色及田园生活的诗文，都给夏雨初莫大的启迪和滋养。

夏雨初从小就喜欢听母亲讲故事，崇敬中国的英雄花木兰、岳飞，特别是进入郎溪建平高小读书以后，逐渐分清了恶和善，是与非，从而更加痛恨那些恃强凌弱、认贼作父，骑在人民头上的军阀政客，鄙夷那些把读书当作敲门砖，奴颜媚骨、贪图利禄之徒。

夏雨初进入储才中学，就等于又上了一层楼，他处处留意身边的新生事物，也渐渐深切地感受到，全国蓬勃兴起的新文化运动的春风已经吹进了这座沉睡的古城，人们的精神面貌因而为之一振。储才中学的学生们在这新文化的大环境中，不仅思想觉悟得到提高，还开始传颂革命党人徐锡麟、熊成基、吴越等反清斗争的英勇事迹和孙中山建立中华民国的革命创举。

夏雨初成人懂事了，他学会了独立思考，学会了和大家交流，更明白了将来要做怎样的人。

在储才中学，夏雨初接触了新的民主思想，视野随之开阔起来，开始关心国家大事，课余时间经常和一些进步同学议论时政，探索人生的真谛。夏雨初和同学们的进步行为，给平静的储才中学注入了一股清新而活跃的风气。

夏雨初在储才中学的一系列表现，早被教历史的刘老师看在眼里。

刘老师是储才中学的进步老师。他教历史，所以了解中国的过去和当下。祖国的大好河山被帝国主义蚕食，他痛恨至极；对骑在人民头上作威作福的官老爷，他心不甘情不愿。他把学生组织起来，开展各种爱国主义教育活动，表现出昂扬的斗志。

这天晚上，刘老师把夏雨初叫到宿舍，说："雨初，你已经是初中生了，我以后要把你当大人看了。"

"好。"夏雨初挠着头又申辩道，"其实我早就是大人了。"

刘老师笑笑，然后顺手从枕下抽出两本杂志，送到夏雨初的面前。夏雨初接过去一看，原来是陈独秀主编的《新青年》。

"你知道这本杂志的厚重吗？"

夏雨初摇摇头："不清楚。"

于是，刘老师便向夏雨初介绍了这本杂志诞生的经过——

1915年9月，陈独秀在上海创办《青年杂志》，在思想文化领域掀起一场以民主和科学为旗帜，向传统的封建思想、道德、文化宣战的新文化运动。一年后，《青年杂志》更名为《新青年》。添加一个"新"字，不仅使其宣传新思想、新文化，启发新觉悟，造就新青年的主旨一目了然，而且给人以全新的感觉：起点新，内容新，目标新，形式新。该刊发表的李大钊的《青春》一文，不仅强调青年之青，而且更强调一个"新"字，指出从精神上、思想上都要有新旧之别，希望青年们站在时代前列,做一个有为的新青年。

《新青年》的主要撰稿人有陈独秀、李大钊、鲁迅、胡适、钱玄同、刘半农、高一涵、周作人、易白沙、吴虞等。《新青年》创刊时曾表示其宗旨不在"批评时政",但这并不表明它不关心政治,实际上其作者们明确认识到,他们在思想文化领域进行的斗争,是和政治密切相关的。 他们反对旧思想、旧文化,实际上就是对旧政治的声讨。 出于对辛亥革命失败的反思,他们不愿就事论事地议论现时的政治问题,而力图通过思想的启蒙促进政治的根本改革。 以《新青年》的出版为标志兴起的新文化运动,使中国开始经历一场深刻的思想革命。

夏雨初听后,眼前一亮,如获至宝。

"你拿回去好好读读。"

夏雨初从小就爱听故事,母亲经常讲给他听。 现在上初中了,有这么好的书可读,这是一件多么开心的事情。 夏雨初把杂志藏在怀里抱到宿舍,然后一夜未眠将全文阅读了一遍。

读完杂志,夏雨初在心里感叹陈独秀、李大钊、鲁迅、胡适、周作人等太伟大了,他要学习他们的新思想和奋斗精神,做一个有理想有作为的中国青年。

第二天中午,夏雨初看刘老师在宿舍里,便主动登门请教。

"雨初,杂志读出门道来没有?"

"有。《新青年》是我喜欢的进步刊物,但因为第一次接触这样的刊物,对有些问题读得似懂非懂,所以过来请老师指教。"

刘老师指着夏雨初手中的《新青年》说:"陈独秀是当今中国非常优秀的有志青年。'二次革命'失败后,中国时局变化使陈独秀深受刺激,他认为在中国搞政治革命没有意义,而欲'救中国、建共和,首先得进行思想革命'。 经过努力,上海群益书社应允发行由陈独秀主编的《青年杂志》。 陈独秀所写的发刊词《敬告青年》是该刊的纲领性文章。 该文明确指出'人权说''生物进化论''社会主义'这三事是近代文明的特征,要实现这社会改革的三事,关键在于新一代青年的自身觉悟和观念更新。他勉励青年崇尚自由、进步、科学，要有世界眼光，要讲求实行和进取。他总结近代欧洲强盛的原因，认为人权和科学是推动社会历史前进的两个车轮，所以首先在中国高举起科学与民主两面大旗。"

刘老师的一番介绍，特别是他那激扬的话语，使得夏雨初如醍醐灌顶。

刘老师还叮咛夏雨初："《新青年》的创刊是新文化运动兴起的标志，《敬告青年》一文则成为新文化运动的宣言书，是以《新青年》的出版为标志兴起的新文化运动的开始。这本杂志非常前卫，我已经读了好多遍了，你光读一个晚上不行，还要反复读上几遍，读完了再推荐给喜欢这本杂志的同学读。"

夏雨初连连点头："请刘老师放心，我一定和同学们分享。"

"很好！很好！"刘老师称赞道。

又是一个宁静的夜晚，夏雨初在宿舍里捧着杂志边读边想。过去他有很多想不明白的事情，比如，为什么郎溪、宣城的富人变得越来越富？穷人却变得越来越穷？宣州古城曾经繁华过荣耀过，闻名于国内外，为什么眼下住在这里的人民大众仍吃不饱穿不暖？现在他通过阅读《新青年》，特别是在刘老师的点拨下，终于弄明白这样的道理："不推翻万恶的旧社会，人民永远过不上好日子。"

夏雨初心中越发敞亮起来。

2."全力声援五四爱国运动"

宣城是安徽的一个窗口，外面的消息来得比较快。

就在这时候，中国发生了一件震惊中外的大事——五四爱国运动。

这是一场发生于中国北京，以青年学生为主，广大群众、市民、工商人士等中下阶层广泛参与的，通过示威、游行、请愿、罢课、罢工、暴力对抗政府等多种形式进行的爱国运动。

1914年第一次世界大战爆发，日本借口对德宣战，攻占青岛和胶济铁路全线，控制了山东省，夺去德国在山东强占的各种权益。1918年第一次世界大战结束，德国战败。1919年1月18日，战胜国在巴黎召开"和平会议"。北京政府和广州军政府联合组成中国代表团，以战胜国身份参加和会，提出取消列强在华的各项特权，取消日本帝国主义与袁世凯订立的"二十一条"不平等条约，归还大战期间日本从德国手中夺去的山东各项权利等要求。巴黎和会在帝国主义列强操纵下，不但拒绝中国的要求，而且在对德和约上，明文规定把德国在山东的特权，全部转让给日本。

面对趁火打劫的日本，面对巴黎和会上的屈辱，面对腐败无能的北洋军阀政府，中国人民被激怒了！

1919年5月1日，北京大学的一些学生获悉和会拒绝中国要求的消息。当天，学生代表就在北大西斋饭厅召开紧急会议，决定5月3日在北大法科大礼堂举行全体学生临时大会。5月3日晚，北京大学学生按时举行大会，高师、法政专门、高等工业等学校也有代表参加。学生代表发言情绪激昂，号召大家奋起救国。最后定出四条办法：第一，联合各界一致力争；第二，通电巴黎专使，坚持不在和约上签字；第三，通电各省于1919年5月7日国耻纪念日举行游行示威活动；第四，定于1919年5月4日（星期日）齐集天安门举行学界之大示威。

5月4日，北京三所高校的三千多名学生代表冲破军警阻挠，云集天安门，他们打出"誓死力争，还我青岛""收回山东权利""拒绝在巴黎和约上签字""废除二十一条""抵制日货""宁肯玉碎，勿为瓦全""外争主权，内惩国贼"等口号，并且要求惩办交通总长曹汝霖、币制局总裁陆宗舆、驻日公使章宗祥。

北京学生游行示威的消息传到宣城，特别是传到储才中学，激起了全校师生反帝反军阀的怒潮。他们率先举行集会，上街游行示威，声援北京学生的爱国运动。

5月9日，在芜湖学术界派员高语罕的协助下，宣城学生联合会（学联）筹备成立，推选第四师范学生王鼎元和储才中学学生陈克耀为正副会长。

5月20日，第四师范、储才中学以及崇正、端本、求实等高小共计一千多名中小学师生，齐集在宣城东门外校阅场，隆重召开宣城学联成立大会。会后举行了游行示威，学生们齐声高呼"外争国权，内惩国贼""誓死争回青岛""拒绝和约签字"，并发通电，散传单，张贴标语、漫画，声势空前。

夏雨初积极参加了这场示威游行活动。

中国人民开始觉醒了。夏雨初和其他同学一样，似乎看到了一丝曙光，即使在那遥远的天际，也使他受到极大的鼓舞。

为了声援北京学生运动取得成功，储才中学师生们进而掀起了轰轰烈烈的抵制日货运动。夏雨初是个积极分子，当众带头销毁了自己所用的洋瓷碗、洋伞，并主动参加了设在北门码头检查站的轮流值勤。

学生的爱国行动，得到了广大人民群众的支持。县商会组织原有的店员公会、运输公会及各行各业公会成立了宣城各界抗日联合会（抗联），积极支持学生的行动。他们不仅主动将日货的招牌商标、包装样式向学生们做详细介绍，而且积极协助学生登记封存日货。当学生们检查日货的队伍进入商店时，店员工人将日货成包成捆地从商店楼窗抛入街道。轮船上的水手和帆船上的船工及运输工人，还将他们检查出来的改换了商标和包装的日货，主动送交学联或抗联处理。

当时宣城有一家较大的商店——安庆京广货店，不仅不接受学生的检查和劝告，而且态度顽固，引起学生和工人们的愤怒。必须清除绊脚石，说时迟那时快，夏雨初和三位码头工人率先冲入店内，将货架上的日货当场捣毁。

夏雨初愤怒地说："包庇日货，就是伤害国人的感情。我们要拿出实际行动，全力声援五四爱国运动！"

短短的几天内，就查封了大批日货，如草帽、香皂、眼药水、人丹、东洋花绸、洋纱、洋伞等，并先后两次大规模地在东门校阅场集中烧毁。夏雨初目睹着熊熊燃烧的烈火，第一次感受到爱国民众反对帝国主义的不可遏制的汹涌怒潮。

就在这时，终于从北京传来好消息：

6月6日，北京政府释放全部被捕学生；

6月10日，北京政府宣布批准"曹、章、陆"三人辞职；

6月28日，中国代表团拒绝在对德和约上签字。

储才中学校园里一片沸腾，全校师生笑逐颜开。

在教室里，夏雨初激动得直呼口号："我们胜利了！中国人民胜利了！"

通过这场爱国运动，夏雨初对中国的未来充满希望，而对黑暗社会现实的不满和憎恨情绪与日俱增。他对同学刘长青说："我不知道你对个人的前途做何打算，我是不愿在现在的政权下讨生活的。我的家庭靠着长兄一人支撑着，也不允许我做文人学士。如今国运衰败，变革强国在我学子，能实实在在地做一点事情，为国为民尽一份心愿，这应该说是赤子之心吧，也算对得起养育我的父母和兄长……"

刘长青惊讶道："雨初，你真了不起。"

这天课堂上，教历史的刘老师赞扬夏雨初说："同学们，夏雨初是我们班我们学校最有战斗力的优秀学生。"

刘老师话音刚落，教室里就响起了掌声。

如果说在五四爱国运动中，涌现出一批为追求民族独立和国家富强而积极探索救国救民真理的先进分子，那么夏雨初无疑已成为这批先进分子中的一员。

3."恩师为我指明了前进方向"

安徽省立第四师范学校，是宣城最具影响力的学校。

声援北京学生运动时，这所学校参加人数最多，发挥作用最大，让宣城市民刮目相看。

在五四新文化运动的影响下，这所学校的青年学生带头掀起反对军阀，反对土豪劣绅，反对反动势力统治学校的斗争，如他们开展了"易长择师"的斗争。

1920年春，宣城四师校长张和声（省议会议员），因反对学生的爱国行动，克扣学生伙食费，贪污毕业班学生参观经费，引起学生们的强烈不满。学生们坚决向省教育厅进行控告，并以罢考为代价，提出不查办就不参加毕业考试。经过斗争，省教育厅被迫于暑假后撤掉张和声的校长职务，同时还答应了学生提出的其他要求。

从此，四师在宣城名声大振。

就在这个时候，恽代英、萧楚女应新校长章伯钧的聘请来到宣城四师任教。恽代英到四师后代理教务主任兼教国文和修身功课。夏雨初听说，自从恽代英、萧楚女到四师任教后，学校面貌一新。教学期间，他俩经常在暗中指导学生阅读《共产党宣言》《新青年》等革命书刊，通过秘密授课，组织社团，开展社会活动等形式大力宣传新文化、新思想，传播马克思主义。

如何尽快接触到恽代英、萧楚女？夏雨初突然想到在四师就读的同乡陈文。陈文对找上门来的夏雨初说："这事好办，到时我通知你来听他俩的课。"为此，夏雨初和陈文还拉了钩："一言为定！"

打那以后，只要陈文通知，夏雨初必到。他时常和陈文挤在一张课桌上，聆听恽代英的授课。在课堂上，恽代英穿插着给同学们介绍第一次世界大战和五四运动等情况。他讲课深入浅出，很受同学们欢迎。他极力主张教育改革，其观点是："我主张的教育与现在的教育之章不同，我所主张的教育，教出来的学生能自动自做……现在的教育，只是秉从古以来的养成书篓的宗旨，给学生许多片段浮薄的知识，将来最大的成就，只是姓张的学生，能够做刮地皮的官僚，姓李的学生能够做杀人的资本家……"恽代英愤怒地指出这种教育是"没有希望的"。为革除这种没有希望的教育，他非常注重学生的品德教育，无论是上课、演讲或课余和学生谈心，他都教育学生要树立新的人生观，做一个有益于社会的人。他还特别重视用爱国主义思想教育学生，要学生牢记顾炎武"天下兴亡，匹夫有责"的名言，鼓励学生觉悟。每逢学生作文时，他常自己先作一篇让学生传阅。他命题之后，先从审题、立意、布局、谋篇等方面，做画龙点睛的启发引导，然后再让学生去独立写作。他教育有方，寓先进思想于教学之中，所以深得学生敬爱。陈文常常将恽代英、萧楚女写的范文和自己写的经过他们修改的作文，送给夏雨初阅读。夏雨初每次阅读后，都有耳目一新的感受。

夏雨初去四师听课多，恽代英很快认识了他。一个储才中学的学子，竟然对马克思主义的《共产党宣言》如此感兴趣。因此，恽代英又通过陈文和夏雨初在私下见了一面。

这是一个天高云淡、风清月明的夜晚，恽代英和夏雨初、陈文一起散步。散步中，恽代英和他俩谈道："十月革命的炮声震撼了整个世界，同时也震撼了中国，震撼了中国先进的知识分子，使他们把寻找中国出路的目光从西方迅速转向俄国。马克思主义的理论和列宁倡导的无产阶级革命必须武装夺取政权的斗争学说，很快传入中国，给苦难的中国带来了希望……"这样的谈话，后来恽代英和夏雨初、陈文进行了多次。

就这样，恽代英和夏雨初每交流一次，夏雨初都受教育长见识一次。夏雨初知道，没有文化的人是看不高走不远的，为了投身中国革命，当务之急是学文化。为了使自己早日成才，他坚持刻苦读书，即使在夏季的酷暑中，无论是在室内、室外、走廊里、茶炉旁、床铺上，有时甚至在人声嘈杂的马路边、小巷内，都可以看到夏雨初手捧书卷孜孜不倦苦读的身影。

1921年秋，这是一个好日子，夏雨初从恽代英那里得到一个内部消息：1921年7月，中国共产党第一次全国代表大会在上海秘密召开，新文化运动的领袖陈独秀当选为中共中央局书记。

夏雨初把这个好消息秘密地带到储才中学，一传十、十传百，很快在全校进步师生中传播开了。

中国共产党代表着无产阶级和广大人民群众的根本利益，因此给灾难深重的中国人民带来了光明和希望。就冲着这个中国的光明和希望，当然也是为了感恩，夏雨初做出决定：请四师的恽代英、萧楚女、储才中学的刘老师喝茶，同时请陈文作陪。

"瑞草魁"是郎溪的名茶，是夏雨初上次从家里带来的，一直放在身边没舍得喝，现在得拿出来招待珍贵的客人。

这是宣州古城离四师较近的一个小茶楼，干净、精致、令茶客们流连忘返。夏雨初提前来到这里要了一个包厢，从身上掏出"瑞草魁"，让店小二泡上，同时要了一碟瓜子，两碟点心。不一会儿，刘老师来了，接着恽代英、萧楚女在陈文的陪同下，也走进了包厢。夏雨初、刘老师立即站起来抱拳迎接让座。几个人寒暄几句，便开始自我介绍。恽代英介绍自己说："原籍江苏武进，生于湖北武昌，中华大学毕业，现在四师教书。""你在四师教书，大家都知道，这个不用介绍。"萧楚女话锋一转，"我是萧楚女，女人的女，但为男性公民，汉族，原名树烈，又名萧秋，学名楚汝，出生于湖北省汉阳县鹦鹉洲。"萧楚女的自我介绍颇有风趣，逗得大家哈哈大笑。

"今天请恩师来喝茶，一是庆贺中国共产党在上海诞生，二是感谢你们这两年对我的关心帮助。我也没有什么好招待的，老家的茶，当地的水，还有一点瓜子、点心，请各取所需，不用客气。"

夏雨初开场白刚完，恽代英便站起来走到窗前，看外面一切正常，这才说："各取所需，按需分配，这可是共产主义生活。呵呵，今天雨初让我们来过共产主义生活喽。"

大家都笑起来。

"嘘！"恽代英把右手食指压在嘴唇上，让大家注意场合小声一点。

小小茶楼的这个包厢，因为有了他们的光顾，气氛和往常大不一样了。

俄国十月革命、北京五四爱国运动、中国共产党、马克思、陈独秀，上海、武汉……都是他们这次品茶交流的重点。

恽代英放下茶杯说："1917年11月7日，列宁和托洛茨基领导的布尔什维克武装力量向资产阶级临时政府所在地圣彼得堡冬宫发起总攻，推翻了临时政府，建立了苏维埃政权。十月革命的胜利开创了人类历史的新纪元，为世界各国无产阶级革命、殖民地和半殖民地的民族解放运动开辟了胜利前进的道路。"

萧楚女把话题接过去说："中国的五四爱国运动也是史上前所未有的，它的斗争对象直指帝国主义和北洋军阀政府，它使中国人民进一步认识到帝国主义侵略的本质和军阀统治的黑暗，同时进一步提高了中国人民反帝反封建的决心和觉悟，促进了全国人民对改造中国的问题的反思和探索，也推动了新思潮的蓬勃兴起和马克思主义的传播。"

"中国眼下的黑暗是暂时的，中国人民在新诞生的中国共产党的领导下，定能走向劳苦大众翻身得解放的光明的一天。"刘老师抑制不住自己的激动心情说。

"说得好！"恽代英为刘老师竖起了大拇指。

夏雨初、陈文不敢多说一句话，生怕打搅了三位老师的对话。

恽代英接着又说："宣城呢，虽然是个不大的地方，但也在不断进步，一直是向前走。"

"代英老师这个观点我赞成。"萧楚女微笑着说。

"学校是革命的摇篮，我们一定要好好教书育人，把他们培养成国家的栋梁之材。"

刘老师非常敬佩恽代英的思想境界。

突然，萧楚女改变了话题，竟然扯到夏雨初的身上："雨初，我想问问你，这两年在储才中学求学的最大收获是什么？"

问得太突然了，不过夏雨初曾想过这个问题，也就毫不犹豫地回答："应该说在储才中学的收获是很多的，但要说求学取得的最大收获那只有一个，就是接受了五四爱国运动的新思想，进一步确立了人生的革命志向。"

"雨初这个学生我挺喜欢，胸怀大志爱憎分明。在我看来，他的这个新志向，正是在逐步过渡为主动接受马克思主义的革命思想，以及努力接受刚诞生的中国共产党的革命思想，并愿为其奋斗终生。"刘老师夸自己的学生毫不掩饰。

"我完全同意刘老师对雨初的这个评价。"恽代英也跟着赞扬道。

夏雨初听了如此高的评价坐不住了，站起来一边鞠躬一边连连地说："我做得没有那么好，是恩师为我指明了前进方向，今后我还要努力，还要努力！"

第三章
热血青年当自强

天有不测风云,人有旦夕祸福。

就在夏雨初准备读完初三考高中时,突然接到家中拍来的电报:"祖母病故,速归!"

这是家中的大事,夏雨初立即请假,十万火急回郎溪。

1. "家这个舞台实在太小了"

夏奶奶辈分高,又为郎溪城高寿,其丧葬比较讲究。

奶奶临终时,雨人、雨之全要到场下跪送终。因父亲早已过世,长孙雨人肩负重任,负责给奶奶穿

"老衣"。

尸体入殓后，于堂屋设灵堂，亲友前来吊孝，雨人带着兄弟披麻戴孝跪在灵堂边还礼。

出丧时放鞭炮，三兄弟扶柩，亲友送葬，沿途撒"路钱"（纸钱）。灵柩过桥，雨人跪桥头迎接。到达坟地，安葬入土。

夏母、孝孙、孝孙媳回家不走原路，不回头看坟地，边走边撒大麦。门口烧火，夏家及送葬人要跨火进屋，方可卸孝。

葬后三天"复山"，三兄弟上坟烧阴火（用稻草扎成一根长棒，草棒上按死者年龄，一岁扎一道箍）。

家中设灵位"守七"，灵位上供奶奶亡牌，夏母得早烧香晚换水。"尽七"那天，"扎灵"送到坟地燃烧，夏母送"七饭"，将十大碗荤菜（不烧熟）做成动物状，插上纸花，先作祭品，后为"散七"宴席之菜。

夏母忙完这些，生了一场重病，卧床不起十余天，经医治病愈后又复发，最后虽经医治好转，但时感体力不支，再不能像以往那样里里外外操劳了。

这天下午，夏母把雨初喊到床前，拉着他的手说："初儿，我们这个家，光靠你大哥一个人是不行了。你瞧见了没有，你大哥现在面容日渐憔悴，如果你不回来帮他，他早晚会被累垮的。你二哥雨之是一个贪图安逸的人，家里倒油瓶不扶，已经指望不了他了。"

母亲的心思，夏雨初清楚。为了让母亲开心，他当即表态道："妈妈，这些我都看到了，心里也很着急。妈妈，我已经决定暂留家中，协助大哥，争取助他一臂之力。"

"雨初，你真懂事，妈妈谢谢你。"

夏雨初拿出手绢帮母亲擦去眼泪。

母亲是个多么要强的人，没想到现在身体差到这种程度。母亲让他帮哥哥做生意，也是可以理解的。一声叹息后，夏雨初在妈妈面前也流下了难过的泪水。

可是，夏雨初人在家中，却心系储才中学，天天做梦梦到自己的同学和老师。他是一个热血青年，家这个舞台实在太小了，已经无法满足他的追求。但他对妈妈做了承诺，起码眼下要做做样子。

辍学在家的夏雨初每天十分忙碌，既要照应美孚洋行和盐店的商务，又要协助母亲安排一大家子人的生活起居。尽管他每天从早忙到晚，但身体并不感到疲倦，还说："干一天事，睡上一夜，精神又来了。"母亲看到兄弟两个拧成一股绳，把夏家的生意做得红红火火，甚是开心。

这天晚上，母亲做了几个好菜，还准备了一瓶烧酒。母亲微笑着说："自从雨初回来协助雨人做事，我们家的生意又红火起来了，所以今晚要给你们弄点好吃好喝的。"

母亲高兴，做儿子的当然高兴，兄弟二人举杯畅饮。

酒过三巡，夏雨初对母亲说："妈妈，好长时间没听你讲故事了，今晚再给我们讲一个吧。"

"好啊。"她思索了片刻，说，"那就讲讲你父亲和你大哥是如何把生意从蒋顾村做到郎溪县城的吧。"

"那个时候我小，全记不得了，请妈妈再讲讲。"夏雨初顺着母亲的心思说话。

于是，母亲就讲了那段丈夫夏开源进城做生意的经过。

当年，尽管夏开源在蒋顾村溪北建造了一排三幢二楼两底的高门深宅，还购买了太平天国战乱后荒芜下来的一百多亩田地，但他不愿长期蜗居在偏僻的蒋顾村，守着房子和田产过日子，他心比天高梦比天大，居然大胆决定到郎溪城里扩展夏氏基业。夏开源下定决心，十八头牛也拉不回头。于是，他变卖了部分田产，加上家中的积蓄，在县城老十字街西侧的仓巷口，又建造了一排三幢二楼二底的楼房。三幢楼房中间有两个天井，庭院相连的两侧为厢房。沿街门面房开店设铺，后两进为住宅。庭院栽有梅花和翠竹。

"噢，原来庭院里的梅花和翠竹是父亲栽的啊！"夏雨初惊讶道。

"父亲栽它们的时候，还是我打水浇灌的呢。"夏雨人插了一句。

"哥，我敬你一杯。"

兄弟俩碰杯后一饮而尽。

原来，夏开源是一个非常有心计的人。当时的盐，亦称官盐，须官府批准，并核发一块有一个"官"字的招牌，方可经营"官盐"，一般商号不得经营。为此，夏开源花钱买通了官府，从事起经营食盐的商务，并取店号为"夏永兴"。食盐进出货量很大，要常年雇用十几个手推车夫，每隔两天就得从梅渚河码头运一趟从苏北下船的食盐到县城。食盐，让夏开源大大赚了一笔。后来，郎溪航运业日渐发达起来，夏开源又立即抓住商机，变卖了家中原有的几条小渔船，又筹集了一部分资金，购买了一条载重几十吨的大木帆船，从事起水运经营。货船下行时，以载运粮食、竹、木为主；返航时，以载运布匹、百货、杂货为主，长年累月穿梭于郎溪、宣城、芜湖之间。由于夏开源经商有道，日进斗金，很快把夏家发展为郎溪县城的大户。

"哥呢，是怎么学会做生意的？"夏雨初也想要弄个水落石出。

母亲听了微微一笑，接下来又讲了一段夏雨人的经商经过。

夏开源过世时，夏雨初才三岁，但夏雨人已经十九岁了。其实，夏雨人从十五岁就跟着父亲在外做生意了。夏雨人传代，像父亲一样，做生意是一把好手。夏开源过世，夏雨人接班顺理成章。夏雨人接过父亲的生意后，能够抓住稍纵即逝的商机，把父辈开启的"洋油"（水火油、煤油）生意做得风生水起。当时，美国的"洋油"在中国很有市场，就连在小小的郎溪县城也十分畅销。夏雨人经过几番精心"打点"，很快成为芜湖亚细亚美孚洋行在郎溪的总代理，并在县城小南门码头设立了美孚洋行货栈。这是一宗独门生意，垄断了整个郎溪"洋油"市场。夏雨人见多识广，为人正派讲诚信，深得商界同人和广大客户信赖。

"在我们家，大哥最有本事，现在生意这么难做，但他总有办法做好。哥，你太厉害了，小弟再敬你一杯！"

母亲看他俩把一杯酒喝下肚,便趁机借题发挥道:"大哥厉害,做小弟的也不能落后。雨初,妈妈希望你和雨人一样,传承好你们父亲的生意经,把我们夏家的生意做得好上加好!"

"好的,我听妈妈的。"夏雨人立马表白。

这下,夏雨初全听明白了,原来母亲给他讲父亲和大哥经商的故事,就是想通过做生意这根绳子把他拴在家里,不想让他出去喊什么"主义""革命""运动"。

"呵呵!"夏雨初一笑了之,也算一个表态吧。

浅水困不住蛟龙。

因为夏雨初在恽代英、萧楚女面前表过决心:坚决接受新诞生的中国共产党的革命思想,并为其奋斗终生!这是他的人生革命志向,怎么会说变就变。

这些日子,尽管夏雨初每天从早忙到晚,但他一不丢自学,二不丢每天晚上写一篇作文。他在一篇题为《为学》的作文中慷慨抒情:"学生者,以学为立也。当今内祸不断,外侮接踵,国势日衰,民不聊生。有道是'国家兴亡,匹夫有责!'志士仁人,当怀大志,探民族之生存,求国家之再造,不惟我辈不贷之责,亦属新学育人之宗旨……"

夏雨初经常在心里这样念道:咬定梦想不放松,热血青年当自强。

这天下午,夏雨初突然接到从大洋彼岸法国邮寄来的一个快件。这是谁寄来的呢?拆开一看,原来是他在建平高小读书时比他高一级的校友张正道寄来的《留法勤工俭学报告书》。

1920年,在安庆一中读书的郎溪学生张正道,由于受到新思想的启迪,为了寻求"非教育不足以启迪民智,非革命不能改革政治"的救国良策,便应试考取了留法预备科。同年8月,由安徽省教育厅致函上海华法教育会,介绍朱子清、王若怡、刘树屏、汪同祖、张正道、邓穆、叶效舒等二十人赴法勤工俭学。

夏雨初读完报告书,大为赞叹:"好,输西方文明于国内!"

的确，五四运动的爆发，把一个以青年知识分子为主体的留法勤工俭学运动推向新的高潮。 一批批有志青年纷纷告别风雨飘摇的祖国，远渡重洋，前往法国留学，以实现他们的实业救国、科学救国、工读救国的理想。

一份《留法勤工俭学报告书》，不仅开拓了夏雨初的视野，而且更重要的是使他坚定了这样一个决心：热血青年当自强。

不久，夏雨初又收到宣城四师陈文、储才中学刘老师的来信，又从中了解到学校推动的如火如荼的新文化、新思想运动所取得的丰硕成果。

夏雨初再也坐不住了，想插翅飞往储才中学，和大家一起并肩战斗，但不行，母亲身体还没有完全康复，哥哥的店铺也缺人手，就是走，也得找个像样的理由，特别是要做好母亲的思想工作。

这天夜里，夏雨初再次失眠，心想：张正道能在异国他乡为实现社会主义理想而斗争，而我既然暂时回不了储才中学，为什么不能以郎溪为阵地传播新文化、新思想呢？ 再说，这样做，既能了却自己的心愿，也能照顾到家庭，是一举两得的好事情。

于是，说干就干。 从第二天起，夏雨初就在郎溪开始了社会调查活动。 调查中，他发现《少年中国》《东方杂志》《申报》等进步报刊在郎溪都有一定销量。 十字街有一李记书店，就是上海《申报》和《新闻报》在郎溪的分销处。 郎溪旅外学生，特别是在宣城第四师范读书的学生，受到恽代英、萧楚女的影响，思想敏锐，情绪激昂，站在了新文化运动的前列，他们每年都会利用寒暑假在家乡进行新文化新思想的宣传，其宗旨是反对军阀，反对贪官污吏，反对旧礼教，主张男女平等、女子放足等。

通过社会调查，夏雨初心里有底了，对于在家乡进一步传播新文化、新思想信心百倍。 这年夏天，他便利用旅外学生暑假回家之际，牵头成立了郎溪旅外学生联合会。 有了这个组织，各种进步活动应运而生，参加的学生有三四十人，最少的时候也有二十多人，他们走上街头宣传，组织化装演出等。

夏雨初做事雷厉风行，除组织大家精心排练节目，还带领学生演出团在孔庙上演了多场以反帝爱国为主题的文明戏（话剧）。演出前除张贴海报外，还要打鼓吹号在街头宣传、售票。郎溪人从来不知道什么是文明戏，一听说这个新鲜东西便争先购票。每次演出，孔庙大堂都是座无虚席，甚至有人站着观看。演出的节目深深感染了广大观众。活报剧《飞来的货》演完后，除了有人高呼："打倒小日本！""打倒卖国贼！"还有好多人一块儿唱起反日歌曲："小小矮东洋，野心手伸长；甲午风云起，国耻不可忘。小小矮东洋，蛮横又猖狂；民众齐奋斗，赶走日本狼。"

这个暑假，演出团在夏雨初的带领下，不但在县城演了多场，还到梅渚、东夏、定埠几个大集镇进行演出，介绍民主与科学的新思想，宣传抵制日货，以雪国耻。他们的演出生动形象，台词句句切中时弊，使"街道两旁观众无不感动，并有当众将日式马褂撕毁者"。

夏雨初组织的反帝爱国宣传活动，在郎溪城里引起不小的轰动。

暑假结束，旅外学生开学后，夏雨初并没有因此而停止活动，继续带领当地觉悟后的青年开展各种有意义的活动。

1921年6月，郎溪地区淫雨兼旬，圩堤冲溃，田庐淹没，受灾颇巨，颗粒无收的农田达75 160亩，人民群众挣扎在死亡线上。1922年5月，因郎溪勤业所不顾民众死活，加捐加税，徒增人民之负担，年收款达万元之巨，人民怨声载道。对于这一切，夏雨初看在眼里恨在心上，为了减轻灾害后人民群众的负担，夏雨初便以郎溪旅外学生联合会负责人的身份，积极倡议并配合当地社会团体联合会，公开向政府提出抗议："加捐加税不得人心！""必须撤销勤业所！"其实，"勤业所"就是个黑所，是当地官老爷们分赃的小金库。为了为人民群众着想，夏雨初带头组织请愿、游行、示威活动。群众发动起来了，事情越闹越大，游行示威时，竟然有十四个社团组织参加。政府门前人山人海，请愿者黑压压一片，口号声震天动地。这怎么得了，赶快"投降",要不收不了场。 于是,政府仓促撤销了勤业所,还查办了该所的董事长。 又是一次伟大的胜利,全县人民扬眉吐气,拍手称快。

　　受到新文化、新思想冲击的县内封建势力和盘驻郎溪的军阀势力,视青年学生如洪水猛兽,想方设法来迫害这些有志青年。 越是在这种险恶的情况下,夏雨初越敢站出来和他们斗争。 夏雨初认为,政府怕学生是因为政府理亏,不为人民谋利益。 接下来,他又串联郎溪女子高小学生进行反对曹锟贿选的斗争。 1923年6月,直系军阀首领曹锟指使其党羽采用各种手段进行"逼宫",把总统黎元洪逼出北京,为自己上台当总统扫清了道路。 但曹锟既想登上总统宝座,又要披上"合法"外衣,于是就以巨款贿赂国会议员,选举他当总统。 9月,在总统选举的预选会上,曹锟以5 000元一张选票,到处收买议员,又以40万元的高价,收买了国会议长,共用去贿赂款1 350余万元。 就这样曹锟贿选当上了大总统,史称曹锟为"贿选总统"。 郎溪女子高小校长张文海是个通天人物,和曹锟一丘之貉,竟然动用公益维持会这个御用工具,公然为曹锟大唱赞歌,恫吓学生不准闹事,违者一律开除学籍。 是可忍,孰不可忍。 在夏雨初的串联下,该校师生宣布罢课,并将公益维持会的门窗砸得七零八落,还在门墙上用石灰水写上"坚决驱逐张文海"的醒目标语。 接着一百多名女子高小的学生集队前往县政府请愿。 学生的请愿斗争,很快在全县各校引起了强烈反响,爆发了一场规模空前的"反对议会贿选"的学潮。 这场学潮一直持续了三个月之久,郎溪县当局被逼无奈,只得将公益维持会撤销,议员张文海也被罢免了女子学校校长之职。

　　夏雨初一系列的爱国爱民行动,损害了郎溪地方反动势力的利益,他们对夏雨初恨之入骨,便经常派狗腿子到他家拍桌跺脚进行恐吓,继而军警又前来敲诈勒索,闹得整个夏家不得安宁,夏雨人的生意也不能正常营业。

　　反动势力越是嚣张,夏雨初越是斗争不止。

　　这天深夜,母亲把夏雨初叫到身边,语重心长地说:"雨初啊,你三岁时父亲去世，这个家撑到今天太不容易了。你大哥经过多少折磨和奔波，好不容易在县城把生意做起来，供养你从私塾读到初中，盼望你有了文化回家协助大哥做事，谁知你在外面闹起了劲，而你的家却在遭难，今天商会来人，明天警察到家，说你是有意谋反，还扬言要收回我们家的执照。听妈一句话，你不要再出去闹事了，回家来好好做生意吧，不是照样有吃有穿。"

夏雨初听后，不想顶撞母亲，便推托道："妈妈，你不要听外面的人瞎说，我就是一个毛头小伙子，能拿政府和当官的怎么样。"

"你就不要再瞒我了，我问你，你带着学生冲进老板陈焕文店堂将所有日货全部捣毁，有没有这回事？我问你，你在乡下一个校园里用留声机唱片教唱《我们同唱中华》，有没有这回事？我还要问你，在你的带头下，迫使县政府撤销了勤业所、公益维持会，查办了该所的董事长，议员张文海也被罢免了女子学校校长，有没有这回事？"

"妈妈，你怎么知道这么多？"

"你都成郎溪的大名人了，你妈也不聋不瞎，能看不到听不见吗？"

夏雨初呵呵一笑，心想，既然如此，再瞒着妈妈就没必要了。夏雨初轻言细语地说："妈妈，人生在世并不是只图个人吃喝，讲究衣着，要有挽社稷、救民众的大志，我所想的和我所做的事情，都是有益于劳苦大众的好事。"

"你说的没错，妈妈觉得也有道理，但你在明处，人家在暗处，找不到你，他们就到家里来找麻烦。这方面，你要向你父亲和你大哥学习，遇事多动动脑子。"母亲说到这里，长长地叹了一口气，"儿大不随娘啊，前面的路你自己走吧。"

"妈妈，我一定为你老人家争气。"

"你不惹我生气就算烧高香了。"

"嗯，嗯。"夏雨初转过脸偷偷地笑了。

2. "这是一条生死赴硝烟的路"

郎溪秋天，一片凄凉。

老百姓生活在水深火热之中，夏雨初看在眼里急在心头。

自从母亲找夏雨初谈话之后，他一直在思考这样一个问题：母亲、大哥识字不多，但他们的智商、情商不比常人差。母亲说得对，在外做事要多动脑子，凭一腔热血做事尽管没错，但心急吃不了热豆腐。历史上的侠客、英雄鲁莽行事的教训比比皆是。

唉，要是恽代英、萧楚女能来郎溪该多好。夏母说，前面的路让夏雨初自己走。这虽然是她老人家的一句气话，但夏雨初确实要考虑如何走好今后人生路的问题。于是，夏雨初专门给恽代英写了一封求助信，请他为自己指明下一步的努力方向。

等信期间，夏雨初也没闲着，为了让自己更加成熟和强健起来，他除了刻苦读书学习、投身社会活动外，还注重个人体魄锻炼和意志磨炼。

春暖花开时，他迎着和煦的春风大步奔向旷野，奔向南山，站在山顶高声呼喊，以助雄心和胆魄。

夏季大雨倾盆时，是他和好友们磨炼意志的好机会。他们常常脱掉上衣，在狂风暴雨中挥臂高呼或忘情地奔跑，极力抒发心底的激情。烈日当空时，夏雨初也常常只穿一条短裤直立在阳光下暴晒，或者在郎川河游泳后静静地躺在岸边，任凭烈日炎炎直晒得皮肤发烫、发红、发疼。

秋高气爽时，他带着大家登高远眺，放眼红枫而慷慨激昂。

即将到来的又一个隆冬时节，夏雨初打算和大自然继续接触，把自己锻炼成一个真正的男子汉。

这些不同于常人的意志磨炼，为他日后在险恶的环境下坚持战斗打下了坚实的身体基础。

……

早也盼晚也盼，这天夏雨初终于盼到了恽代英的来信。信中对他鼓励的话语比较多，也提醒他注意团结和组织青年，通过一些有意义的机构和活动形式，推动新文化、新思想在郎溪的传播。

夏雨初读完信，茅塞顿开。接下来，他按照恽代英的提议，发动成立了郎溪"三五俱乐部"和"青年体育会"。三五俱乐部，就是每月逢三逢五，俱乐部会员集聚在一起，传阅报刊，抨击时事，传播新文化、新思想。青年体育会主要是通过定期举办篮球比赛活动，以球会友，增强沟通，加强青年之间的思想交流。主要成员有董小松、祁光华、吕梦松、戴绍基、戴绍成、张周汉、何光泉、李鹤、曾慎独、董远祥、李先侨、黄中和等十余人。

三五俱乐部的活动场所设在城内的开法寺。开法寺是郎溪最古老的寺庙，占地面积一百余亩。庙宇周围有围墙，朝东有四牌楼，朝南为寺巷，有平铺青石大道直通院内。大院内植有高大的松柏及梧桐，花坞中奇花异草，环境优雅。

夏雨初在每次聚会上都是主讲人，他从全国反帝反封建斗争的形势讲起，讲到宣城五四时期学生、工人开展如火如荼的抵制日货斗争，讲到恽代英、萧楚女演讲的救国救民的精彩内容，讲到郎溪张正道在法国勤工俭学的情况。这些内容丰富、言之有据、言之成理的演讲，使得蜗居在小县城的小青年们耳目一新，精神大振。

夏雨初言之凿凿、辞采动人的演讲极富煽动性和号召性，如有一次他在大家面前宣讲道：

同学们，如今老百姓正处在水深火热之中，这是千真万确的。年年军阀混战，你砍我杀。如今又要打广西了。砍来砍去，还是砍在老百姓身上。一个都督倒了，换来另外一个，还是都督，不然就叫督军，也是一个样。烧杀抢劫，奸淫掳掠，谁还把黎民百姓当人看待？工人做工活不成，农民种地吃不饱，学生念书念不上，女同胞受宗法礼教束缚不能自由。我们就是要来打抱不平！……同学们，如今中国局面太乱，辛亥革命已经十年了，还是民不聊生。我们要不做出一番事业来，也算是白活世上枉为人。人生那样，也就没有意义了！我们有能力、有青春、有朝气，只要我们大伙儿齐心协力，那是锐不可当，无坚不摧的！"

夏雨初每次演讲完，大家都报以热烈的掌声。
再说青年体育会，开展跑步、拔河、打篮球等体育活动，均符合青年人的特点，大家都踊跃参加。
三五俱乐部和青年体育会这两个进步青年社团的成立，不但使寂静的小县城有了一股朝气，而且促进了新文化、新思想在郎溪的传播。更为重要的是，为后来北伐军在郎溪筹建国共合作的临时县党部奠定了干部基础。
自从夏雨初发动组织了三五俱乐部和青年体育会以后，他很少有时间到商铺去帮忙，夏雨人想见他一面也很难。
这天晚上，夏雨人经过努力，终于找到了他。
"大哥，你有事找我？"
"雨初，我和你好长时间没坐在一起吃饭了，今晚兄弟俩喝一杯怎样？"
"好！大哥，我请你。"
"不，一家人不说两家话，哥先开口的，我来请。"
这天晚上，在一个小吃店里，兄弟俩边喝边聊，当聊到未来和人生，夏雨初说："哥，你要理解我，我这个人不适宜经商，或许将来也成不了大器。"
"不，弟弟你是个做大事的人，哥哥比不上你。我们夏家的人全比不上你，你将来会给夏家祖上增光添彩的，这个我早就看出来了。"
"哥，我走的这条路，要的不是大官大位，也不是金钱美女，我要的是让劳苦大众过上好日子。"
"雨初，你走的这条路要比我经商这条路难上千万倍。"

"哥,你说的没错,我走的这条路,就是生死赴硝烟!"
"雨初,你是好样的,大哥坚决支持你的人生信仰!"
夏雨初顺手把夏雨人的手抓住,特别亲切地喊了一声:"你是我的好大哥。"
这一次,兄弟俩全喝多了。

第四章
秦晋之好传佳话

"知——了,知——了",蝉儿高一声低一声地在屋外的老槐树上鸣叫。

夏雨初想,天气闷热,反正出汗,不如出去打场球,然后再洗把澡。于是,他走出家门,找祁光华、吕梦松他们几个打篮球去了。

这也是青年体育会的一项活动。

1."原来琴箫合奏是绝配"

夏雨初喜欢打篮球,主要是乐于锻炼。他常说,没有好身体,梦想难实现。

在那个年代，会打篮球的人不多，特别像郎溪这样的小县城，爱好者寥寥无几。夏雨初学会并爱上打篮球，还是在宣城储才中学上学期间。

夏雨初除了爱好打篮球，还特别喜爱中国古老的气鸣乐器：箫。

箫，又名洞箫，吹奏乐器。为区别横吹之笛，明朝将竖吹之篴称为箫。这种单管竖吹的箫，早在汉代陶俑中已出现。

夏雨初手中的箫，是以九节紫竹制作而成的长箫，十分引人注目。

夏雨初吹箫，完全是自学，一学而不可收，越吹越好。他吹箫，有时在庭院里，有时在打球之后，有时在演讲之中，有时也在小河边或茶树旁。哪里有箫声，哪里就有夏雨初。

在宣城储才中学时，夏雨初爱吹好多曲子，如《春江花月夜》《阳关三叠》《凤凰台上忆吹箫》《昭君怨》《苏武牧羊》《满江红》等。这些曲子，都被夏雨初演绎得回旋曲折、婉转动人。

在郎溪，听夏雨初吹箫着迷的亲朋好友中，第一个当数董小松。董小松是夏雨初创办的三五俱乐部中的成员之一，起初相识于俱乐部，他经常去听夏雨初演讲和吹箫。

"流水行云天四远，玉箫声断人何处。"

董小松听到婉转悠扬的箫声，用心去寻访这位乐人，走着走着，幸运的是夏雨初的箫声没有终止。

从此，夏雨初和董小松成了一对志趣相投的好朋友。

郎溪县城的工商大户是屈指可数的，除了小南门口的夏氏美孚洋行，便是北大街的董小松家的董记粮行了。董记粮行的第一代主人叫董广隆，祖籍江西，也是于清朝晚期随其父辈应朝廷"张榜招垦"迁徙来郎溪的。经过几代人的艰辛创业，也发展成县城的殷实大户。

这天，董小松又来到夏家听夏雨初吹箫，听了一曲又一曲，如醉如痴，无法自拔。最后一曲终，董小松拍着巴掌说："夏三哥，谢谢你为我演了一个专场。"

"夏三哥"这个称呼,是从三五俱乐部的小青年口中喊起来的。夏雨初想,夏三哥就夏三哥吧,这样称呼既亲切又好听。

"小松,你又见外了,我俩也不是一天的朋友,给你吹几首曲子也不伤筋动骨,干吗要谢。"

"我是这么想的,来到你们家,不光听到美妙的箫声,还有好吃好喝的,说声谢谢有何妨。"

"非也。好友不言谢。"

那怎么是好?急得董小松抓耳挠腮。就在这时,他突然想起一件事,便问:"夏三哥,我有个想法,不知当讲不当讲。"

"好啊,讲出来听听。"

"我有个姐姐,琴棋书画样样精通,尤其以古琴见长。我想,要是让她的古琴和你的箫合奏,岂不是郎溪的绝配。"

"你有个姐姐?会弹古琴?她叫什么名字?"

"这还能有假。我姐姐的名字叫董淑。"

"小松,你怎么不早说?"

"夏三哥,现在讲也不迟啊。"

夏雨初再一寻思,觉得有点不妥,因为小姐住闺房很少下楼,更不要说和小伙子见面了,二人合奏更不可能。

董小松看出夏雨初的心思,立马将董淑的情况讲给他听。

原来,董小松的爷爷叫董广隆,他膝下共有五个儿子,分别取名为:董培松、董培柏、董培鹤、董培凤、董培荣。1903年5月,董培松喜得千金,乳名押顺,取意为"家顺",全家人企盼着随着董氏大家族第三代长孙女的降临,董家会越来越顺。小押顺从小长得清秀灵巧,父母亲将她视为掌上明珠,她也深得几位叔叔和姑母的疼爱,东门外婆家尤为喜欢。小押顺长成小姑娘时,满腹经纶的外祖父便给她取了一个学名叫董淑,希望她将来能够贤淑达理。

董小松的祖父病逝后,父亲董培松继承了祖业,专事粮食经营。由于经营的需要,他经常穿行于宣城、芜湖、南京、溧阳之间,对维新之后出现的许多新事物也多有见识,因此他思想较为开放,对女儿董淑也不再施以"三从四德"的约束,不但不要求董淑缠足和留长头发,还鼓励她上学读书。那年董淑十岁,便入读名儒李心溥在开法寺创办的私塾学堂,成为学堂唯一的女生。 不,成为郎溪县城乃至全县第一个读书受教的女性。 女孩子家上学堂,这在还十分闭塞的郎溪县城一时引起了不小的轰动,一度成为县城人们茶余饭后谈论的热点。

经董小松这么一介绍,夏雨初来了精气神:"好啊,那下次俱乐部的活动就安排在你家,能不能成?"

"能成,我回去讲说讲说。"

就这样,夏雨初和董小松"一言为定"。

送走董小松,夏雨初就去找大哥夏雨人打听董家情况。 因为夏家和董家在生意上常来常往。

这些年夏雨初一直在外求学,对董家的情况不甚了解。 见到夏雨人,可以问个清楚。

"雨初,你找我打听董家的情况,算是找对人了。"

"大哥,那你就不要卖关子了,快给我说说。"

夏雨人说起董家的情况如数家珍滔滔不绝。

1916年,董家祸不单行,董淑的父母在一年之内相继病故。 十三岁的董淑、十岁的大弟董小松和七岁的小弟董远祥,均由三叔董培鹤抚养,由外婆外公照料。 到了1919年,董淑已经长成亭亭玉立的大姑娘,按当时当地的风俗习惯,她不再适宜继续在私塾读书了,但郎溪这时还没有设立新式中学堂,她又不能外出去芜湖或南京读书,只好辍学在家做女红,成天与大她几岁的小姑董海英一起学缝补刺绣。

后来,也就是现在,夏雨人和董培鹤全成了县商会的头面人物。 由于经常出入县商会,加之二人性格相投交往甚密,两人成了一对推心置腹无所不谈的好朋友。

"听小松说,他姐姐董淑会琴棋书画样样精通……"

夏雨初的话还没问完,就被夏雨人接过去说:"那是,董淑,是郎溪的第一才女。"

"哦。"夏雨初全听明白了，无须再继续追问下去。

其实，夏雨初也曾听说过董淑，只是时间长了，加之在外求学，印象不深了。眼下董小松极力推荐，夏雨人又如此的锦上添花，此时此刻，就像有人将手中的石子扔向水面，"咚"的一声，夏雨初的心再也平静不下来了。

郎溪县城以十字街为中心，分东、南、西、北四条大街，街道狭窄，一般只有两丈多宽。街道两边店铺林立，百货聚集。沿街还有数不清的坐摊行贩。这里是郎溪的商业中心，人声鼎沸热闹非凡。夏雨初走一路看一路，处处顺眼顺心，他在心里问："今天怎么啦？"

这还要问吗，明摆着的事，接下来的俱乐部活动是假，迫切想见到董淑是真。

董小松早早在大门前恭候，热情地把夏雨初迎进董家大屋。

董家大屋，主体建筑坐西朝东。三层，五间门面，两个天井。在构造上除大厅明间用抬梁及其他局部减柱外，皆用穿斗。各进建筑用材均较大，出檐深远。皆施圆椽，隔断用板壁，或夹竹泥墙，装修古朴。阶沿置条石，地面均铺方砖并匝以条砖。天井铺以卵石，外围围墙以黄土夹砾夯筑。

夏雨初把董家大屋看了个遍，也没见董淑的身影，其实夏雨初心里有数，她现在楼上闺房呢。

夏雨初来得也太早了，这个提前量打得也太过了些，但他自有道理。这时，只见他从身上取下长箫，坐下后调姿势调呼吸调口型，然后在箫的音孔上十指灵动，顿时悠扬的旋律绕指而出。是的，这是《春江花月夜》的旋律，立马给人眼前呈现出一幅色彩淡雅的风景画：月夜下的春江，渔火映照江面，美丽恬静的自然风光中，渔人泛舟，轻歌曼舞，如入仙境……

就在此时，董淑从闺房掀帘而出，下楼的脚步轻而又轻，生怕打搅了吹箫人。尽管如此，夏雨初仍从两眼的余光，观察到这位仙女下凡。 突然，他的箫声欢快起来，绝对是按照她那轻盈的脚步起起落落……

箫声停下，掌声响起。 这是董淑的掌声，董小松只管看还有听，不打搅。

"这是夏三哥雨初。 这是我姐姐董淑。"董小松主动上前介绍。

第一次见面，双方唯有微微一笑。 这一笑足够了，已经对上了眼。

从此，董家大屋就成了夏雨初的落脚点，也成了青年人定期聚会的"俱乐部"。 董淑呢，当然乐于接待夏三哥领着大家来这里，甚至忙忙碌碌地端茶倒水，有时还上街买些新鲜水果招待他们。 这群小青年来到董家大屋后，有时谈论国家大事，有时谈论各自的梦想，一谈就谈到深更半夜。 当然，有时也争论不休。

随着交往的不断深入，夏雨初对董淑知之甚多。 原来董淑生性聪颖，记忆力强，有悟性。 小时候，她从读《三字经》《百家姓》开始，先后读了必修课《千字文》《琼林幼学》《古文观止》，"四书""唐诗""宋词"，一读就是六年，打下了她坚实的旧学基础。 父亲是个有心人，不但希望女儿识字、念诗，还让女儿写字画画，学习古琴。 古琴，是父亲亲自从南京买回来的，让她按教材自学弹奏。 董淑人巧心灵，无师自通，很快就能弹奏几曲。 后来，父亲还时常从南京、上海带回各种各样的新闻时报，董淑总是用心阅读，因而知道了许许多多的国家大事，慢慢地扩展了自己的眼界。 特别是军阀混战、民生潦倒的冷酷现实，时刻冲击着她那颗爱憎分明的心灵，并在朦胧中酝酿着一股救国救民的潜在意识。

每逢夏三哥到来，平日本已热闹的董家大屋，又更加热闹起来。 夏雨初凭着自己在储才中学读书时的所见所闻，加上恽代英、萧楚女的深远影响和阅读的众多进步书刊，讲起话来引经据典，侃侃而谈，又使得董淑了解到很多新鲜的事物和知识。 每每董淑在一旁静听，就觉得夏三哥是一个有学问、有才情的人，不由得十分羡慕和尊重。

一来二往，董淑对这位夏三哥从尊重进而发展到爱慕了。夏雨初也很欣赏董淑的思维敏捷。随着交往的日益频繁，两人之间的感情也日趋笃深了。

这是一个秋日，夏雨初和董淑在大屋的后院并肩而立，共同欣赏着好友尹祺芳新近送来的两盆菊花。董淑一边赏菊一边笑吟吟地说："你看这菊花开得多好，快吟两句诗吧！"夏雨初微微一笑，很随意地吟咏了黄巢的《题菊花》："飒飒西风满院栽，蕊寒香冷蝶难来。他年我若为青帝……"

董淑接着诵道："报与桃花一处开。"随即又说："这不算，得重新来。"

夏雨初不禁说道："你吟一首我听吗？"

董淑凝眸幽思片刻，轻声吟道："高谊落云霞，温和德行嘉。所贻娇丽菊，今尚独开花。月夜幽思永，楼台入暮遮。明年秋色好，能否至吾家？"

夏雨初细细品味道："淑妹咏诗寄情，意味深长。"

董淑的脸不由得红了："我的诗是答尹祺芳的！"

"送我也可以？"夏雨初一语双关地说，"我很喜欢诗的后两句：'明年秋色好，能否至吾家？'淑妹……"

"你这是曲解人家的诗意！"董淑的脸更红了，低着头说，"大弟在书房呢。"

夏雨初和董淑互相对视着，彼此会意地笑了。

不过两日，夏雨初终于等到了这一天，董淑抱出她那紫红色的古琴，要和夏雨初的长箫完成一首合奏。

琴音开头，箫声响起。清丽，悠扬，忽高忽低，忽轻忽响。低到极处之际，几个盘旋之后，又再低沉下去，虽极低极细，每个音节仍清晰可闻；渐渐低音中偶有珠玉跳跃，清脆短促，此起彼伏，泛音渐增，先如鸣泉飞溅，继而如群卉争艳，花团锦簇，更夹着间关莺语，彼鸣我和……最后，细雨绵绵，若有若无，终于万籁俱寂……

此时无声胜有声。

董小松和一群俱乐部的成员全听明白了，原来这是夏雨初、董淑现场自由发挥的一首爱情篇章。

后来有人称这首曲子为"夏董恋曲"。

"原来琴箫合奏是绝配！"

2．"待到梅花烂漫，雨初学成归来时"

董淑没去过夏家，对夏家的事儿全感到新鲜。

这天，当她从董小松口中得知夏家的庭院里有几株梅花和几丛茂盛的翠竹时，她立即在表情上做出反应，心里想，要是能和夏三哥在梅花和翠竹下弹琴吹箫该多好啊！

夏雨初又何尝不是如此的企盼。

二人天天盼着见面，魂不守舍。

世上没有不透风的墙，夏雨初和董淑的爱情很快传到家人的耳朵里。

董培鹤的态度呢？ 没说的，他十分疼爱自己的小侄女，特别是董淑已经到了谈婚论嫁的时候，正寻思着为她找上一个好人家，没想到现在和夏家有了这层"门当户对"的关系，他打心里头高兴。

夏雨人的心思呢？ 也没说的，他又何尝不想尽快给三弟夏雨初安个家，以尽长兄之责。 董家、董淑，夏雨人全都称心。

夏雨人与董培鹤道破彼此的心思后，一拍即合，都愿意撮合这门亲事，尽快结为"秦晋之好"。

夏母自从听到这个好消息，就再也没合拢过嘴，高兴得走路带小跑。

空口无凭不行，但郎溪地方的订婚习俗非常烦琐，不但讲究门当户对，还必须经媒人说合。 大多数人家还要请算命先生卜卦、"合八字"，经双方家长同意后，方可举行订婚仪式，俗称"押八字""住口"。 订婚以后约定时间男方"下彩礼""过聘金"，又称"下担"。

对于这些传统的礼仪，夏雨初、董淑当然敬而远之，作为这桩婚姻的撮合人，夏雨人、董培鹤也有同感。既然二人已经相识、相知、相爱，何必按老皇历办事，搞得那么烦琐呢？ 于是，夏、董两家决定摈弃老风俗，来个新事新办，既不请媒人"说合"，也不搞什么"押八字"，一切从简。

订婚宴是在夏家举行的，但董淑未被邀请参加，因为未过门的她不能进婆家，这个礼俗还是要遵守的。但是，一对新人爱到深处，是顾不了那么多的，待两家人散了宴席，董淑又偷偷地跑到夏家，和夏雨初在庭院那茂盛的梅花、翠竹前见了一面，完成了郎溪一对青年恋人的"第一抱"。

夏雨人和董培鹤都是精明而又开通的商人，把夏雨初留在身边经商，还是把夏雨初送出去继续求学？ 在这个问题上，二人几乎不谋而合："万般皆下品，唯有读书高。"董淑到底是一位有见识的新女性，也极力支持夏雨初外出求学，她认为只有学好过硬的本领，将来才能更好地报效国家。 但这时的夏雨初考虑更多的是：在今后的求学路上，如何追随中国共产党实现自己的人生信仰。

1923年秋，夏雨初没有辜负两家人的希望，以优异的成绩考入江城芜湖萃文中学高中部。

这天下午，夏雨初再次来到董家大屋。

董淑这次迎接他的是古琴，是的，她已经抱出她那紫红色的古琴，在分别之前，得和夏雨初再完成一次合奏。 热恋中的人总是心心相印，夏雨初正好也把长箫带过来了。

还是那个篇章："夏董恋曲"。

一张琴、一支箫，琴箫合奏是绝配。 二人没有更多的海誓山盟，全部表达在"夏董恋曲"中。 这种场面，唯有琴和箫能够代表他俩的心！

琴箫合奏再绝配也有暂停的时候，但夏雨初不愿冷场，又提议让董淑猜两个爱情谜语。 只要夏三哥高兴，董淑都愿意去做。

夏雨初是有备而来，爱情谜语就在心中装着。

董淑正微笑着呢，夏雨初就放马过去了：

天鹅飞去鸟不归，良字无头双人配；双木非林心相连，人尔结合就是己。（我很爱你）

友情雨下永相伴，人情相遇有艾时，大雁南飞非人字，方知缘了应无点，除夕过后是何天？（爱你一万年）

结果，这两个爱情谜语，董淑一个也没猜出来。真的假的？难道才女在炽热的爱情面前的智商也是为"零"？

其实，董淑早就对谜语心知肚明了，只是不说出来而已，不是有这么一句警言：点破之后就不灵了。

董家大屋静悄悄，一对恋人的手紧紧地握在一起。

"雨初，我会永远记住你的爱情谜语的。"

"淑妹，待到梅花烂漫，雨初学成归来时，我们就举行婚礼。"

董淑的脸红了，但把夏雨初的手抓得更紧了。

这天早上，夏雨初即将登船赴芜湖，就在这时，董淑全然不顾忌什么"没有过门的媳妇不能给男人送行"的闲言碎语，毅然决然地走出董家大屋，"送君送到南门河码头"。此时此刻，两人没有儿女情长地洒泪相别，只说了相互勉励珍重的话语。

扬帆的大船乘风破浪，不一会儿，帆影便渐渐消失在碧空的尽头。

这时，董淑仍站在码头上，踮起脚尖，轻轻地摇动右手，向心上人再喊一声：雨初，多保重！

第五章
江城学运露锋芒

芜湖位于长江、青弋江、水阳江诸水的汇集点，自古以来就是安徽的重镇，也是皖南经济、文化的中心。境内山环水抱，风光宜人，且多文物古迹，是一座古老而秀丽的江城。

夏雨初乘坐货船来到了这座城市。

下船后，夏雨初站在青弋江岸边，只见一群江鸥在宽阔的江面上翱翔，起起落落，追逐鱼虾；多只小渔船沿江边走走停停，头戴斗笠的渔民忙于撒网捕鱼。啊，这边风景独好。

走进芜湖城里,市井的繁华,令夏雨初耳目一新。

1. "奴化教育不得人心"

一旦强烈的社会责任感和使命感被唤醒,必将使人焕发出强大的精神力量。 夏雨初已经不满足于郎溪这一隅一方的天地,他要探索更为广阔的人生道路。

然而,这座美丽如画的江城,自1876年《中英烟台条约》被辟为西方列强的通商口岸后,范罗山上建了英国驻芜领事署,大江口设了英人税务司直接管辖的海关,英国和其他资本主义国家的商人纷纷涌入。 英国领事还援引上海租界之例,在芜湖设立租界。 租界是一个"国中之国",在这里,外国资本家和侨民享有许多特权。 从此,这座誉称中国四大米市之一的江城,不仅在经济上遭受帝国主义的侵略,文化教育上也同样受到帝国主义的奴役。 坐落于赭山脚下小官山的萃文中学(今安徽师大附中前身),狮子山的圣雅阁高中部(今芜湖十一中前身),石桥港的圣雅阁初中部,育才中学以及一些小学、女子学校都是帝国主义在芜湖举办的教会学校。 其中,以圣雅阁和萃文两所学校规模最大,是帝国主义在芜湖实施奴化教育的重点学校。

当夏雨初走进萃文中学时,就觉得这里的生活气氛很不对劲,有一股强烈的压抑感,再一了解,原来是美国籍的基督教传教士主宰这所学校造成的。 这里是教会学校,种种严苛的清规戒律和陈旧的教学内容,实在让夏雨初看不惯受不了。 比如《圣经》是教会学校的必修课,学生不管是教徒还是非教徒,每星期都要做礼拜,每天一日三餐前也必须做祈祷,做完祈祷方能就餐。 修身课是《论语》《中庸》,灌输的全是孔孟之道、中庸之道。 国文课教材不准选用白话文,全是孔孟的"之乎者也"。 另外,严禁学生阅读新出版的图书报刊,违者将会受到罚站、不准就餐、打扫校园、清洗厕所等各种惩罚。 校方利用宗教教义、蒙昧主义来麻痹学生思想,宣扬"上帝是万物的大主宰","我们是天上的国民,莫管地上的事情"。 这完全是一种奴化教育,害的全是世界观未形成的青年学生。

夏雨初是个什么样的人,他在宣城接受过恽代英、萧楚女新思想的熏陶,在郎溪是传播新思想、新文化的杰出代表,又是青年体育会、三五俱乐部的创始人和引领者,现在到芜湖求学,说到底是奔着革命、放飞梦想来的,岂能安于基督教传教士的奴化教育。基督教传教士的奴化教育与夏雨初的人生追求格格不入。

连续两个晚上,夏雨初躺在床上翻来覆去睡不着。必须和美国基督教传教士的奴化教育做斗争!他暗暗下定了决心,但就在这时,他突然想起离家时母亲的教诲:"到芜湖是求学,不是去多事,一定要记在心上。"母亲说的不无道理,但夏雨初心里更清楚的是:奴化教育害国人,必须挺起胸膛做斗争。再说,不打倒帝国主义和推翻中国封建军阀专制统治,普天下的穷人怎么翻身,翻不了身,读书又能发挥多大作用。

当然,夏雨初也知道自己刚来到这所学校人生地不熟,一个人的力量毕竟有限,要想取得反奴化教育斗争的胜利,必须和老师同学们抱团出击。

在萃文中学,也不乏爱国进步人士。有一位姓王的青年教师是芜湖当地人,富有激进民主思想,人也随和,学生们都愿意与他交朋友,在一起谈天论地。夏雨初和这位王老师接触过几次,也觉得其人品和思想作风不错,不久就成了他来到这所学校的第一位朋友。

要和奴化教育势不两立,把外国的基督教传教士斗倒,必须具备先进的思想和文化知识作为保证。夏雨初在王老师的指点下,走进芜湖"科学图书社",进一步武装自己的头脑。

闻名于世的芜湖"科学图书社"位于芜湖长街中段,徽州公馆隔壁。它是一幢旧式的两层楼房,楼下一层作为售书店堂。"科学图书社"创设于清光绪二十九年(1903年),经理是安徽绩溪人汪孟邹。这家书店最初以经营文具和教科书为主,自创设开始,历经辛亥革命、新文化运动、五四运动,每每都站在时代潮流的前列,一方面不遗余力地发行新书、新刊物，另一方面成为革命者经常聚集和谋划大事的秘密中心地。 因此，被人们称为"革命的据点"和"新文化的媒婆"。

五四运动前后，"科学图书社"是芜湖唯一的一家经售全国各地新书和杂志的场所。 1915年《青年杂志》创刊（后改为《新青年》），书店经理汪孟邹曾为它奔波联系承办单位，并将其开设的上海亚东图书局和芜湖"科学图书社"作为《新青年》杂志的第一代派处。

当夏雨初踏进"科学图书社"，他立即被眼前琳琅满目的进步书刊吸引了，这里经售的有《向导》《湘江评论》《新潮》《创造周刊》《雨丝》《拓荒者》《生活周刊》等新刊物。 鲁迅的《呐喊》，郭沫若的《女神》等新书也在这里大量销售。

夏雨初犹如沙漠里的长途跋涉者遇到了一股清泉，一个饥饿的人扑在了面包上……从此，他与"科学图书社"结下了不解之缘。

从萃文中学到"科学图书社"要走很长一段路程，每次他都步行去，边走路边吃一些零食填一填肚子，但一进入图书社坐下来看书，他的思想就在书的海洋中遨游，到了中午也不走出去吃饭，直到晚上书社打烊才离开。 在这个图书社里，夏雨初第一次看到了一幅世界地图，世界之大令他震惊，中国原来也如此之大！

芜湖"科学图书社"还是芜湖乃至安徽学生的前辈经常聚会的地方。 李光炯、沈子修、光明甫、刘希平、卢仲农、高语罕、官乔岩、李克农等都在这里开过会，讨论决定了多个学运大事，如芜湖五四时期的斗争、声援安庆"六二"运动的学潮、反对曹锟贿选的群众运动及全市人力车夫大罢工等事件。

鉴于芜湖"科学图书社"在革命斗争中所起的作用，后人曾送给该社一副对联，上联是"给新文化做了几十年媒婆"，下联是"为旧世界播下了数千颗逆种"。 这副对联太形象了，可看作是对芜湖"科学图书社"几十年来活动的总结。

没错，夏雨初就是这"数千颗逆种"中的一颗。 正是在这里阅读了许许多多的进步书刊，他进一步认清了帝国主义文化侵略的本质，从而坚决自觉地站到反对奴化教育斗争的前沿。

夏雨初来到江城芜湖后,对这里的风景不感兴趣,他所感兴趣的是找党。找到党,和奴化教育做斗争才有靠山。自从中国共产党诞生之后,夏雨初就一直想找到党,为了中国人民的民族解放事业,他迫切期盼加入这个无产阶级的先锋队,直至为党的事业奋斗终生。

1924年秋的一天,夏雨初从王老师的口中得到一条重要信息:芜湖狮子山圣雅阁中学的王稼祥极像共产党人。

夏雨初听后高兴极了,要是能飞的话就飞过去了。

机不可失,赶快行动。夏雨初如愿以偿,很快在圣雅阁中学找到了王稼祥。再一打听,方知王稼祥是宣城泾县人。原来是小老乡,比夏雨初小三岁。二人相见恨晚。

王稼祥为人实在,开门见山地说:"雨初,你年龄比我大,以后我叫你哥。"

"好啊,以后就兄弟相称。"

王稼祥顺手端起茶杯:"以茶代酒,敬兄一杯。"

"哈哈——"二人开怀大笑地干了杯中的茶水。

夏雨初和王稼祥第二次见面的时候,他觉得打听共产党消息的时机已经成熟,便悄悄地问:"稼祥,我俩已经很熟悉了,今天在这里想向你打听个秘密,可以吗?"

"可以啊,你说。"

"斗胆问一句,你……是不是……共产党?"

"呵呵,我俩想到一块儿去了,我正准备向你打听这个事呢。"

"哦。"

这次是夏雨初先举茶杯:"好,那我们的目标是一致的,再干一杯!"

二人碰杯,一饮而尽。

"听说共产党人有三个特点:第一,富有激情;第二,不怕牺牲;第三,革命到底。共产党的奋斗目标,不光要推翻一个旧中国,还要建立一个新中国。"

"雨初，你说得真好，是的，我们一定要找到党，争取早日成为党的人。"

就这样，他俩经常见面，有时在宿舍，有时在餐馆，有时也在田野，说人生话理想，谈为劳苦大众翻身得解放。

"找不到党，我们也要以党的标准，投入到反奴化教育的斗争之中。"夏雨初带头立此言和王稼祥共勉。

学生，特别是像夏雨初、王稼祥这样的进步学生，眼里是容不得一粒沙子的。

有一天，一个美籍基督教徒不容忍萃文中学学生冲破他的戒律参加以反对帝国主义为目的的各种政治活动，居然以饭堂秩序混乱为由，破口大骂："你们中国人是'土匪''走兽'，你们骂日本人不好，你们不如日本人！不如日本把你们中国灭了！"晚上，他又借口教师不做礼拜，狠狠地把教师们痛骂了一通。

洋大人的蛮横无理和辱骂中国人的行为引起在场师生的强烈不满。夏雨初见此，哪能咽得下这口恶气，便站出来强烈地痛击道："住口，你听好了，教育是培养人格，你们反而摧残人格！你们明为办教育，暗中却用奴化教育侵略！你们口口声声说'美国待中国好'，我现在问你：长江联驻军舰，是待中国好吗？提倡共管中国铁路是待中国好吗？广东军舰示威，是待中国好吗？供给北洋军阀钱物和枪械，临城案十六国协同侵略，都是待中国好吗？我还要问你，让日本人灭中国，你的用心何在？你站在中国的土地上，吃中国的粮食，如此恶狠狠地咒骂中国人，我们不欢迎你！"

这个洋大人被夏雨初问得哑口无言，一看眼前情况对自己不利，便找借口灰溜溜地溜了。

这时，夏雨初又转身对围观的老师和同学们说："最近有家报纸发了一则消息，用大量的事实揭露了帝国主义分子对中国青少年进行奴化教育的严重后果，概括起来其大意是：在外国人办的学校，学习四年之后,就会丧失国家观念和中国固有的道德,只知重视个人生活(衣食住)和自己的生命。 如果把这种教育普及东三省,恐怕不用十年,东三省的一般青年,不仅不知道什么是中国,连自己是哪个民族也不知道了。 将来这种青年就会像印度人那样,充当英国的巡捕,在世界上无立足之地。"

夏雨初说得对,大家非常拥护。 有的同学愤怒地说:"眼下,帝国主义对华经济侵略的同时,大肆进行一系列的以传教为中心的文化和教育侵略,我们学校的洋大人就是其中的代表之一。 基督教传教士之流,实际上是在对学生实行奴隶式教育,企图从精神上奴化中国人民,从心理上征服中国民心,为他们培植在中国进行殖民统治服务的势力。 呸,我们一千个一万个不答应!"

"奴化教育不得人心,我们要和他们斗争到底!"老师们也站出来说话了。

就这样,在夏雨初的带动下,师生们与洋大人的斗争趋于白热化。

但是,这次因为没有党、团组织的直接领导,光靠夏雨初和一部分师生站出来不行,因而这一斗争进行得不够彻底、深刻。 不过,萃文中学反奴化教育的这把火已经被夏雨初点燃了。

2."剥开洋大人的画皮"

"恽代英来芜湖了!""恽代英要在芜湖发表演说!"这则消息在芜湖圣雅阁中学和萃文中学不胫而走。

1925年4月23日,芜湖的《工商时报》有则消息:"上海国民党总代表恽代英于前日来芜参加本埠各界追悼中山大会……"

原来,1925年3月12日,孙中山在北京病逝,消息传到芜湖,引起巨大震动。 芜湖各界纷纷集合于十三道门(今鸠江饭店附近)召开追悼大会,多人痛哭流涕,会后举行游行。

夏雨初和王稼祥也先后得到了这一消息,他俩打算亲自拜见恽代英，还要组织一些师生到现场去聆听演说。

同学们也说，这是在芜湖接受和传播新文化、新思想的好时机，一定不能错过。

这是一个好日子，又是一个好天气。好日子碰到好天气，实属不易。

这场恽代英演说活动由芜湖学联牵头，集会地点分别选在交通旅馆（今市大花园口解放旅社前身）和湖南会馆（今二十一中）门前广场等处。交通旅馆，是恽代英这次在芜湖下榻的住处。

经过夏雨初和王稼祥宣传发动，萃文中学和圣雅阁中学去了不少师生，在会场靠前位置站了一大片，大家遵守会场纪律，听从主持人指挥。

不一会儿，只见恽代英精神焕发地走上演讲台。看得出，他的微笑是发自内心的，他的风度是平时养成的，不愧是上海派来的总代表。

恽代英不光是个革命者还是个大才子，演说一开场就抓住了人心，深入浅出引人入胜。他通过悼念孙中山的病逝，揭露鸦片战争以来帝国主义侵华的罪恶历史。他说，帝国主义对华经济侵略的同时，大肆进行文化和教育侵略。文化侵略是帝国主义推行殖民政策的重要手段。侵略者吸尽了中国人的鲜血，现在的总税务司安格联就是中国的太上皇，北京段祺瑞政府巴结安格联，大权都直接掌握在安格联手中，安格联手里的钱尽是中国人的血。北洋军阀统治下的中国，兵太多不打仗，到处是匪患，教育经费统统被军饷占去。段祺瑞政府承认什么"金法郎案"，用金子换金法郎纸币，中国每年亏损七万块，全加在老百姓身上。他还指出，在中国这个社会制度下，没有什么地方可以容纳人才，学生毕业出来甚至连饭碗都没有，工农大众的生活更是每况愈下……

恽代英的记忆力惊人，在整个演讲过程中，他不用文稿就能列举大量资料及数据，对事情的分析很精辟，听众无不由衷佩服。他的演讲很感人，说到激动处，他在台上声泪俱下，广大听众在台下也小声哭泣，对帝国主义及北洋军阀的仇恨情绪愈加炽烈。

夏雨初非常激动，恽代英刚演讲完，他就登台大喊道："恽代英老师！"恽代英转身一看，原来是他的学生夏雨初。老师见学生，也是两眼泪汪汪。"雨初，原来你现在在这里上学啊，好，好啊！"由于现场有好多同学等着恽代英签名留念，他实在顾不上和夏雨初多说，便让夏雨初晚饭后到交通旅馆几号房间找他，夏雨初立即向他点了点头，回答道："我一定去找老师。"

人生何处不相逢，革命者志在四方。

晚饭后，夏雨初约请王稼祥同行。和恽代英见面，也是王稼祥的期盼。到了交通旅馆找到恽代英住的房间，夏雨初轻轻敲了两下门，恽代英知道是谁来了，立即开门迎接。进屋后，夏雨初向恽代英介绍王稼祥，王稼祥立马上前向恽代英问好。恽代英特别高兴，立即和王稼祥握手。

几年不见了，夏雨初有很多话要给恽代英讲。恽代英呢，在他俩面前也不摆架子，都掏心里话，有啥说啥，不亦乐乎。

投机的话儿讲不完，讲着讲着就到了半夜。

王稼祥看火候已到，便悄悄捣了夏雨初一下，是的，这次来拜访恽代英，最大的愿望是了解中国共产党的情况。接下来，当夏雨初问及恽代英什么时候加入的中国共产党时，恽代英毫不犹豫地介绍："我是1921年加入这个先锋队组织的，同年8月被选为中国社会主义青年团中央委员、宣传部部长，创办和主编《中国青年》……"恽代英的坦诚，让夏雨初和王稼祥惊讶不已。

说到中国共产党先锋队，恽代英便打开了话匣子，他说，中国共产党建党之后，就向全党发表了《共产党宣言》。这是全国建党的纲领性文件。就历史意义而言：第一，它第一次亮出了"中国共产党"的名称，它表明代表中国无产阶级和广大劳苦群众的新型政党已经在中国产业工人最集中的上海出现，它即将发展为全国性的政党。第二，它第一次把马克思主义最重要的纲领性文献《共产党宣言》的核心思想与俄国社会主义革命与建设的指导思想——列宁主义的核心思想结合在一起，用最简明的概括与表述，展示给早期的中国共产党人……

当谈及中国共产党和中国国民党两党的合作问题，恽代英介绍道：1924年1月中国国民党第一次全国代表大会的召开，标志着国民党改组的完成和国共合作的正式建立。改组后的国民党由一个资产阶级性质的政党变成工人、农民、小资产阶级和民族资产阶级四个阶级的革命联盟。国共合作建立以后，革命得到全面迅速的发展，开创了中国革命的新局面。

夏雨初给恽代英的茶杯加满水，恽代英端起来喝了一口，接着又向他们介绍说：不过，我们的党诞生的时间比较短，在中国政治舞台上还只是一个很小的政党。尽管中国共产党成立之初并不强大，但它拥有马克思主义这个最先进的思想武器，它所提出的纲领和奋斗目标，代表着中国社会发展的正确方向，代表着中国无产阶级和其他广大劳动群众的根本利益。因此，它从诞生时起，就充满着勃勃生机和活力，预示着中国的光明和希望。它满怀信心地以改造中国为己任，以坚定的信念为中国人民指明前进方向和奋斗目标。它为根本改变中国各族人民被剥削、被压迫的状况，实现民族独立、人民解放和国家富强，为实现共产主义的远大理想，开始了不屈不挠、艰苦卓绝的斗争历程！

恽代英说得太好了，比白天的演说还要到口到肚，夏雨初和王稼祥听后非常激动，为了表达他们追随中国共产党的意志，夏雨初当即问恽代英："我和稼祥同志能不能申请入党，为共产主义奋斗终生？"

"能啊，党的大门始终是敞开的。"恽代英话锋一转，"第一步，你们得申请加入中国共产主义青年团，因为青年团是党的后备力量。"

王稼祥问："我们作为学生，眼下应该怎么做？"

"投入学运，向洋大人的奴化教育宣战！"

这话说到了夏雨初和王稼祥的心坎上。外国侵略势力在对中国进行军事、政治、经济侵略的同时，还进行了一系列以传教为中心的文化侵略活动。他们中的许多人披着慈善的外衣，然而干的却是侵略中国主权、干涉中国内政、霸占房屋田地的事，侮辱妇女，鱼肉乡里。是的，眼下的学运，就是进行反奴化教育斗争。

作为那个年代的中学生，学运是绕不开的节点。夏雨初、王稼祥也是如此，他们无疑是江城反奴化教育斗争的急先锋。

夏雨初、王稼祥向恽代英表决心："请老师放心，我们会立即行动起来的。"

这一夜，他们全没有睡意，一直交流到朝霞满天。

恽代英离开芜湖后，一场"要求收回教育权，废除奴化教育"的学潮，便在这座城市蓬勃兴起。这场斗争的烟火，是从石桥港圣雅阁初中燃烧起来的。

1925年5月11日晨，在学生甘天沐（新中国成立后曾任中国驻马达加斯加大使）的带领下，全校大多数学生拒绝做祷告。13日晚祈祷，全体顿足，地板轰如雷鸣，校长饶桐荪前来制止，也毫无结果。5月16日，甘天沐代表全体学生向校方提出取消《圣经》课，取消早晚祈祷，取消做礼拜并向省教育厅立案等四项要求。对此，饶桐荪采用拖延的办法来应对，同时还请来美国人卢义德给学生做演说，企图软化他们的斗志。接着又玩弄手法，于18日宣布学校放假，并发出通知要各家长将子女领回，以图使学潮无形消散。在这些诡计宣告失败后，饶桐荪露出了凶相，第二天他请来驻芜湖镇守使公署姓赵的参谋长及巡官、军警多人来校威胁学生，并采取高压措施，开除带头闹事的甘天沐、孙佐华、江习愈、官成栋、宋季仁等。

几乎是同时，狮子山圣雅阁高中部学生也行动起来了。王稼祥等人代表全校学生向校长提出两个要求：一、《圣经》改为选修课；二、做礼拜、祈祷听学生的自由。这两项要求遭到该校校长美国人蓝斐然的粗暴拒绝。他大声责问王稼祥等人:"我播下的是良种,难道收获的是跳蚤吗?"王稼祥当即回击道:"你播下的是奴化,收获的是反抗!"说完,即和其他代表昂然走出了校长室。

5月19日,该校循例打钟传呼学生上礼堂祈祷,全体学生无一响应。蓝斐然带着几个人怒气冲冲地来到宿舍区,准备再次质问并威胁学生。这时,王稼祥在寝室走廊上发出一声信号,只见各寝室的同学一齐把《圣经》撕得粉碎,从窗户里丢了出来。碎纸片"随风飘舞,宛如落英缤纷"。蓝斐然顿时脸色灰白,气得几乎昏了过去。回到校长室后,他立即下令学生放假。学生针锋相对,贴出告示,宣布全体罢课,但不准离校,并推举了执行委员会主持校务,即推选代表戴传霖、王世梁、王稼祥等,至县教育会请求援助。委员会下设文牍、干事、交际、会计四股,王稼祥负责交际股。

在这场斗争中,王稼祥显示了他的领导才能。他提议,由执行委员会宣布在"校内实行戒严,各处密布童子军监视,防止私行离校"。这个措施实行以后,学校中无一人离开,而且纪律严明,秩序井然。为了取得社会舆论的支持,王稼祥和交际股的同学们共同起草了一封给芜湖各家报社的信,信中写道:

> 教会学校吾国教育界所弊病已久矣。其故有二:侵犯我国教育之主权;干涉学生信仰之自由。吾等作为教会学校学生,对此两者,宁不知之?关于第二项因属学生切身之痛苦,不能不起而力争之,此最近吾校风潮主因也。敝校干涉学生自由信仰之为甚,莫过强迫读《圣经》及强迫做祈祷一事,学生等以信仰自由载在约法,读《圣经》课何得强迫?受由昨日晚向学校提出要求,改《圣经》课为选科,改祈祷为自由。不料敝校长美人蓝斐然,对学生等要求,坚执不允,并宣布放假。学生由此一致决议:绝不出校,誓死力争,不达目的不休。

芜湖《工商时报》于 5 月 21 日全文刊载了这封信，表明了对学生的同情和支持，使得芜湖各界人士迅速了解了此次学潮的真相。

圣雅阁高中的学潮一石激起千层浪，很快波及全市各个教会学校。在萃文中学，夏雨初最先发起声援圣雅阁的斗争行动。为了扩大影响，他与几位要好的同学自筹经费，购买了两百余份 5 月 21 日的《工商时报》，在校内广泛散发，并亲自起草"声援圣雅阁，取消圣经课"的通告，带头撕毁了《圣经》课本。在他的影响下，高二班的全体学生将《圣经》课本撕的撕烧的烧，并在一日三餐饭前拒做祈祷。学生们的行动，震惊了校方当局，为了极力制止学生的"越轨"行动，校方公开贴出通告："查凡参人圣雅阁学潮者，一律开除学校"，扬言"揪出为首分子，严惩不贷"。校方的恫吓，并没有吓倒夏雨初。"开除就开除，我们不怕！"夏雨初得知圣雅阁的同学将有大的行动后，不顾校方"夜概不准外出"的禁令，组织几个学生骨干趁夜深人静时翻越学校围墙，一口气从小官山跑到圣雅阁，与王稼祥等取得了联系。

与此同时，安徽学联和安庆圣保罗中学、上海非基督教大同盟等单位得到消息后，纷纷派代表到芜湖圣雅阁中学声援。中国社会主义青年团中央还派陶准同志前来慰问和指导。这一切，使芜湖反奴化教育斗争的声势越发浩大，引起了社会各界的广泛关注。

5 月 21 日，圣雅阁高中学生共一百二十余人，列队出校，前导以白布勒额一方，上书"芜湖收回教育权运动，圣雅阁中学反耶教大同盟"，齐向县署请愿。夏雨初率领萃文中学七十余人，冲破重重阻挠，举旗列队前去会合。芜湖学联组织的各界声援会的队伍也赶来支援。夏雨初面带怒容、神情严肃地站在萃文中学队列前，领头高呼"反对基督教，收回教育权！""洋大人从芜湖滚出去！"等口号。

为了镇压反对奴化教育的斗争，各教会学校的头子勾结北洋军阀驻芜湖军事首领，贴出告示，声称要对参加学潮的学生，根据情节轻重给予处分，其中有"暂令退学者""着令退学者""开除学籍者"。王稼祥、甘天沐、戴传霖等人属于这次学潮的首脑人物，当然属于"开除学籍者"。夏雨初等人属于支持学潮的越轨分子，被"着令退学"。此举激怒了芜湖教会学校的广大师生，大家纷纷提出退职退学，仅圣雅阁和萃文等校退学的学生就达五百多人。

夏雨初愤怒地说："退学好，远离奴化教育，是中国青年之大幸。"

在这次反奴化教育斗争中，夏雨初由于表现突出，被团芜湖特委看中，吸收他加入中国社会主义青年团。

夏雨初开心极了，他向党的大门又迈进了一步。

通过这次斗争，夏雨初更加清醒地认识到，要变革中国社会，就必须要革命、要斗争。也正如当初萧楚女先生所说的："中国只有革命才能富强起来，要革命就全靠你们一班青年奋勇忘身，不怕艰苦牺牲，做不断的斗争。只有这样，革命才能成功。"

应该说，夏雨初在芜湖萃文中学组织和领导的反对基督教会的斗争，不仅得到中国共产党、中国社会主义青年团和当地社会各阶层人士、社会团体的广泛支持和赞扬，而且揭开了当时当地反对帝国主义国家利用教育侵华战斗的序幕。

那个年代，安徽青年学生外出求学已成为一种风尚，特别是五四运动的发源地——历史名城、文化中心北京，在青年学生中更有魅力。夏雨初被"着令退学"后，脑海里便萌发了到北京去求学的想法，说到底是想到那里去寻求一条革命之路。于是，他把自己在芜湖的处境和想法写信告诉了长兄和董淑，希望能够得到他们的理解和支持。

没隔几天，夏雨初就收到了董淑的回信，信中写道：

"……俗话说，好男儿志在四方，有志者事竟成。这次君意欲北上继续求学，实属志存高远之举，吾虽不能与你同行，但却心心相印，盼君早日学成归来……"

夏雨初读完这封情真意切的回信，心潮澎湃，无比激动，喃喃自语道："董淑啊董淑，你的为人就像你的名字一样，永远都是那么贤淑，善解人意。"

几日后，夏雨初又收到大哥夏雨人给他的汇款。

1925年5月底，夏雨初与被萃文"着令退学"而又志趣相投的两名同学，不忘亲人的嘱托，怀着美好的憧憬，匆匆离开江城芜湖，北上京城求学。

第六章
北京求学跟党走

路在脚下,是走出来的。

关键时刻,夏雨初明白,唯有北上求学,方能寻求一条革命之路。

芜湖距北京千里迢迢,但再远再难的路,夏雨初也无所畏惧。

1."快来投身五卅革命洪流"

夏雨初到了北京之后,经宣城老乡介绍,与另外两位同学住进了安徽会馆。在那里,一边啃冷馒头,一边紧张地复习功课。不久,又经会馆先来北京应考的安徽同乡的引荐,夏雨初等三人一起进入了北京财政讲习所学习。财政讲习所，其实就是一个文化辅导站，能进去复习也不容易。

夏雨初在财政讲习所先后学习了三个月，同时也是他投身五卅革命洪流，向帝国主义和军阀势力猛烈冲击的三个月。

五卅运动是从中国最大的工业城市上海开始的。上海是帝国主义势力对华经济侵略的中心，也是中国产业工人最集中的地方，约有新式产业工人二十万人。1924年下半年，曾一度低落的上海工人运动又活跃起来。中共上海地方委员会以上海大学学生为骨干，深入到工人中开展工作，在沪西、沪东、浦东等区创办了七所工人夜校。9月1日，在邓中夏、项英等领导下，沪西工友俱乐部成立。到年底，已有十九家中外纱厂秘密建立俱乐部，会员近一千人。上海工人运动的发展和工人政治觉悟的提高，为五卅运动的兴起做了重要的准备。

1925年2月，上海日资纱厂工人为反对日本资本家打人和无理开除工人，要求增加工资而举行罢工。中共中央专门指挥成立了罢工委员会。先后参加罢工的有二十二家工厂的近四万名工人。日本资本家为避免重大经济损失，被迫答应工人的部分要求，承认了工会组织。但是，1925年5月15日，上海日商内外棉七厂资本家借口存纱不敷，突然故意关闭工厂，停发工人工资。工人顾正红不满，领头冲进厂内，与资本家论理，要求复工和开工资。日本大班（相当于厂长）率领打手向工人开枪，打伤十多人，顾正红身中四弹，伤重身亡。屠杀事件激起上海内外棉各厂工人的愤怒，当天即举行罢工，以示抗议。

事件发生后，中共中央立即召开会议，及时提出指导斗争的方针、策略和口号，并进行大量的宣传和组织工作。5月16日和19日，中共中央先后发布第三十二号和第三十三号通告，指示各区委、地委、独立支部，应即号召工会、农会、学生会以及各种社会团体，发表宣言或通电，反对日方枪杀中国工人同胞，并筹募捐款，援助罢工工人，掀起反日爱国运动。

夏雨初是个"眼观四路，耳听八方"的革命青年，他刚到北京就打听得知这一消息，不用吩咐，便一直关注着上海的事态发展。

上海学生响应共产党的号召，走上街头进行反对帝国主义暴行和支援受难工人的宣传、募捐活动，却又遭到租界巡捕拘禁。5月28日晚，中共中央和上海党组织召开紧急会议，参加者有陈独秀、瞿秋白、彭述之、蔡和森、恽代英、李立三等。陈独秀在会上指出，中国工人不但要扩大及巩固自己阶级的联合战线，且急需工农联合的成立，如此才能取得工人阶级在政治斗争和经济斗争上的初步胜利。会议决定以反对帝国主义屠杀中国工人为中心口号，使斗争表现出明显的反帝性质，以争取一切反帝力量的援助。会议还决定5月30日在租界内举行大规模的反帝示威活动，反对公共租界提出的压迫华人的四项提案，援助罢工工人。

5月30日，上海各大中学学生两千余人分散到公共租界繁华的马路，进行宣传、讲演和示威游行，结果又有一百多人先后被捕，关押在南京路老闸捕房。帝国主义者的行为，更加激怒了广大市民，数千人奔赴捕房前，要求释放被捕者。早有戒备的租界英国巡捕突然开枪，打死十三人，伤数十人。

南京路上一片腥风血雨。

上海人民长期郁积的对帝国主义侵略的仇恨，经过这次惨案的触发，像火山一样迸发出来了。英、美、意、法等国军舰上的海军陆战队全部上岸，并占领上海大学、大夏大学等学校。上海人民不惧怕帝国主义的武力镇压，相继有二十余万工人罢工，五万余学生罢课，公共租界的商人全体罢市，连租界当局雇用的中国巡捕也响应号召宣布罢岗。

中共中央发表了《中国共产党为反抗帝国主义野蛮残暴的大屠杀告全国民众》书，指出"上海和全中国的反抗运动之目标，决不止于惩凶、赔偿、道歉等"，"应认定废除一切不平等条约，推翻帝国主义在中国的一切特权为其主要目的"。

夏雨初是个热血青年，虽然在北京人生地不熟，但他仍然在讲习所带领大家投入这场声援运动之中。这里的同志们看夏雨初组织能力强，便以他为首成立了财政讲习所五卅惨案后援会，广泛进行社会募捐活动，支援上海工人的正义斗争。

与此同时，夏雨初还通过邮寄书信、报刊，将五卅惨案发生的经过及全国声援的活动情况，详细地介绍给郎溪的董小松、董淑等进步青年，从而又点燃了家乡人民心中的怒火，在郎川河两岸掀起了一场空前的反帝爱国运动。

面对声援形势，夏雨初并不满足，他说，示威、游行、演讲等活动形式尽管奏效，但为了痛打落水狗，必须再给帝国主义者下点猛药，于是带着同学们投入北京市民掀起的抵制英货日货的浪潮。

夏雨初积极带领大家走向城郊搞宣传。自备干粮，饿了啃块饼，渴了喝口河沟里的水，累了找一户人家歇一会儿，再顺便发一张抵制英货日货的传单。

五卅运动是在中国共产党领导下的中华民族直接反抗帝国主义的伟大爱国运动。它冲破了长期笼罩全国的沉闷的政治空气，大大促进了群众的觉醒，显示了各革命阶级、各阶层民众在无产阶级领导下联合斗争的巨大威力，给了帝国主义和军阀势力一次前所未有的打击。

夏雨初虽然这时还没考上大学，但他已经完成了一份完美的政治答卷。

2. "争取成为党的先锋战士"

1925年秋，夏雨初通过刻苦复习，终于考入号称"国立九校"之一的中国大学。

成为一名中国大学学生，夏雨初的兴奋之情可想而知。

但是，当夏雨初走进中国大学，发现眼前的大学和心中想象的大学截然两样，学校的教学极不规范，既无课本，又无讲义，教师上课只是把自己的讲稿从头到尾念一遍了事，没有一个人能完整记录下来；下课以后，教师走了，同学们只好互相核对笔记，补齐缺漏，花费了很多时间，却吃了不少"夹生饭"。

这叫什么大学，令同学们失望。

这天晚上，夏雨初找李春华商讨对策。李春华是四川人，思想进步，敢于斗争，开学时和夏雨初一见如故。

夏雨初说："我们到北京来求学多么不容易，没想到学校是这个样子。"

李春华说："问题出在校长，他是罪魁祸首。"

夏雨初说："这家伙思想反动，在学校骄纵跋扈，俨然一个封建家长。"

李春华说："是的，学生经常无端遭受他的训斥和挖苦。"

怎么办？

"向校方提出印发讲义，废除学生记笔记！"夏雨初表明自己的态度。

"讲义是学生必备的，我同意你的想法，我们和校长讲理去。"

李春华点头表示赞同。

接下来，夏雨初和李春华就发动全班同学向校方提出印发讲义，废除记笔记的建议。但是，校长丝毫不予理睬，反而气急败坏大发雷霆，责骂学生"不尊师长，不守校规，聚众寻衅，朽木粪土不堪雕琢"，甚至威胁说背后有"乱党"指使。

哪里有压迫，哪里就有斗争。校长如此嘴脸，这对于接受过五四运动民主思想熏陶的夏雨初、李春华来说是难以忍受的，压抑在他们心头的怒火一下子就爆发出来了。夏雨初带头，带领同学们由不满教学方法发展到全校性的罢课，还在校园里高呼罢免校长的口号。学生们的正义行动、合理要求得到了进步教师的支持。

这下校长慌了手脚，装出一副可怜虫的样子，但已经太晚了。北洋政府教育部惧怕事态继续扩大，只好于这年10月底同意以校长辞职的方式将他撤换，这才平息了罢课的风波。

可是，新任校长周某也是一个守旧的人物。他扬言："记笔记是本校传统，外国的大学也是这么做的。头可断，笔记决不可废除。"

夏雨初想，只要教学发讲义，记笔记就容易多了。李春华认可夏雨初的想法，不如见好就收，学生们得以学习为主。

不过，夏雨初通过这件事，清醒地认识到，改革教育不可能由撤换几个校长得到实现，半殖民地半封建的文化教育从属于帝国主义封建主义的反动统治，学校斗争只是一个小天地，社会政治斗争才是一个大舞台。

从此，他把自己的注意力放在全市的学生运动上，放到社会政治斗争的风口浪尖，积极投身于更深刻的社会变革斗争中。

夏雨初、李春华在中国大学的同学们中很快树立起青年英雄的形象，同时他俩也很快得到北京学联负责人的关注，特别是当学联负责人了解到夏雨初的政治身份和在芜湖闹学潮的经历后，便决定让夏雨初担任中国大学学生会的领导。在夏雨初的推荐下，李春华也得到学联的重用。大体分工是，夏雨初负责组织工作，承担学生会会刊的编辑任务；李春华负责对外宣传及各校的联络工作。夏雨初稳健沉着，组织领导能力强，别号"铁笔"；李春华善于演讲，办事泼辣干练，别号"铁肩"。这是一对最佳搭档，深得同学们的拥护和支持。

夏雨初担任中国大学学生会的领导以后，经常聆听共产党创始人之一的李大钊的演讲，受到思想教育的机会大大多了起来，革命观念变得更加坚定前卫。加之当时北京有二三十所大专院校，其中有官办的"国立九校"，有私立和教会办的朝阳学院、中国学院、燕京大学、协和医学院等，他在和这些学校学生会领导的交流中也大长见识。同时他和李春华一起把中国大学的学生会工作开展得有声有色，在中国大学内和社会上都产生了较大的影响力。

经过一系列斗争的考验，1926年初，夏雨初终于盼来了这一天，上级党组织批准他由共青团员正式转为中共党员。从此，夏雨初便开启了无产阶级职业革命者的生涯。

这天晚上，夏雨初面向党旗举起了右拳，流着激动的泪水说："党啊，我愿意生死赴硝烟，成为党的一名先锋战士！"

夏雨初加入中国共产党，这是他人生成长的一件大事，他立即写信和董淑分享这份喜悦。董淑也是新思想熏陶下成长起来的新青年，当得知夏雨初在学校光荣地加入了中国共产党，便以无比兴奋无比骄傲的心情，给夏雨初写了一封热情洋溢的回信，用词句句带着温度，鼓励夏雨初一定要珍惜这一来之不易的政治荣誉，决不辜负党的希望，除了在校好好学习，还要努力为党工作。

"亲爱的淑，我全记在心上了！"

加入中国共产党后的夏雨初，感到自己从来没有像现在这样充实开阔。过去，他切身感受到中国太落后，他仇恨帝国主义和封建主义，对革命满怀希望，但又常常陷入苦闷。现在他开始懂得无产阶级的历史使命，作为一名中国共产党党员，必须了解和正视现实，明确远大的革命目标。他向往由劳动人民当家做主的社会主义俄国，懂得了无产阶级和其他劳动人民受压迫受剥削的根源和创造新世界的力量之所在。

夏雨初在新的起跑线上，向着人生的远大目标奋勇前进。

3. "共产党员绝不能苟且偷安"

夏雨初从小就听私塾先生和母亲讲过皇城脚下的故事，更听闻不少秀才进城赶考的趣事，那时候他心中也曾有过赴京赶考或游玩的梦想，然而当梦想变成现实的这一天到来时，他却没有了那种孩童时狂喜的心情，更没闲情逸致去游山玩水，去看金銮宝殿和数不尽的名胜古迹。

这是一个日近黄昏的下午，刺骨的北风呼呼地怒吼着。天阴沉沉的，像随时会掉下来似的。面黄肌瘦的人们，来去匆匆。街上的店铺关了门，黄包车夫为了糊口，几乎光着脚板，在寒风中拉着客人……夏雨初见此，在心里愤怒道，这个黑暗的社会，共产党不起来革命行吗？不行！这个黑暗的政府，共产党不起来推翻行吗？也不行！要不劳苦大众永远也过不上好日子。

根据党的指示，夏雨初正赶向长辛店举办工人夜校，目的是向工人传播马列主义，引导工会起来斗争。送书，上课，交流，做思想工作，这一切都要在秘密之中进行，稍有不慎，就会给党带来重大损失。

在老师和同学们的眼里，夏雨初是个好学生；在党的上级领导人的眼里，夏雨初是个好党员。

只要是党交给的任务，夏雨初从来不打折扣，想尽一切办法去完成。在长辛店办工人夜校，夏雨初风里来雨里去，从没听他叫苦叫累过。

这天，夏雨初从夜校回来，上床后再次失眠。夏雨初到北京后老是失眠，他知道，想念董淑是一个方面，但更多的还是因为革命的动力加压力。这次党把这么重要的任务交给他，哪怕是刀山火海，也要坚决完成任务。

夏雨初想，来北京快一年了，这期间究竟干了啥？他在心里拨着指头数：在财政讲习所，率领热血青年声援全国五卅运动，是的，这一次得到了大家的认可；在中国大学率领同学们和封建家长式的校长做斗争，这次的表现也比较出色，取得了最后的胜利。但这一次党让自己到长辛店办工人夜校，深入工人中间传播马列主义，组织工会斗争，能不能完成得再出色一点呢？能！一定能！我夏雨初从来没有服输过，特别是做党的工作，要做就要做得好上加好。作为新党员的我，还要发挥好安徽同学、安徽会馆、党的外围组织的作用。

开弓没有回头箭。夏雨初按照党的要求和自己确定的奋斗目标努力工作着，在较短的时间内，除了把长辛店工人夜校办得很像样外，还顺利建立了一个外围组织——江淮学社。这个学社就是革命进步组织。夏雨初利用这个学社，经常带着同学们阅读李大钊的文章，相互交流学习体会。他说："李大钊教授指出了中国正处在新旧交替的历史时期，呼吁青年们行动起来，把一个行将死亡的旧中国改造成一个充满青春活力的新中国。我们单是团结社内的同学还不够，必须向社外发展，向全市发展，向全国发展，团结更多志同道合，坚定不移的人，这样才会有强大的力量，才能去冲决历史的罗网。"在夏雨初的组织下，参加学社的人越来越多，这个学社中有些人后来成了安徽革命的中坚力量。

1926年的春天来了，但在北京城里感觉不出春天的明媚。3月18日，竟然发生了一起春光下的罪恶：北京革命群众抗议帝国主义国家提出的要段祺瑞政府撤除大沽口国防设施的最后通牒，却遭到段政府的血腥镇压，造成了历史上著名的"三一八"惨案。

事情是这样的：1926年3月12日，冯玉祥的国民军与奉系军阀作战期间，日本军舰掩护奉军军舰驶进天津大沽口，炮击国民军，守军死伤十余名。国民军坚决还击，将日舰驱逐出大沽口。日本竟然联合英美等八国于16日向段祺瑞政府发出最后通牒，提出撤除大沽口国防设施的无理要求。3月18日，北京学生、工人及市民一万余人在天安门集会。由李大钊、徐谦、顾孟余、于右任等及学生总会、总工会、总商会代表组成主席团，徐谦担任大会主席。集会中，王一飞和辛焕义向大会报告了向外交部和国务院请愿的情形。集会还通过了督促北京政府严正驳复八国通牒，驱逐署名最后通牒之八国公使出境，严惩17日执政府卫队枪伤各团体代表之祸首，电勉国民军为反帝国主义而战等决议案，以及发生号召全国民众反对八国通牒的通电。

集会结束后，数千人参加示威游行。在游行中，许多共产党员和共青团员主动站出来进行指挥、联络，散传单、贴标语等活动。夏雨初以中国大学学生会代表的身份加入这一斗争行列。3月18日下午1时许，游行队伍到达铁狮子胡同东口，在段祺瑞执政府门前的广场请愿。可是，那里早已戒备森严，如临大敌，广场东西两个出口均有卫兵把守。目睹这一情景，革命群众毫不畏惧。代表丁惟汾等人入内欲见总理贾德耀，不料院内竟空无一人。于是，总指挥遂命令队伍前往吉兆胡同段祺瑞住宅请愿。话音未落，突然枪声大作，弹如雨下，总指挥应声倒地，队伍惊散。执政府卫队向手无寸铁的学生射击十余分钟，但他们仍觉不足以解恨，还用大刀砍杀。这场大屠杀前后持续约半个小时。在这次事件中，共死四十七人，伤一百九十九人。死者中有张仲超等六名共产党员和共青团员。女师大学生领袖刘和珍、杨德群等亦牺牲。

夏雨初和刘和珍、杨德群非常熟悉，都是革命同道人。刘和珍、杨德群舍身报国，千古同悲！

事件发生的当晚，李大钊即召开北京党、团组织联席会议，决议组织慰问受伤群众，召开追悼会。3月19日，北京各校停课，包括夏雨初所在的中国大学在内的许多学校先后为死难烈士举行追悼会。23日，北京市总工会、学生总会等团体又在北大举行追悼大会。会场上悬挂着"先烈之血，革命之花"八个大字。

夏雨初仰望先烈的面容在心里赞赏道："你们用青春年华，抒写了革命信仰和伟大人生。"

夏雨初就是"三一八"惨案的见证者，他永远不会忘记这一天，不会忘记那些倒在血泊中的革命者，更不会忘记这些革命者留下的音容笑貌。

惨案发生后，段祺瑞政府为了开脱罪责，掩盖其血腥罪行，竟嫁祸于共产党，于3月19日下令通缉李大钊、徐谦等群众领袖。然而，正如鲁迅先生所说的"墨写的谎话，决掩不住血写的事实"。全国各地群众团体纷纷发表宣言、通电，组织游行示威，举行追悼会，愤怒抗议段祺瑞政府的野蛮行径。

3月20日，中共发表了《中国共产党为段祺瑞屠杀人民告全国民众书》，号召"民众应立即起来团结、武装和革命"，"苟安就是送死"。

夏雨初目睹"三一八"惨案血淋淋的事实的经历，使他更加清醒地认识到，作为一名共产党员，必须坚定共产主义信念，直至献出自己的青春年华。

从此，夏雨初的人生信仰更加坚定，一腔热血投身于滚滚的革命洪流之中！

第七章
党的嘱托记心间

　　1926年3月18日,被鲁迅先生称作"民国以来最黑暗的一天"。

　　一辆警车,又是一辆警车,尖厉的呼啸声整天不绝于耳。看得出,"三一八"惨案后,北洋军阀加紧了对革命者的镇压。

　　是的,党的公开活动更加困难了。

1. "做一颗不灭的革命火种"

　　这天晚上,夏雨初把李春华喊出来喝茶。茶馆选在中国大学附近的一个巷子里。

"春华，喝完茶，我俩就各奔前程了。我返安徽老家，你回四川故里。这是组织上的安排，我们得愉快服从。"

"雨初，你我都被中国大学列入开除名单，不尽快离开的话，随时都有危险。党组织让我俩离开北京，这是撒向远方的革命火种。"

"春华，你说得对，我们都是革命火种，不，是一颗不灭的革命火种。星星之火，可以燎原嘛。"

李春华点点头，表示十分赞同。

"'三一八'惨案，已经把全国人民唤醒，北洋军阀猖狂不了几天了。"

"没错，北洋军阀是'秋后的蚂蚱——没有几天蹦头儿了'！"

这时，夏雨初放下茶杯，从口袋里掏出一把钱，放到李春华的面前："兄弟，你路远，拿着当盘缠。"

"不不，我已经典当了被褥用品，路费已经筹集好了。"

"兄弟，拿着吧，以后会用得上的。我的家庭条件比你好得多，以后如果需要用钱，就写信告诉我，我会尽力而为的。"

"谢谢雨初！谢谢雨初！"

茶馆也不能多待，便衣又上门查户口了。

情况不对，夏雨初和李春华立即互换了通信地址，然后走人。

当天深夜，夏雨初就踏上南下的列车。

4月的郎溪，到处洋溢着春天的气息。绕城西去的郎川河，流水淙淙，清澈透明，沿河两岸，各种野花映衬着绿草，分外引人注目。

夏雨初走进院子，首先映入眼帘的是一丛丛翠竹，一阵风儿吹过，发出沙沙的响声，好像都在喊"欢迎夏三哥回家"。夏雨初触景生情激动不已，便放开喉咙朗诵了辛弃疾的《卜算子·修竹翠罗寒》：

修竹翠罗寒，迟日江山暮。幽径无人独自芳，此恨知无数。
只共梅花语，懒逐游丝去。著意寻春不肯香，香在无寻处。

夏雨初的朗诵声惊动了夏母，母亲一看是夏雨初回来了，高兴得不得了。夏雨初立即走过去扶母亲。母亲看着夏雨初说："雨初，你长高了，没瘦。"

"呵呵，妈妈，三年了，肯定长高了。胖嘛，是传代，哪怕喝水，也长肉。"

母亲赶快去厨房忙饭，给儿子准备好吃的。夏雨初随母亲走进厨房，母亲问："见到董淑了没有？""妈，我得先回来看你，然后才能去见董淑。"母亲听了，笑得合不拢嘴。

"夏雨初从北京回来了！"董小松在第一时间向董淑传递了这个好消息。

董淑感到太突然，因事先没听夏雨初说，以为董小松捉弄她，但这时祁光华也来报，夏雨初真的回来了，是昨天到家的，今天他肯定来董家大屋。

这下董淑相信了，一阵欢天喜地之后，便吩咐董小松到夏家门上去接，同时请祁光华帮她到街上买水果、糕点。董淑的吩咐，二人岂敢怠慢，抓紧去操办。

夏三哥从北京回来的消息，像长了一对翅膀似的，飞出去传递。陈玉禄、戴绍成、张国汉、尹祺芳、黄中和闻讯后，也都在第一时间赶到董家大屋。来得早不如来得巧，大家一起跟着董淑为夏雨初接风洗尘。

欢乐的时刻终于到来了，夏雨初在董小松的陪同下，踩着轻快的步伐，笑嘻嘻地走进董家大屋。董淑兴奋极了，向夏雨初扑了过去，两人来了一个亲密的拥抱。大家见此，无不热泪盈眶。是的，这是重逢的泪，欢乐的泪。

其实，这三年夏雨初虽在北京，但一直不曾忘记董淑的嘱托，时常购买一些《新青年》《向导》《中国青年》等新出版的进步书刊，邮寄给董淑、董小松姐弟俩阅读。这些进步书刊又通过董小松传给祁光华、陈玉禄、戴绍成、张国汉、尹祺芳、黄中和等人。大家传阅后，都会聚在董家大屋交流心得体会。他们被外面的精彩世界所吸引，也为夏三哥在外干大事而自豪。有时，他们在一起也讨论在中国如何去实现"德谟克拉西"（民主）。从这个意义上说，夏雨初通过邮寄进步杂志的方式，一直和郎溪的进步青年心心相印了三年。

三年时间，既长又短，不管怎么说，大家又见面了。

夏雨初返回故里，大家都有同感：今日的夏三哥已非昔日的夏三哥了，三年不见，他变得更加成熟了。

夏三哥把从北京带回来的糖果掏出来，放在桌子上让大家品尝。董小松顺手剥开一个送给董淑："姐姐，你先尝，尝尝甜不甜？"这时，满屋人一起起哄道："夏三哥的糖，甜——"

大家都有一种好奇心，想了解更多外面的情况，特别是想了解北京的情况，便争先恐后地向夏三哥提这问那，气氛十分热烈。夏雨初出于革命纪律的考虑，有些事情不好公开就不讲，但为了满足大家的好奇心，便详细介绍了全国人民声援上海五卅运动的情况，北京"三一八"惨案发生和人民抗争的经过。全国蓬勃发展的革命形势深深触动了这群有志青年，他们多么希望像夏三哥一样，走出郎溪去求学、闹革命。

"夏三哥，你带我们走出去吧！"

"夏三哥，哪怕把我们带到宣城也中！"

"大革命的浪潮已经席卷郎川大地，大家要紧跟时代前进的步伐，在家门口同样能够报效祖国。"夏雨初亲切地鼓励着大家。

董家大屋又一次响起了热烈的掌声！

夏雨初早就到了完婚成家的年龄。母亲想抱孙子，急！夏雨人是长子，长兄如父，得帮小弟完成这桩大事，也急！再说董家，特别是董培鹤，更是急得团团转，因为董淑的父亲临终前一再叮嘱，让他把自己对孩子没尽完的义务尽完。郎溪城里的姑娘十六岁就可以嫁人了，而董淑已经过了二十岁，再不嫁人，街坊邻居就有流言蜚语了。

两家人的目光几乎全集中在夏雨初的嘴上，就等他一句话：娶？

还是不娶?

"娶! 立即娶!"夏雨初终于下定决心。

"立即娶? 怎么个立即娶?"母亲问。

"十天八日之内。"夏雨初给出时间。

"时间太紧,来不及准备,董家能同意吗?"母亲担心道。

"这是我和董淑的事,只要我俩意见一致,剩下的事情就好办了。"

"董淑是什么态度?"

"她说听我的。"

母亲听后笑了,嘴里却念叨:"太匆忙了。"

这时,夏雨人从店铺回来了。母亲急忙跟他讲了夏雨初即将办婚事的事。

"好啊,十天足够。日子定下来没有? 彩礼定下来没有?"夏雨人干脆利落地表态。

夏雨初说:"这些我还没和董淑商量,我的想法是一切从简。"

"哦。"

时间虽急一点,但喜事不怕急。母亲今天最高兴,脸上笑出了一朵花。

郎溪是个小县城,夏、董两家相距比较近,一家在小南口,一家在北大街,夏雨初和董淑见上一面很容易。既然夏母说时间太急,夏雨初也就不再耽搁,立即去找董淑商议。

董家大屋。夏雨初和董淑面对面站着。夏雨初笑呵呵的样子,喊一声董淑之后:

"准备十二顶花轿上门迎?"

"不要!"

"嫁妆准备十八抬?"

"不要!"

"那给你准备一场'哭嫁'?"

"要！"

"这个你敢要？"

"既然你敢提，那我就敢要。"

"呵呵。"

原来，郎溪真有"哭嫁"风俗。长歌当哭哭亦喜。俗云："出门三五里，一地一乡风"，"十里不同风，百里不同俗"。郎溪亦然。历史上郎溪由两部分人组成：一部分为外省籍在太平天国时期迁移此地定居，称"客籍"；另一部分为"本地人"，主要分布在花园村一带，与江苏高淳人为"一脉"，说吴地方言，深受吴文化熏陶，他们居住在此地历史悠久，乡风民俗淳厚。"本地人"的婚嫁需"哭嫁"，这种风俗尤有特色，以"哭"的形式表达"喜"的内容。"长歌当哭"，在哭诉中表达母女深情，表达难舍之意，表达良好祝福和对未来的祈愿，从而达到形式与内容的有机统一。还有一说，以郎川河为界，南北两乡的民俗有很大的差异。南乡风俗的主调是郎川河南一带的吴越文化，还有荆楚文化和徽文化相融其中。南乡讲究热闹、排场，而北乡更多的是礼仪、规矩。婚嫁中的哭嫁，南乡比较简单，有些只是象征性的。北乡则有大量的"哭嫁歌"，如"哭爹娘""哭歌嫂""哭媒人"等，情真意切，色彩浓郁。

"那你究竟要什么？"夏雨初又言归正传。

"要你这个人，有你足够了。"

夏雨初听后，好受感动，上前把董淑紧紧地搂在怀中。

这对新人说到做到，坚决摈弃旧的风俗礼仪，举行了一场别开生面的婚礼，董培鹤也表示坚决支持。

大喜之日终于到来。

这天上午八九点钟，夏雨初换了件新衣服，带着简单的礼品，在几位好友的陪同下，步行来到董家迎亲。董淑也仅带着平日的换洗衣物和随身日用品及简单的嫁妆，在董小松、尹祺芳等陪伴下，跟着夏雨初的接亲好友，高高兴兴地走向仓巷的夏家。

一路上，大家欢欢喜喜说说笑笑。

"新娘子不坐花轿走到婆家，这是郎溪城里的一大新闻。"街坊议论纷纷。

晚上，夏家张灯结彩，除了主要亲属外，全是平日和夏雨初要好的小青年。夏家一共摆了三桌酒席，喜事新办，热热闹闹。

夏雨初和董淑结为伉俪，这是志同道合的一对新人。新婚燕尔，他俩没有卿卿我我，更多的是抒发革命理想。夏雨初向董淑介绍他所知道的社会主义俄国的情况，董淑当然非常喜欢，也十分向往。有空时，夏雨初还教董淑唱《伏尔加船夫曲》《国际歌》，并给她讲了许多革命故事。这期间，过去常聚在董家大屋的一群青年人，现在又以贺新婚的名义，一批又一批地来到夏家聚会，从早到晚，好不热闹。

一天晚上，董淑突然问夏雨初："你这次回来的主要任务是什么？如果你把我当成革命伴侣，你就如实告诉我，行吗？"

"行！"夏雨初又接着说了一句，"做一颗不灭的革命火种！"

"做一颗不灭的革命火种？"董淑看着夏雨初，一琢磨便明白了。

"淑，你想不想做一颗不灭的革命火种啊？"

"想，非常想！"

二人说到激动处，又相拥在一起。

夏雨人在后来回忆这段历史时说："我本想让他俩成亲后，好好过日子，好好做生意，谁知完婚后，新娘子和他一唱一和，把家中变成课堂，讲什么'革命'，谈什么'主义'，郎溪的青年真的了不起！"

2. "为祖国母亲增光添彩"

郎川河边，肩并肩地坐着两个男青年，一个是夏雨初，另一个是章向荣。

他俩的关系不一般。章向荣于1921年夏考入芜湖安徽省立第二甲种农业学校，夏雨初于1923年春考入芜湖萃文中学。在芜湖读书期间，他俩都参加了学校的进步青年组织和社会活动，彼此关系十分融洽，可以说"是同一个战壕里的战友"。

　　章向荣从甲种农业学校毕业回郎溪后，就一直在建平第一高等小学任教。他教学认真严谨，注重言传身教。他主张学生关心国家大事，反对闭门死读书。在教学实践中，他推行陶行知先生的教育思想，提倡教、学、做合一，主张教学结合实践。他积极向学生们灌输新思想，启迪学生们起来反对封建礼教和陈规陋习。

　　夏雨初回到郎溪和章向荣相见的第一面是在董家大屋，因为章向荣也是董家大屋里的常客。由于夏雨初刚从北京回来，加之要忙自己的婚事，章向荣不好意思打搅，但却被夏雨初看出来了，这不，他刚办完婚事，就约章向荣出来，几年不见，得好好交流交流。

　　"侠农兄（章向荣号侠农），三年未见，感觉你一点没变。"因章向荣比夏雨初大两岁，所以夏雨初和他见面出口就称兄，应该说这是夏雨初对章向荣的一种尊重。

　　"变了，变落后了，在小学里整天和孩子们打交道，想走出去闹革命，心有余而力不足。"章向荣话锋一转，"但初心未改，心仍比天大。"

　　"教书是个很好的职业，虽然建平高小不算大，但照样能发挥聪明才智。我们自己教的孩子要比教会教的孩子好，这个阵地我们不占领就会被教会占领，那就得不偿失了。"

　　"所言极是，所见略同。雨初，你就是站得高看得远，令兄佩服。"

　　"哪里，哪里。"夏雨初摆着手回应。

　　"雨初，你约我出来，还请多多指教。"

　　"在兄面前，不敢指教。其实约你出来，主要是想相互交流交流。侠农兄，不瞒你说，我这次回来是设法迎接北伐军的。"

　　"我早就感觉出来了，要不你不会回郎溪。"

　　"侠农兄火眼金睛，佩服。"

　　说到迎接北伐军，章向荣也来了精气神，他向夏雨初介绍了郎溪的社会情况,特别是郎溪人民声援五卅运动的经过。

章向荣介绍说:"上海五卅惨案的消息,通过你和在上海读书的郎溪籍学生传到家乡后,郎溪十一个社会公团联合组成五卅惨案后援会,并通电发表宣言。全县广大民众纷纷行动起来,声援上海工人的正义斗争。为了抵制日货,后援会还成立了日货检查所、国货贩卖部、街头宣传队,提倡使用国货,严防日货入境。在学生的影响下,商界组织罢市,店员、职工坚决闭门停止营业,学界、商界一致行动,社会影响真大。"

章向荣说到这里,情绪有点激动,顺手从上衣口袋里掏出一份文稿,这正是他当年为后援会亲笔起草的通电,即《宣言书》。

夏雨初站起来,从章向荣手中接过《宣言书》,大声地念道:

全县父老兄弟诸姑姊妹钧鉴:

现在上海英国巡捕枪杀我工学界同胞,闹得举国悲愤。眦裂发指,甚至罢课罢市,谋求一致援助根本解决,这十二天来,全国人士奔走呼号,文电纷驰,独我郎溪默默无闻,毫无表示,想系查明真相,无足怪也。因为上月日本纱厂无故击毙我国工人,全厂工人激于义愤,因而全体罢工,我上海一再遭枪击,死伤至百数十九之多,汉口工人,亦以罢工而遭枪杀者数十人,枕骸盈市,血肉横飞,人道灭绝,公理扫地,而今镇江、九江惨变迭见,简直视我同胞任便宰割,无足轻重者。我父母兄弟,我诸姑姊妹,是可忍孰不可忍。狼心狗肺的帝国主义,既能枪杀沪汉同胞,当能枪杀各地同胞,凡我同胞,斯时何时,欲不为国,亦当为家,团结坚固,努力进行,铲除强权,发扬正义,幸共图之。

"了不起,了不起啊!这哪里仅仅是一份宣言,分明是一篇向帝国主义宣战的战斗檄文。正是你这篇战斗檄文燃起了家乡广大民众心中的怒火,掀起了郎溪声援五卅运动的热潮。"夏雨初连连称赞道,

"侠农兄，真是士别三日，当刮目相看，家乡若多出几个像你这样的侠农，郎溪将是另一番天地了。"

"雨初，你过奖了。 工作没做好，和你比差远了。"

"侠农兄，不能这么讲。 其实，我们都是在中国这位伟大母亲的怀抱里做事，只要儿子做事用心了尽职了，伟大母亲会理解和满意的。"

"伟大的中国，我的母亲，我爱你!"章向荣展开双臂，向苍茫大地喊出自己的心声。

"侠农兄，中国这位伟大的母亲是蛮可亲可爱的，你瞧，以言气候，中国处于温带，不十分热，也不十分冷，好像我们母亲的体温，不高不低，最适宜于孩儿们的偎依。"

"以言国土，中国土地广大，纵横万数千里，好像我们的母亲是一个身体魁大、胸宽背阔的妇人。"章向荣顺着夏雨初的话题讲下去。

"中国土地的生产力是无限的，地底蕴藏着未开发的宝藏也是无限的。 这又岂不象征着我们的母亲，保有无穷的乳汁，无穷的力量，以养育她四万万的孩儿？ 我想世界上再没有跟她一样养育这么多孩子的母亲吧。

"中国是无地不美，到处皆景，这好像我们的母亲，她是一个天资玉质的美人，她的身体的每一部分，都有令人爱慕之美。 中国海岸线之长而且弯曲，照现代艺术家说来，这象征我们母亲富有曲线美。

"中华民族在很早以前，就造起了一座万里长城和开凿了几千里的运河，这就证明中华民族伟大无比的创造力！ 中国在战斗之中一旦得到了自由与解放，这种创造力，将会无限地发挥出来。"

夏雨初一口气将祖国母亲夸赞成天下第一。

章向荣是个文化人，创作过多首诗词，此时此刻，他的灵感又来了："雨初，说得好，中国在战斗之中一旦得到了自由与解放，这种创造力，将会无限地发挥出来，可以说，到那时，中国的面貌将会被我们改造一新；到那时，到处都是生龙活虎的创造，到处都是日新月异的进步，欢歌将代替了悲叹，笑脸将代替了哭脸，富裕将代替了贫穷，康健将代替了疾苦，智慧将代替了愚昧，友爱将代替了仇杀，生之快乐将代替了死之悲哀，明媚的花园，将代替了凄凉的荒地；到那时，我们民族就可以无愧色地屹立在世界的面前，而生育我们的母亲，也会被最美丽地装饰起来，与世界上各位母亲平等地携手了。这光荣的一天，就在不远的将来！"

夏雨初热爱母亲歌颂祖国的话语，激发了章向荣感情上的共鸣，接着又信誓旦旦道："雨初弟，我欲不为国，亦当为家，我虽没有你那种宏大的抱负，但我定会为家乡父老的将来尽自己的一份绵薄之力。"

"侠农兄，我们一定要严格要求自己，多做有益于人民的事，为祖国母亲争光彩。"

"好，一定！"章向荣坚决地说。

"侠农兄，你在郎溪人民声援五卅运动中立了汗马功劳，希望你今后在迎接北伐军方面再多多做贡献！"

"雨初你放心，我一定听从领导，把该做的工作做好。"

这时，夏雨初主动伸出手，两双大手紧紧地握在一起。

夏雨初是党的人，得听党的话。回到郎溪，他时刻惦记着在北京临行前党的重托。为了配合北伐军胜利进军，必须尽快与地方党组织取得联系。他考虑再三，最后决定重返当年闹学潮的江城芜湖，去那里寻找并接受党的任务。

因为新婚，这话在董淑面前难开口，担心伤了她的感情。

董淑是个聪明人，很善解人意，夏雨初的心思和一举一动，早被她看得清清楚楚。新婚喜事办了，这就足够了，应该满足。不用多说，董淑主动为夏雨初准备行装。箫，夏雨初得随身携带，这是他的一件护身武器，她把它装在皮箱里。

临行前的这天晚上，夏雨初给董淑抄录了秦观《鹊桥仙》中"两情若是久长时，又岂在朝朝暮暮"的诗句。董淑这位女性果然与众不同，她对夏雨初说："眼下山河破碎，我们不宜重儿女私情，你不要因为我而恋家，我不方便与你同行，你把小松弟带上吧，他会帮你做好多事情的。"夏雨初得到新婚妻子的支持，心里十分感动和欣喜，便答应道："行，想要出去的，我都带上。"

第二天，董淑把夏雨初的话告诉董小松，董小松又传递给那些小青年们，一时间郎溪城内的小青年，纷纷上门来找夏三哥，要求跟他一起外出求学闹革命。董小松、祁光华、陈玉禄、戴绍成、尹祺芳等都报了名。这是郎溪进步青年第一次集体走出去，夏雨初就是这一群人的领头雁。

郎川河畔，还是那个水岸和那条大帆船，但这一次和当年送夏雨初不同，天气晴朗，春风拂面，也不是董淑一个人来送行了，她身后还站着好多家长。为了祖国的明天，为了郎溪的未来，家长们乐意让孩子跟着夏雨初去远航。

第八章
信仰坚定如磐石

明月高悬，千年万年的明月，看透烟雨更迭，经历朝代变迁的明月，依旧用清冷明净的月光注视着人世，凝望着这个千疮百孔、民不聊生的社会。

夏雨初仰望高高的明月，心里想，前天还在郎溪，今晚又到了芜湖。为了挽救这个民不聊生的社会，自己苦点累点算不了什么。

1."民生中学是芜湖的'水泊梁山'"

1926年4月底，夏雨初重返芜湖后，当务之急是给从郎溪带出来的几个青年找学校找工作。还好，通过他的努力，全部各自就位，其中董小松被安排在省立芜湖第二甲种工业学校深造。那天中午，他走出该校校门，对天一声长叹："我的妈，终于各得其所了！"

但是，对于夏雨初来说，接下来的事情更难，他要尽快地与上级党的组织接上关系。安徽党的组织在哪？当时，夏雨初只是听说在1923年春，陈独秀派柯庆施到安庆做过党团工作。那么，现在柯庆施又在哪？

不知道！

找，找不到党，坚决不回郎溪！

困难挡不住英雄汉。夏雨初是个大能人，中共芜湖特支负责人周范文，很快就被他"顺藤摸瓜"找到了。接上了组织关系，这下工作好办了。有话对党言，组织是靠山。夏雨初第二次见到周范文时，周范文便正式给他分配任务："雨初同志，迎接北伐军的工作已经提上我们的重要工作日程，下一步如何开展这项工作，得按照上级的指示办。鉴于你个人的实际情况，组织上决定安排你先以民生中学为基础，到那里去参与全市的学运领导工作。"夏雨初听后非常高兴，当即向周范文表明态度："请组织放心，我一定努力工作。"

当天去报到，当天就工作。

夏雨初来到芜湖民生中学，巧得很，居然在这里遇到了当年在反奴化教育斗争中所结识的甘天沐、戴传霖等人和昔日萃文中学的一批老同学。这真是"踏破铁鞋无觅处，得来全不费功夫"，好极了。

甘天沐、戴传霖都是热心人，对于夏雨初的到来，不是问寒就是问暖，还轮流向他介绍学校的情况。

"雨初，我们民生中学位于芜湖大官山，长江之滨，是一所崭新的学校，被人们称为芜湖的'水泊梁山'。"

甘天沐端来一杯热茶，送到夏雨初手中，接着戴传霖的话题娓娓道来。

之所以说民生中学是芜湖的"水泊梁山"，是因为这所学校有"三新"。一是思想宗旨新。 学校虽属私立性质的中学，却是在芜湖反奴化教育的斗争高潮中，按中共安徽地方组织的指示创办起来的，它以"陶成坚洁人格，激发国家观念"为宗旨，反帝爱国的色彩十分鲜明。学校的名字取自孙中山三民主义中的"民生"二字，除表示对逝世的孙中山的纪念外，还有另外一层意思，即民生既是三民主义，也是共产主义。 二是学校面貌新。 民生中学首批招录一百二十多名学生，大多数是在反奴化教育中退学的教会学校的学生，其余的是穷苦人家的子女。 他们具有反帝爱国思想，用敌对势力的话说，是旧制度的"捣乱者""造反者"。 学生入校后一律住宿，身着灰色中山装，系皮带，打绑腿。 学校除开设国文、政治、数学、物理等课外，还有军事训练课。 学校提倡白话文，其教材和作文都是白话文。 钱杏是这个学校的国文兼历史课教师，他曾一反当时各校的常规，用鲁迅先生的《呐喊》、冰心的《寄小读者》等作为教材，并自编了《记叙文作法讲义》和《小说作法讲义》给学生讲授。 学生上军事课时，全校分成三个大队，到野外进行步操、劈刺、投掷手榴弹等基本训练，归来时歌声嘹亮，精神抖擞，整齐划一，见到的人都称他们是一支经过严格训练的学生军。 在学校的指导下，学生除到附近的裕中纱厂、江岸码头及市郊为工农举办夜校，教他们识字，给他们讲革命道理外，每逢节假日，还为工农演出话剧或活报剧，剧目有《李克用卖国》《春闺梦里人》等。 三是领导机构新。 学校开办后，中共党组织就派来张慕陶、余昌准等党员来校指导工作，并成立了中共民生中学秘密支部，李克农任支部书记。 学校还设有一个董事会，由芜湖地方上的一些名流组成，担任主席的是共产党员李克农。 民生中学首任校长官乔岩，原是教会学校圣雅阁中学的教师，曾到日本留过学，在反奴化教育中积极领导学生进行斗争，并带头辞去职务，筹办民生中学，享有很高的威望；教务主任是齐圣如，为教育界知名的进步人士；事务主任由李克农兼任，自始至终由他负责学校的开办工作。

甘天沐、戴传霖的一番介绍，使得夏雨初兴奋不已。 夏雨初说：

"民生中学是芜湖的'水泊梁山',我是从糠箩跳到了米箩,太有福气了。 我初来乍到,还请二位以后多多关照。"

这天夜里,他们交流到很晚才睡。

夏雨初来到这个"三新"的学校,耳目一新,这里还有一项工作能让他如鱼得水——参与这里创办的《苍茫》杂志。 由于民生中学在芜湖被誉为"革命大本营",所以芜湖的一些社会革命活动多在这里举行,其中芜湖国民外交后援会主办的《苍茫》杂志就在民生中学内编辑出版。 夏雨初想,革命工作不分分内分外,自己的文字水平不错,应主动去杂志社帮忙。 打那以后,《苍茫》编辑部就多了一个忙忙碌碌的身影。

没想到就在这期间,芜湖发生了一件怪事:军阀陈调元为非作歹贼喊捉贼。 陈调元何许人也? 用当地老百姓的话说,芜湖军阀的头头,惹不起的人物。 原来,陈调元占山为王,私欲膨胀,暗中指使部队在江城商业区长街大肆抢劫,许多商家、民户损失惨重,因而芜湖人称之为"陈调元兵变"。 这是一个典型的反面教材,在上级党组织的指导下,民生中学联合芜湖各界展开了"打倒票匪陈调元"的活动。

为了配合校领导做工作,夏雨初走进教室对同学们说:"光喊几句打倒陈调元的口号不行,得通过行之有效的活动形式,达到我们的目的,这就是把陈调元及其部队搞得臭不可闻。"

"夏主任,请你给我们出个点子。"当时,学生们都这么称呼他。 主任无大小,双方全好接受。

"来,我带你们去篾棺材、糊纸人。"

同学们齐刷刷地看着夏雨初,有点"丈二和尚摸不着头脑"。

"请同学们跟我走。"夏雨初亲自出马,带着大家去找竹篾、白纸、糨糊。

夏雨初心灵手巧,指导同学们先用竹篾扎了一口大棺材,并用白纸把它糊好,接着又扎了一个纸人躺在棺内,但将其两只手露在棺外,上写"陈调元"三字,意思是说陈调元棺材里伸手死要钱。

"这个创意好，既形象又直观，比炮弹还有威力。"同学们拍手叫好。

第二天，同学们抬着它在江城各主要街道游行示威，这下热闹了，吸引街上男女老少都跑过来观看，还编了个很形象的顺口溜："赞一赞，民生中学师生有办法；看一看，气死军阀陈调元王八蛋。"

陈调元得知这一情形后，差点气得一命呜呼。

夏雨初文笔好，工作又积极，很快在民生中学打开局面。夏雨初成了民生中学的大忙人，这事要他去做，那事也要他去办，但他从来不说一个"不"字，任劳任怨为党工作。

芜湖万春圩三十六家公司对民众压迫很深，在当地引起民愤。上级指派带队的领导正是夏雨初。夏雨初到那里后，放手组织农会，发展党团员，设法抵制压迫，打击不法之徒，把工作开展得有声有色，被当地民众传为佳话。

时间如流水，这就到了年底。

这天下午，董小松带着董远祥、祁光华、陈玉禄、戴绍成、尹祺芳等向夏雨初汇报来了。这大半年，他们在各自的学校进步很快，其中董小松已经加入中国共产党。为了便于开展革命工作，董小松还将自己的名字改为董萌。

夏雨初听了他们的汇报，夸奖道："小老乡们，你们全进步了，让我刮目相看啊。"

"夏三哥，你是我们的引路人，没有你，我们来不了芜湖，也不会有这么快的进步，应该谢谢你。"大家争先恐后说出心里话。

"呵呵，哪里哪里，我没有你们说的那么好。"夏雨初说到这里，突然话题来了个急转弯，"要说好消息，我这里倒有一个。"

"什么好消息？"

"皖南地区的革命形势已经出现了前所未有的喜人景象，特别是党的组织不断得到发展壮大，人民群众的思想觉悟有了很大提高，为迎接北伐军的到来奠定了思想基础。"

"好！好好！"大家听后欢欣鼓舞。

2．"支援北伐革命军打胜仗"

从 1924 年开始，安徽党团组织遵照中共中央的指示，动员党团员以个人的名义参加国民党，帮助改造国民党地方组织。夏雨初就是在这种情形下加入了国民党。

既然国共合作了，那就要好好工作。

1927 年 1 月，夏雨初肩负党的重任，重新回到家乡郎溪，主要负责国民党（左派）临时县党部的筹建工作。夏雨初回到郎溪不久，已在芜湖入党并以个人名义加入国民党的董萌也回来了。

这天晚上，董萌刚来到夏家，夏雨初就开门见山地说："你来得正好，给你说件事。"

"什么事？"董萌问。

"我想尽快恢复三五俱乐部和青年体育会这两个进步青年组织。"

"筹建县党部，确实需要有一支后备队，我表示同意。"

"那这件事就拜托你去办。"

"好的，我一定把这件事办好。"董萌没有推托。

"小弟办事，我很放心。"

董萌做事雷厉风行，工作效率非常高，经过一段时间的努力，很快就将三五俱乐部和青年体育会恢复起来了，人数也由过去的七八个人发展到二十余人。

这天，两个青年组织在开法寺内开展活动，夏雨初充分利用这个大好时机，向大家宣传北伐战争胜利发展的大好形势。他站在大家的前面，挥动有力的右手说："同志们，现在国民革命军经过两个月的频繁战斗，一举打垮了直系军阀吴佩孚、孙传芳的主力，占领了长江中下游的湖北、湖南和江西等主要省份。在攻克武汉、南昌后，分两路继续北伐，不日将入皖。眼下，全国的大革命高潮已经到来，不进则退。凡有志男儿，应与时俱进，顺应时代潮流而动，要做时代的斗士，要有'生当作人杰，死亦为鬼雄'的气魄，千万不要像沙子一样，被时代的浪潮所湮没……"

夏雨初鼓舞人心的演说，激发了大家的革命激情，大家纷纷站起来表示：

"我们要走出去宣传北伐军取得的伟大胜利！"

"我们要积极支援国民革命军，彻底打败军阀吴佩孚、孙传芳！"

"我们要做好充分准备，迎接国民革命军开进郎溪城！"

经过夏雨初、董萌的努力，至1927年3月初，先后又发展了祁光华、曾慎独、戴绍基、何光泉、黄中和、章向荣、曹先齐、吕梦松、李先侨等十余名国民党员，成立了国民党郎溪县党部临时筹备小组。夏雨初、董萌还组织国民党员，三五俱乐部和青年体育会成员，走街串巷并奔向农村，向郎溪人民传递北伐军的胜利消息：

——国民革命军在攻克武汉、南昌后，分三路继续北伐，西路军沿平汉铁路北上，东路军矛头直指江浙，中路军沿长江东进。其中，以程潜为总指挥，林伯渠、李富春分任政治部主任的第六军和第二军为主力组成江右军，集中于九江、祁门一带，沿长江南岸东进，直接进攻南京；由第七军为主力组成江左军，集中于英山、霍山一带，由长江北岸前进，攻取安庆，并协助江右军攻取南京，进窥津浦路。

——北伐军第二军第六师先头部队抵达宣城，军阀部队望风而逃，北伐军所向披靡。第二军第六师政治部主任萧劲光所部，穿着麻草鞋，戴着"不怕死、不扰民"的臂章，进驻宣城城关。六师师长戴岳及所部十八团团长刘风也率部到达城关，驻扎在旧镇署。在北伐军支持下，国民党宣城县（左派）党部正式宣告成立。

——在北伐军进驻宣城的同时，第二军先头部队占领广德，并很快帮助建立了国民党临时县党部，经二军副党代表兼政治部主任李富春批准，以广德青年社为基础，发展四十八名国民党党员，成立临时县党部。临时县党部成立后，发表了公告，还根据第二军政治部的指示，成立了农民协会、工会、商会等民众团体。

——在江西被北伐军战败的军阀孙传芳部师长白宝山、冯绍闵，率领数万人由徽州窜入广德地区。他们强拉民夫，搜刮钱财，强奸妇女，毒害百姓，无恶不作，民众恨之入骨。国民革命军正在设法歼灭这帮残兵败将。

这些胜利消息传到郎溪国民党员中，他们的革命斗志变得越来越坚强；这些胜利消息传到街道、学校、乡村，大大提升了郎溪民众和在校师生的士气；这些胜利消息传到盘踞在郎溪的白宝山、冯绍闵部，他们顾不得从人民头上索来的巨款，连夜狼狈撤退。军阀政府任命的县知事华维岳也被吓得连夜逃离县城，躲藏到西乡花赛圩一老百姓家中。

为了扩大胜利果实，夏雨初再次召集章向荣、祁光华等国民党员开会。

夏雨初说："我们应该打主动仗，到广德去迎接国民革命军，这是郎溪社会各界的期望。"

"郎溪距广德比较近，雨初的想法很不错，应该抓紧去做。"大家异口同声拥护夏雨初的决定。

会后，夏雨初、章向荣立即动身赶往广德。这趟腿没有白跑，他俩如愿以偿，见到了国民革命军二军副军长鲁涤平、二军副党代表兼政治部主任李富春。夏雨初向二位首长汇报了郎溪的情况，请求国民革命军进驻郎溪。

鲁涤平说："雨初同志，你们来得正是时候，国民革命军就要开往郎溪了，请回去迅速做好迎接大军的准备工作。"

"请副军长放心，我们马上赶回去准备，保证大军到郎溪后吃住都有着落。"

李富春补充道："雨初同志，你们再顺便到二军政治部领一些宣传品带回去，以便迎接大军进驻郎溪进行宣传活动。"

"请主任放心，我们保证执行好你的指示！"

时间紧急，不能耽搁。夏雨初、章向荣立即到二军政治部领取了一些标语及宣传品。标语的主要内容有:"打倒土豪劣绅!""铲除贪官污吏!""打倒封建恶霸!""平均地权!""节制资本!"等等。

夏雨初、章向荣重任在肩,连夜快马加鞭回郎溪。

3月10日,郎溪城里一片欢腾。

李富春率二军政治部先头部队开进郎溪城。

县城各界一千多人手持五颜六色的小旗,聚集在东门埂沿河大道欢迎北伐先头部队的到来。

章向荣领着第一高等小学的师生高呼:

"欢迎国民革命军!"

"打倒土豪劣绅!"

"打倒军阀!"

此起彼伏的口号声响彻云霄。

政治部的干部战士穿着麻鞋,在高唱"打倒列强,打倒列强,向前进,向前进"的军歌声中进驻郎溪城关。

根据夏雨初事先的安排,二军政治部办公地点设在西门的凤凰墩。

北伐军军纪律严明,视群众为亲人,消息传出后,出逃的群众,特别是妇女纷纷返城。

北伐军政治部还派出宣传队张贴标语,组织演讲,向人民群众宣传北伐的重大意义,其中一则布告这样写道:

  本军自入皖境,极承各界欢迎。
  欲谋民众利益,一本奋斗精神。
  哀我父老昆季,频年痛苦呻吟。
  内遭军阀蹂躏,外受帝国欺凌。
  张孙余孽溃窜,所过鸡犬无存。
  现在大江南北,次第将近肃清。
  惟是根株未净,犹虑蔓花役生。

希望热情帮助，彼此不惜牺牲。
或是引导路径，或是密报军情。
早日完成革命，大家共享升平。

几天后，第二军大部队也从广德开进郎溪。为保郎溪一方平安稳定，北伐军即刻任命军政治部干部冯素民为县长，负责接管前任县知事华维岳的文书档案及三十余支枪支。

这天晚上，李富春把夏雨初叫到住处，说："雨初同志，国民革命军在这里停留的时间不会很长，你应该以三五俱乐部为基础，再从进步青年中发展一批国民党员，尽快把郎溪（左派）临时县党部成立起来。"

"请主任放心，我们争取在三日内完成你交给的任务。"

"雨初同志，有你这样的革命者，我们的工作好开展多了。"

"谢谢李主任鼓励！"

在第二军政治部的帮助下，通过夏雨初、董萌的努力，很快成立了国民党郎溪（左派）临时县党部。

县党部由夏雨初、董萌、章向荣、祁光华、曹先齐、殷鉴、李先侨、吕梦松等人组成执行委员会，夏雨初任主任执行委员。县党部内设组织部（部长董萌）、宣传部（部长祁光华）、农民部（部长章向荣）、妇女部（部长吕梦松）、武装部（部长曹先齐），秘书殷鉴，会计李先侨。

在第一次执委会上，夏雨初按照李富春的指示精神，做出三项工作安排：第一，发布公告。具体内容是：遵总理遗嘱，推行"联俄、联共、扶助农工"的三民主义，打倒封建军阀，铲除土豪劣绅，恳望民众予以支持。第二，组织民众团体，即分别组建农民协会筹备委员会、工会筹备委员会以及商会等，真正将其团结在国民党郎溪临时县党部周围。第三，成立一支四五十人枪的农民自卫武装，维持郎溪社会治安和进行反霸斗争。

为了鼓舞郎溪人民的士气，夏雨初还通过欢迎会、祝捷会、提灯会等形式庆祝和宣传北伐军的伟大胜利。北伐军在郎溪战斗打响后，夏雨初又发动一些贫苦工人、农民积极为北伐军提供情报，为前线参战部队当向导。同时，夏雨初、董萌组织慰劳队、运输队、担架队、宣传队等随军行动，有力地支援了北伐军在郎溪打了几个胜仗。

不久，国民革命军第二军又根据上级命令，乘胜追击敌人并开辟新的战场。

郎溪的各项革命工作进入正轨后，李富春也接到了上级的命令，令他率领二军政治部向江苏溧水进军。李富春考虑到郎溪革命工作的需要，决定留下一个排的武装，配合国民党郎溪临时县党部开展工作。

这天上午，夏雨初再次来到李富春的住处。李富春说："雨初同志，你来得正好，有事想请你帮忙。"

"请李主任指示！"

"眼下，北伐军粮饷遇到了困难，能否请你出面向城内商号筹措一些。"

"不用请，这是我分内的事。再说，我们也有这种打算。"夏雨初慷慨应许。

"那好。雨初同志，谢谢你。"

这是一件大事，一点不能耽搁。夏雨初首先从自家做起，立即找到长兄夏雨人，做他的思想工作。夏雨人有些犹豫，怕钱借出去后影响手头周转。

夏雨初和夏雨人谈话时，董淑正好就在他俩身边。董淑是个深明大义的人，以弟媳的身份来做工作，开导他说："大哥，北伐军是为了打倒军阀，打倒列强而来的，如果军阀、列强打不倒，你的生意也做不成，你还发什么财进什么货？再说人家是借，不是只借不还，你要好好掂量掂量。"

一席肺腑之言说服了夏雨人。夏雨初也深受感动，打心里佩服董淑。 夏雨人答应后，立即从店里筹措了一万块银圆，由二军政治部出示借据（此借据于土改时期，夏雨人搬出夏家老宅时遗失）。

接着，夏雨初又通过县商会为北伐二军筹借了一万块银圆。

二军政治部离开郎溪那天，李富春握着夏雨初的手说："国民革命军在前方打胜仗，全靠后方的人民支援！ 鱼儿离不开水，北伐军离不开老百姓。 雨初同志，谢谢你们啊！"

夏雨初笑着说："这算不了什么，北伐军打胜仗，我们心里高兴啊。"

众乡亲敲锣打鼓，欢送北伐军。

3."屠刀吓不倒共产党人"

李富春离开郎溪的当天下午，夏雨初就主持召开了县党部第二次执委会，县长冯素民应邀出席。 会议重点研究了建立农民协会，开展反霸斗争以及有关组织活动等事宜。 会后，在省农协会特派员的指导下，先后在郎溪东南乡、西北乡等建立了农民协会。 同时，工会、妇协会（当时人称"媳妇会"）、商会、青年会、学生会等群众团体也相继建立起来。

此时此刻，全县上下一派勃勃生机的革命景象。

为了扩大革命胜利果实，这天夏雨初找到县长冯素民，说："为了有效打击地主、土豪劣绅，我想组织一次'闪电行动'，想听听你的意见。"

"什么'闪电行动'？"

"我想在北伐军留驻武装的支持下，逮捕涛城乡长乐村劣绅谭义才，北乡劣绅陈纪，南乡劣绅刘海樵、黄慕芳、鲁风祥，反动官僚原县知事倪焕奎，县教育局长周颂，教育会长刘万明等人。"

"好，非常好。 我们不来点硬的，这帮坏蛋不会老实。 雨初同志，这能大大提升国民党郎溪（左派）临时县党部的革命志气，我坚决支持你的行动！"

于是，在经过充分准备之后，夏雨初组织实施了"闪电行动"，先将在册的土豪劣绅反动官僚逮捕入狱，然后再给这些家伙戴上纸扎的高帽子游街示众。大街上，围观的民众开心极了，指点着劣绅刘海樵、土豪黄慕芳和反动官僚倪焕奎，讥笑道："刘、黄二人去背犁（倪焕奎），犁弯一断，牛剥皮。"

接着，夏雨初、董萌、章向荣又分头指导县农民协会组织四乡的农民进城，举行了声势浩大、规模空前的提灯大游行活动，庆祝北伐军节节胜利，扬我军威，鼓我士气。

但是，革命并不像请客吃饭那么简单，其中西乡南漪湖黄龙嘴的土豪陈福堂就仇恨工农运动，为霸占更多的田产，他组织一批二百余人的地痞流氓，在南漪湖圈圩造田，堵住了湖水西入水阳江，致使春雨湖水上涨，严重威胁了全县四十八个圩口，激起四乡民众的愤怒。

夏雨初拍着桌子说："这还了得，为平民愤，坚决拿下。"

夏雨初立即让县党部武装部长曹先齐带领县农民自卫武装，在北伐军留驻武装的支持配合下，向陈福堂展开了武装斗争。因准备充分，没费多少周折，就逮捕了陈福堂。县农协会又按照夏雨初的指示，立即废除陈福堂筑起的圩坝，并将缴获的四船大米、一船铜钱分给沿湖四周的穷苦农民，帮助他们度过春荒。

夏雨初能力强有魄力，开展革命斗争成效大，很快在人民群众中树立威信。

这段时间，夏雨初夜以继日地工作着，有时一天只能吃上一顿饭，甚至忙到深更半夜，因为太累太困，实在不想回家的时候，便干脆在县党部办公桌上和衣而睡。

董淑听后十分心疼，请人带话让夏雨初回家。夏雨初这才恍然大悟，天呐，董淑有孕在身，需要人照顾的呀。

夏雨初回到家里刚坐下，董淑就端来一碗面条，让他趁热吃。夏雨初说："不要，我是男子汉，少吃一碗无所谓。你有身孕，倒需要补补。"

"我在家天天吃好的。这是任务，你必须趁热吃。"

老婆动真格的了，夏雨初不得不从。

这时，董淑准备出家门。

"你干什么去？"

"上午，要去发动妇女为北伐军赶制军鞋；下午，要组织第一高小的学生为北伐军留守的士兵们演出。"

夏雨初看媳妇挺着个大肚子，拎着军鞋走起来左右摇晃，便忍不住地笑出声来。

董淑看看自己这模样，也觉得挺好笑的。

北伐战争尚未结束，国内形势却悄悄地发生了变化。

郎溪虽然是个小地方，但各种消息也接踵而至：

——北伐战争开始以后，革命势力迅猛发展和北洋军阀势力分崩离析的局面，是帝国主义列强始料未及的。这时，帝国主义列强已度过第一次世界大战后的危机，处于相对稳定时期，因而它们能以较多的力量来干涉中国革命。特别是北伐军进抵长江流域后，帝国主义列强感到其在华利益进一步受到威胁，一方面继续拉拢蒋介石，一方面加紧准备进行武装干涉。

——蒋介石在上海公然发动了蓄谋已久的反革命大屠杀，即上海"四一二"惨案。随后，广东、江苏、浙江等地相继发生反革命大屠杀。共产党员陈延年、赵世炎、萧楚女等无产阶级革命家先后被捕牺牲。

——蒋介石在南京建立反革命国民政府，同武汉国民政府相对立。青帮头子、芜湖市公安局长高东，秉承蒋介石旨意，指使流氓崔由桢率领八十多个打手，携带长、短枪各二十支，以接收芜湖市、县党部为名，大打出手，捣毁了国共合作的国民党芜湖市、县党部。接着青帮分子冒充芜湖市工人统委会到芜湖市总工会强行劫收。这是继安庆"三二三"反革命事变和上海"四一二"惨案之后的又一起反革命事变，即芜湖"四一八"反革命事变。

——中共芜湖特支负责人之一的杨士彬逃离芜湖,在宣城隐蔽时被捕。国民党芜湖市、县党部及民众团体大部分领导人被迫转移,有的到武汉,有的转入农村,芜湖笼罩在一片白色恐怖之中,并将迅速波及宣(城)郎(溪)广(德)地区。

怎么办? 怎么办?

夏雨初在大家面前挺起胸膛说:"屠刀吓不倒共产党人!"

其实,就在北伐第二军离开郎溪不久,国民党安徽省党部急忙委派其爪牙张仲权出任郎溪县长。张到郎溪后,立即勾结郎溪地方的土豪劣绅、反动官僚张克廷、刘润泉、崔国瑞、江世祝等组成国民党(右派)郎溪县党部,驻地设在县城东门河南乡公所内,被称为东党部,而以夏雨初为首的左派县党部,因设在县城西门的凤凰墩,被称为西党部。当时郎溪流行一首民谣:"东党部,开当铺;西党部,收穷户;西党热闹,东党冷;党部好坏,人心清。"一个县设两个县党部,这是大革命时期的奇闻。

芜湖"四一八"反革命事变发生后,原郎溪一些逃亡在外的土豪劣绅纷纷返回,与反动官僚等各种反动势力纠合在一起,在东党部的操纵下,疯狂地对革命者进行反扑。涛城乡长乐村土豪谭义才平日横行乡里,百姓对他恨之入骨,北伐二军进驻郎溪后,该乡农协会为进行反霸斗争教育,将他平日为非作歹的行为画成漫画张贴在长乐街上。他返回长乐后趁此时机,招罗一批地痞流氓,用污泥将漫画覆盖,并对乡农协会人员大打出手,扬言要灭乡农协会长全家。

国民党反动派来势汹汹,革命者决不能坐以待毙。夏雨初立即召集董萌、章向荣、曹先齐、殷鉴、祁光华、吕梦松等探讨对策。

董萌情绪激动,挥动着拳头说:"我们已经没有退路了,和他们决一死战吧,不成功便成仁。"

"我们是党的人,有着坚强的信仰,在这白色恐怖面前,情愿前进一步死,决不后退半步生!"章向荣的话充满血性,掷地有声。

夏雨初听了大家的发言,拍着桌子站起来说:"共产党人从来没怕过死，怕死就不是共产党人。 同志们，让我们伸出手来握在一起，为了我们奋斗的革命目标，团结起来和国民党反动派斗争到底！"

夏雨初说完，把右手伸到大家面前，大家也立即把右手伸了出来，然后几只大手紧紧地握在一起，抱在一起。

"目前形势对我们不利，同志们要有所防范，多一点小心为好。"

大家点点头，认同夏雨初的提醒。

不出夏雨初所料，4月26日深夜，东党部突然出动八十余人枪，将西党部团团包围。 面对猖狂的来犯，夏雨初率领大伙顽强抵抗，但因敌我力量悬殊，东党部武装破门而入，捣毁西党部后，将文卷、枪械、钱款等抢劫一空，继而又将夏雨初、董萌、章向荣、曹先齐、殷鉴、祁光华、吕梦松等十八人拘捕入狱。 这就是郎溪历史上的"四二六"反革命事变。

郎溪的反革命事变发生后，以张仲权为首的国民党右派势力，打着"党务改组"的幌子，掀起反革命"清党"运动。 随之，黄慕芳、李善斋、吴家昌等这些平日骑在郎溪人民头上作威作福的土豪劣绅，摇身一变，竟成"清党"要员。 他们怀着对革命群众的刻骨仇恨，疯狂进行反攻倒算。 在进行"清党"的同时，还宣布废止所有北伐第二军进驻郎溪期间西党部及县政府所颁布的一切政令，强制解散农协会、工会、妇协会、商会等革命团体，逮捕通缉进步人士。

一夜之间，郎溪县城被国民党反动派一片白色恐怖笼罩。

董淑在哪？ 她分娩了没有？

凡是认识董淑的人，全关心着她的状况。

原来，当北伐第二军留守武装离开郎溪后，夏雨初考虑到未来的发展形势难以预料，便托付长嫂夏李氏把即将分娩的董淑带到老家蒋顾村的老宅安身。

初夏，蒋顾村依旧那么安静。 村内树木成荫，炊烟袅袅。 村外是绿的水稻，绿的茶树。 夜晚站在村头聆听，不时传来阵阵狗吠声。

这天上午，在蒋顾村溪北的老宅内，待产的董淑发出一阵阵呻吟。 头胎，风险大。 此刻，她多么希望自己的丈夫能守候在身边。但她哪知道此时的夏雨初已经身陷囹圄。

好心的长嫂夏李氏已经得悉三弟的情况，但她在董淑面前坚决守口如瓶，还一个劲地劝慰弟媳："放心，雨初会来的，快要来了……"

"大嫂，雨初不在，我怕。"

"不要怕，夏家几代祖先全葬在蒋顾村，他们在天有灵，会保佑你的。"

"雨初，你怎么还不来？"

"董淑，忍一忍，雨初一会儿就到。"夏李氏话锋一转，"董淑啊，你要知道，雨初和村上的一草一木都很熟悉，溪南的土戏台啊，祠山庙的柏树啊，还有村中的小河啊，它们都能代表雨初，正在关心着你，保佑着你呢，你放心好了，一定会顺产的。"

不愧为夏雨人的妻子，在生意场上练就了一张好嘴皮。

经她这么一劝，董淑还真的感觉舒服多了，肚子不再像刚才那么疼痛了。

但是，过了一会儿，腹中绞痛又开始了，一阵比一阵厉害，董淑实在无法忍耐，在床上不停地左右翻动，脸上豆大的汗珠直朝下滚。 在难以忍受的剧痛中，她反复地喊着："雨初！ 雨初！ 雨初！"

忽然，只听她"哇"的一声，犹如石破天惊，一个崭新的小生命降临人间。 这是她与雨初的爱情结晶，令她既兴奋又惆怅。 她一边给婴儿喂奶，一边念叨着雨初。

此时，身陷囹圄的夏雨初又何尝不疼爱董淑，又何尝不关心即将出生的新生命，他心有余而力不足啊，只好也只能在狱房里为董淑和夏家的新生命祈祷。

自从夏雨初入狱后，长兄夏雨人与董淑的叔父董培鹤就四处奔走，设法营救。 他俩联络城内一批商户筹集一批钱款，托人到安徽省政府再找人"打点"。 加上党组织在暗中相助，省政府很快行文到郎溪县政府放人。

这天，夏雨人和董培鹤来到县政府，但奸诈阴险的张仲权却从中作梗，趁机敲起竹杠："放人可以，但必须归还北伐军临走时借县商会的两万现大洋，否则，我们再呈文上奏……"

"天哪！明明是拿了一万，怎么又成了两万呢？"夏雨人叫苦不迭。

董培鹤见此情景，把夏雨人拉到一边，悄悄地劝慰道："雨人，留得青山在，不愁没柴烧，眼下硬顶，只怕是凶多吉少。再说，老母亲还在家里等着见雨初呢。"

夏雨人觉得董培鹤的话有道理，便立即回家千方百计地凑齐了两万现大洋，加上十几户大商号的联名担保，夏雨初、董萌、章向荣等终获保释出狱。

出狱后的夏雨初，陷入极度的悲愤和深深的苦闷中，他真的想不明白，甚至是呐喊：蒋介石怎么对共产党出尔反尔？！

5月17日，武汉的夏斗寅叛变革命；5月21日，长沙的许克祥叛变革命；7月15日，汪精卫集团公然发动反革命政变，大肆捕杀共产党人……

这都是为什么啊！

这一条条令人发指的消息，像毒蛇似的啮咬着夏雨初的心。

难道说这帮败类叛变了，中国共产党就垮台了不成？

痴心妄想！

身处逆境，夏雨初忍辱负重。人到难处想忠良。好几个夜晚，他都梦到《西游记》中孙悟空保护唐僧西天取经的场景。是的，孙悟空那种虽涉险山恶水、妖魔鬼怪、千难万险而不屈不挠的英雄气概，一直在激励着夏雨初迎难前行。

在这一段郁闷的日子里，夏雨初常常在夜深人静的时候，拿出他那支心爱的长箫，在月光下，或是茶树旁，吹出心中要表达的曲子，那深沉激昂的《高山流水》，起伏跌宕的《十面埋伏》，其音调像行云疾风，又如寒夜飘雪……

这天傍晚，夏李氏陪着董淑抱着孩子终于回到了郎溪。这是夏家的新一代，可把全家人高兴坏了。这时，夏雨初再也坐不住了，从母亲怀里抱过孩子，亲个够。

......

下一步郎溪的革命何去何从？

董萌、章向荣、曹先齐、殷鉴、祁光华、吕梦松再次悄悄地来到夏家，把期待的目光全投向夏雨初，没错，大家都等着夏雨初拿主意定方案。

夏雨初说："我们面临的困难实在太多，革命工作等于从头再来，但困难和挫折算不了什么，好在我们都活着，留得青山在，不怕没柴烧！"

听夏雨初这么说，大伙心里全有底了。

"大鹏鸟也有折翅的时候，只要它养好伤，会飞得更高更远的。"夏雨初又坚定地说，"没有国，何以有家？我们都是热血男儿，一定要将革命进行到底！"

大伙听后热血沸腾，表示要在夏雨初的领导下，坚决跟着共产党革命到底。

就在这时，董淑从内屋把孩子抱了出来。

董萌问："姐，孩子取名字了没有？"

董淑回答："取了，名字叫夏道焜。道是革命道路的'道'，焜是焜照的'焜'，意思是说孩子今后的道路很光明。名字是雨初给孩子取的。"

在座听了董淑的报喜，都夸雨初给孩子取的名字好。

夏雨初听了大伙的夸奖，心里头乐滋滋的，站起来逗着孩子说："小道焜，快长大，跟着共产党，打倒秃头蒋……"

大伙听后哈哈大笑。

第九章
郎川河畔播火种

郎溪的上空乌云翻滚,到处一片白色恐怖,但郎溪的共产党人在夏雨初的领导下,并没有被国民党反动派的东党部吓倒。他们团结一心,高昂头颅,掸去身上的灰尘,继续投入新的战斗。

1."去宜兴学习取经"

郎川河边的夜晚静悄悄。

这里正在召开一次秘密会议。召集人是夏雨初,参加会议的有董萌、章向荣、曹先齐、殷鉴、祁光华、吕梦松等。

夏雨初小声地说:"东党部盯得

很紧，只好在这里开会了。现在郎溪对我们不利，但也没有什么可怕的。越是在这种情况下，越是要敢于斗争。"

"是的，我们不能坐以待毙。"董萌跟着说。

"雨初，我们听你的，把你的想法说出来。"章向荣也站出来支持。

"听说宜兴那边共产党的工作开展得不错，特别是壮大党的队伍有独到之处，我打算带两个同志去宜兴学习取经，你们看谁愿意和我一起同行？但这次出去有一定风险，大家要把这个情况考虑在内。"

"我去！""我去！""带上我吧！"大家踊跃报名。

董萌把话接过去说："去宜兴学习取经，这个想法不错，我表示同意，但去的人不宜太多，人多影子大，不安全。我建议雨初带着我和祁光华去。向荣教书走不开，其他同志在家留守。"

"我同意董萌的意见。"祁光华表态道。

"董萌的建议挺好，就这么办吧。"夏雨初接着吩咐道，"向荣，你在家牵个头，随时掌握东党部的动态。"

"好的，你们放心去吧，我们一定盯住目标。"

河边会议，开完就散。

第二天，夏雨初、董萌、祁光华按时到指定地点集合，然后三人秘密前往宜兴学习取经。

郎溪距宜兴近在咫尺，出出进进比较容易，但他们怎么也没想到，刚到宜兴就听到了噩耗：无锡共产党人秦起不幸被国民党反动派杀害。

夏雨初本打算走访了宜兴，再去无锡和秦起会面。噩耗传来，夏雨初悲痛万分，泪流满面。

秦起是无锡人，五卅运动中，他结识了中共无锡支部书记周启邦，在其影响下投身革命，1925年冬加入中国共产党。入党后，组织上分配他负责无锡地区工人运动，他便以开办工人夜校的形式，传播新文化新思想，启发和教育工人。1926年4月，茂新面粉厂工人沈根泉工伤身亡，厂主对此漠然置之，他就带领工人同资方进行斗争，直至资方答应支付丧葬、抚恤费。不久，在秦起的组织下，茂新面粉厂秘密成立了工会。5月1日，他作为江苏省工人代表出席在广州召开的全国第三次劳动大会。回无锡后，他参与领导了全县二十一家丝厂工人的总同盟罢工。5月19日，全县两万多丝厂女工在秦起指挥下，走上街头示威游行，沿途散发传单，诉说缫丝女工的苦难，罢工坚持到5月30日，最终取得了胜利。

1927年1月4日，无锡总工会秘密成立，秦起当选为总工会委员长。当时，无锡已有十万工人入会，成立了五十五个分工会，还建立了一支工人的武装——工人纠察队。3月17日，工人纠察队在秦起的领导下，分别在周泾巷、南门旗杆、北门皋桥等处，一起出动破坏铁路，造成沪宁线瘫痪，有力地支援了上海工人第三次武装起义。当北伐军进驻无锡后，总工会由秘密活动转向公开办公。中共无锡地委经常通过总工会团结各行业工人，维护工人利益，调解劳资纠纷，处罚封建霸头，与国民党右派进行斗争。

无锡总工会领导的工人运动轰轰烈烈迅速发展，引起了大地主、大资产阶级、国民党右派的仇视和恐慌。他们暗中收买了一批流氓和工贼，成立了一个所谓的"无锡市总工会"，与秦起领导的总工会分庭抗礼。秦起带领总工会全体工人与国民党右派的分裂活动进行针锋相对的斗争。没想到北伐军第十四军军长赖世璜和国民党右派沆瀣一气，先后逮捕工人和民众代表二十四人。为此，秦起领导全县工人请愿营救，二十四人最终获释。当恼羞成怒的敌人再次纠集商团、流氓、工贼数百暴徒包围攻打总工会时，秦起身先士卒，顽强抵抗，终因寡不敌众被捕入狱。

4月14日深夜，月昏星暗，从国民党无锡县公安局的后院里，传出几声枪响，秦起倒在血泊中。面对倒下的秦起，敌人仍恐惧万分，残忍地将他的遗体装入麻袋投入河中。秦起以他短暂的二十个春秋，谱写了波澜壮阔的无锡工人运动的壮举。

人死不能复生，只有化悲痛为力量。

夏雨初、董萌、祁光华带着悲痛在宜兴秘密活动了两天。夏雨初说，"走出来就有收获"，董萌、祁光华深有体会。

"秦起壮烈牺牲，还要不要去无锡？"董萌问。

夏雨初说："宜兴到无锡不远，去为秦起的坟抓把土吧，寄托我们的一份哀思。再说，无锡还有个严朴，人称'三少爷毁家闹革命'，也值得我们去拜访学习。"

董萌和祁光华同意跟着夏雨初再去无锡。

到了无锡，还算顺利，很快就找到了严朴。

客人是郎溪的，又是宜兴党组织介绍来的，严朴非常热情，当晚就设宴招待。

原来，严朴是无锡张泾寨门人，出生在一个地主家庭，排行老三，乡间呼他"三少爷"。

1926年夏，严朴在上海南方大学毕业后，受党组织派遣以中共无锡地委秘书长身份回无锡开展革命活动。到无锡后，他了解到无锡地方党团组织发展很快，革命力量日益壮大时，便决定创办一所学校，既可宣传革命理论，培养革命青年，又可作为党团组织秘密活动的场所。他与南方大学两位同学凑了近一千元，在南上塘街办起了一所江苏中学。不想开学几天后，办学经费就用完了。为了保存这个革命活动基地，严朴毅然决定抵押自己的田产。严朴虽出身豪门，但从小父母双亡，分到他名下的百余亩田产由四伯父代为掌管，要想名正言顺地取出田产是绝对不可能的。于是，严朴回到家乡，私下找四伯父的书童阿培商量，阿培在严家帮工多年，因严朴从不摆少爷架子，平时同情穷人，体恤下人，故阿培最敬重他。况且三少爷在城里办学，是行善积德的大好事，更应该帮他渡过难关。阿培按照严朴的托付，从四伯父钱柜中"偷"出部分属于严朴名下的田单。严朴将田产抵押，得大洋两千元，维持了办学。

江苏中学开办后，严朴以学校负责人身份秘密地开展革命活动。

席间，夏雨初听了严朴办学情况的介绍，在心里"咯噔"了一下："学校成为党的秘密活动基地，这就是一个非常好的革命经验。"

这是一次冒险之旅，也是一次成功之旅。夏雨初敢做敢当，令大家佩服不已。

2."尽快成立中共郎溪特支"

中国共产党第五次全国代表大会终于在武汉胜利召开。这次大会对于革命领导权、土地革命等问题的认识有了很大的进步，对于中共四大以来统一战线中争夺领导权斗争的经验教训做了总结。会议批判了陈独秀的右倾错误，通过了《政治形势与党的任务的议决案》《土地问题议决案》《职工运动议决案》和大会宣言。

中共五大拨云见日，指明了中国革命斗争的方向。

安徽革命处在历史紧要关头，恢复各地中共党组织和建立全省统一的党的领导机构，已经成为共产党人的当务之急。

夏雨初握着报纸，心情无比激动，这一夜他又失眠了。

为了掌握外面的情况，夏雨初又通过不同渠道，捕捉到以下一些信息：

在中共第五次全国代表大会期间，陈延年要求柯庆施、周范文调查研究，向中央提出成立中共安徽省临时委员会组成名单。根据当时安徽省的实际情况，提议柯庆施、王坦甫、王心泉、李宜春、郭士杰、周范文、王步文等七人为省临委委员。5月下旬，省临委在武汉法租界大智门和平里召开第一次全体委员会议。会议传达了中央指示，讨论了恢复安徽各级党的组织，发展工农运动和创造条件回安徽开展革命工作等问题。会议确定当前的工作是：调查安徽的组织状况，联系在武汉的同志，并进行组织登记。

省临委迁入芜湖的当月，就迅速同各地建立联系，帮助恢复和建立起领导机构。首先恢复芜湖、安庆党组织，并和芜湖、安庆、六安、无为、南陵、郎溪、和县、旌德等县部分党员建立了联系。

恢复党的组织，播撒革命火种，时机已经成熟，一刻也不能耽误了。

夏雨初找到董萌说："当前我们的任务就两个方面，一方面秘密联络失散的农协会会员，另一方面想方设法和上级组织取得联系。"

"你有什么具体打算？"董萌问。

"听说宣城幸存的党组织已与新建立的省临委建立了联系。鉴于此，我们要变被动为主动，应尽早和省临委接上关系。"

"雨初，你想得真周到。"

"被形势逼的，得赶快行动。"

说走就走。这次，夏雨初单独出行，到宣城后掌握了一些信息，又立即起身前往芜湖。因夏雨初在芜湖上过几年学，对芜湖的大街小巷比较熟悉，也认识不少党内的革命同志，不久，他就找到了省临委设在二街煤基厂的交通站，很快与省临委接上了组织关系。

夏雨初和省临委接上关系后，这就等于找到了党，找到了靠山，心情久久不能平静。为了庆祝一下，他还找到当年在校读书时经常去的那个小饭店，喝了两杯小酒，吃了一顿饱饭。

1927年8月，中共安徽省临委分别在凤台、庐江、宣城、郎溪设立了四个通讯处，夏雨初被任命为中共郎溪通讯处负责人。通讯处建立后，夏雨初与省临委建立了正常的工作联系，但时间不长，省临委又指示夏雨初牵头筹备建立郎溪中共地方组织。此前，在北伐军进驻郎溪时，夏雨初就注重党的发展工作，先后吸收了章向荣、曹先齐、殷鉴、祁光华、吕梦松等同志秘密入党。宜兴的经验就是不断壮大党的组织，所以说成立郎溪特别支部已经迫在眉睫。

9月下旬的一天，在中共安徽省临委的指导下，秘密成立了中共郎溪县特别支部，夏雨初任特支书记，董萌任副书记。

中共郎溪特支的成立，统一了全县党的领导，给灾难深重的郎溪人民带来了光明和希望。从此，郎溪人民在中国共产党的领导下，开始了新的革命征程。

夏雨初是个"没有任务找任务，见到任务就眼红"的共产党员，为了把党的特支工作开展得更有成效，他再次把董萌叫到跟前。董萌是副书记，工作表现突出，夏雨初经常找他交换意见。夏雨初说："你在家主持一下工作，我要去芜湖接受党的新任务。"董萌坚决服从："你就放心去吧，家里工作有我呢。"

两天后，夏雨初通过省临委交通站与省临委负责同志正式见了面。省临委负责同志向夏雨初传达了党的第五次全国代表大会的主要精神："现阶段革命的主要任务，是亟待解决的土地问题。中央提出没收一切所谓公有的田地以及祠堂、学校、寺庙、外围教堂及农业公司的土地，无代价地没收除小地主和革命军人家属以外的地主土地，交给农民耕种；取消地主绅士的乡村政权，建立农民乡村自治政府，解除乡村反动势力的武装，组织农民自卫军，废除杂税，减轻地租，取消高利贷等政纲。"省临委负责同志还对夏雨初强调说："在郎溪，当前的首要任务就是要尽快把农民群众动员组织起来，团结在农会周围，与地主官绅进行斗争。"

这是中共郎溪特支正式创建后，第一次接受省临委的工作任务。夏雨初当即表态："请省临委领导同志放心，我们郎溪特支一定认真执行。"为了及时传达省临委的工作指示精神，夏雨初又急急忙忙从芜湖赶回郎溪。

深秋之夜，寒气袭人，然而此时的十三名年轻的共产党员内心却是暖洋洋的。因为在这次会议之前，要隆重组织他们向党宣誓。这十三名新党员中，大的不过二十多岁，小的只有十七八岁，有九人是学生知识分子，两名是店员，两名是农民。

宣誓正式开始，十三名新党员默默地举起右拳，神色庄重地伫立在一面挂在墙上的党旗前。这面党旗实际上是用一面红旗两角对折起来，然后在它的中心用黄粉笔画出一幅镰刀斧头的图案。

夏雨初领着大家宣誓：

"我志愿加入中国共产党……保守党的秘密……永不叛党。"

宣誓完毕，夏雨初走到每个人的面前，伸出坚实的双手，紧紧握住对方的手，亲切而凝重地称道："同志，欢迎你！"

接着，会议就传达了省临委关于"尽快把农民群众动员组织起来，团结在农会周围，与地主官绅展开斗争"的重要指示，确立了"尽快恢复北伐时期各乡的农会组织"为当前工作的中心。

特支全体成员会议之后，特别是十三名新加入的党员，满怀革命豪情，牢记党的使命，迅速奔赴各自的战斗岗位，开始履行共产党员的神圣职责。

星星之火，在郎川河畔燎原。

3. "为大众办一所建平公学"

"宜兴农民暴动失败！"

"宜兴农民暴动领导人万益被国民党反动派杀害！"

噩耗传来，夏雨初不愿相信，但这是事实，又不得不信。

原来，中共江苏省委于1927年10月上旬在上海召开了"江南秋收暴动行动委员会会议"，宜兴的史曜宾及万益参加了会议。会议讨论确定宜兴、无锡、常州、江阴、常熟等地在最短时间内发动农民起义。

在会议之前，也就是1927年8月至10月间，宜兴先后发起"教师索薪""农民抗粪捐""双十节驱逐县长施方白"等三次斗争，均取得了胜利。

正因如此，会议决定宜兴在江南首先发动武装暴动，建立工农兵苏维埃政权。同时决定派万益和段炎华（军事干部）以省委特派员身份到宜兴参加领导工作。暴动前夕，团江苏省委又特派匡梦苏（即匡亚明）赴宜兴参加领导。为此，宜兴县委很快制定了行动计划，成立了"农民暴动行动委员会"，万益任总指挥，史砚芬、宗益寿任副总指挥，并决定11月1日为暴动日期。

这天，宜兴农民暴动行动委员会成员万益、段炎华、匡亚明、宗益寿、史砚芬等人，指挥各路农军以分散隐蔽的方式陆续进城。12时，暴动总指挥万益在县署前连发三枪为号，宣布举行暴动。臂缠红色布条为标记的千余农军闻讯而动，他们高举大刀，手持短枪、锄耙、棍棒等武器，高呼"农民革命胜利万岁""杀尽贪官污吏土豪劣绅""中国共产党万岁"等口号，按照预定计划，很快就攻占了县署和公安局。从万益开枪发出暴动信号，到农军攻下公安局，仅用了半个多小时。整个农民暴动共缴枪四十多支，小山炮两门，枪弹、炮弹十余箱。

一面绣有镰刀斧头的红旗在宜兴上空飘扬。万益在群众大会上宣布红色政权，即"宜兴县工农委员会"诞生，万益任主席。工农委员会发布《告全县人民书》，提出了一切政权归工农委员会等施政纲领。大会还推举万益为农民革命军总司令。接着，还召开了各种不同类型的群众会议，并由段炎华、陈伯麒等六人组成工农法庭，对捕获的土豪劣绅进行审判，当场处决民愤极大者四人，烧毁了借据、田契、租簿等剥削罪证。

当天晚上，暴动群众将县牢狱打开，悉数释放被押人犯。

宜兴暴动使国民党反动政府大为震惊，南京政府急派无锡公安局到宜兴镇压。在敌强我弱的形势下，2日午后，工农革命委员会召开会议，认为不宜困守孤城，应主动撤离。暴动行动委员会召集参加暴动的八百多名农民群众开会，让他们以到乡村去捉土豪为名，立刻撤到乡村中去。

……

郎溪的共产党员被夏雨初集中到开法寺院落，引导大家围绕"宜兴农民暴动的伟大意义"展开讨论。

董萌发言说："就宜兴农民暴动重要意义来说：从占领县城到主动撤出，虽然只有三天时间，却产生了深远影响……暴动有明确的政治纲领，给国民党当局以极大震动，沉重打击了宜兴的国民党反动势力和土豪劣绅……作为中国共产党人在江苏第一次用自己的武装建立了自己的政权，了不起！"

董萌的发言很有针对性，其观点博得大家的好评。

夏雨初在总结中说："宜兴农民好样的，暴动虽败犹荣。暴动领导者万益等共产党人唤起民主，反抗国民党和封建地主阶级的反动统治，面对屠刀大义凛然、威武不屈的英雄气概尤为后人景仰。其实，我们郎溪工农革命的任务，亦不例外，就是要推翻豪绅资产阶级的经济基础，捣毁他们强有力的豪绅阶级的大本营。"

宜兴暴动失败，万益被国民党反动派杀害，让郎溪共产党人更加清醒地认识到革命斗争的艰巨性和曲折性。不过，大家并没有被吓倒，坚定地说："我们追求共产主义信仰，已经做好随时牺牲的准备。"

不久，为了便于党的领导，中共中央决定将安徽境内津浦路沿线及以东地区（含郎溪、广德）的党组织划归中共江苏省委领导。

是年冬，中共郎溪特支先后迎来上级派来的三名宜兴中学高中师范生、共青团员——葛琴（又名葛和声，原籍郎溪）、史济殷（又名史飞尘，宜兴人）、范迪斋（范作禹）。这三位同志都参加了宜兴农民暴动，这次是党指派他们来协助郎溪开展革命工作的。

葛琴等人的到来，使夏雨初感到由衷的喜悦。他热情地接待了这些参加过宜兴暴动的精英。为了把革命工作开展起来，这天夜里他们围在煤油灯下长谈，当谈到如何以职业做掩护时，夏雨初在芜湖民生中学工作的情景又一幕幕呈现在眼前。无锡严朴办学的经验也早在夏雨初心里打下深深的烙印：学校，可以成为党的秘密活动基地。葛琴等高中师范生上门来就是天赐良机。夏雨初脱口而出："对！就办一所学校吧，这样既有利于掩护我们自己，又有益于穷苦人家的孩子读书。"

"取什么校名？"葛琴问道。

"就叫建平公学吧！"夏雨初略加思索说了出来。

"好！"大家异口同声。

说干就干！他们立即将这一决定上报中共宜兴县委，县委也当即做出指示:"学校只能办好,不要半途而废。如教员不足,可从宜兴再调几个青年骨干过去帮忙。"

上级党组织明确表态支持,夏雨初受到了巨大的鼓舞。选校址,申办注册,选订教科书,采购桌椅,夏雨初带大家忙得不亦乐乎。

办学校需要一定的资金,怎么筹措? 夏雨初首先动员几个家庭比较富足的党员同志从家中"借",再由全体党员个人去想法子"凑"。他自己不但从大哥夏雨人那里"借",还动员妻子董淑拿出结婚时的几件金银首饰来"凑"。在"借"与"凑"的同时,夏雨初还到城里几家开明绅士家中动员"捐"。这些开明绅士听说是公益事业办学校,纷纷慷慨解囊极力相助。

在解决经费问题的同时,校址也正式选定了——夫子庙。

夫子庙又称文庙、孔庙,始建于明嘉靖年间,几度毁于兵燹水灾。北伐时期,这里曾经办过郎溪民众教育馆。原夫子庙东西各设一道边门,两侧各有木石结构的牌坊。正大门朝南城门,长年封闭。从西边大门进去是一个院落,有石阶上走廊,走廊约两米宽,可供人憩息。往里东西两厢,一边一溜十间瓦房,这二十间瓦房划归公学使用。两排房子的中间是草坪,种有花卉。再朝里是夫子庙正厅,平日关闭。

1928年农历正月十五,正当郎溪县城民众闹元宵之际,人们突然发现位于县城南门的夫子庙的大门口,挂上了一块白底黑字的牌子,上书"建平公学"四个大字。

公学走廊外还挂了一只喇叭,留声机放在室内,通过它播放唱片,声音非常响亮,这是郎溪人从未见过的,甚觉稀罕。

教员不足,葛琴又及时通过中共宜兴县委先后调来了吴懿君(女)、季梅(女)、史耀华、潘丽华(女)和徐世璋等五人。

学校上下课的铃声,学生的进进出出,组成好一道亮丽的风景。

夏雨初见此,对葛琴说:"你是一校之长,能不能把他们培养成革命者,以后就全看你的了。"

"有你特支书记坐镇,不,有你夏雨初支持,这所学校肯定办出名堂。"

夏雨初又说："枪和子弹能要人命，但书能让人不怕死。"

葛琴立即竖起大拇指："你真厉害，我是服了。"

夏雨初"哦"了一声，对葛琴一笑了之。

建平公学以"激发学生国家观念"为宗旨，反帝反封建的色彩十分鲜明。学校的名字取自孙中山"天下为公"的"公"字，除表示纪念逝世的孙中山外，还有另一层意思，那就是公学的名称由来已久，早在1904年，革命党人李德膏在芜湖就创办起安徽公学，一度成为当时皖省革命志士心中的一面旗帜，皖省革命党人组织的大本营。

学校设置完小，六年级班开设初中课。首批招生一百多名，大多是穷苦人家的子女。因办学需要，原定四个班增加到五个班。学校提倡白话文作文，所有教材都用白话文。所选的课本，表面上采用国民党地方政府审定的课本，实际上是选择李大钊、瞿秋白等人的文章作为教材，进行革命思想和文化教育。在教学中，夏雨初亲自动手编写了《穷人为什么受苦》《中国为什么贫穷》等教材，给学生们讲授。他还介绍鲁迅、郭沫若、茅盾、蒋光慈等人的文艺作品，供学生课外阅读，同时开展各种行之有效的演讲活动，加深学生对政治形势的认知。为了把学校办得更有特色，校长葛琴亲自把高年级的学生组织起来，不间断地开展文艺、体育活动。每逢纪念日，学校就组织宣传队上街或是到县城附近的城南和钟桥农村，为市民和农民表演节目。

建平公学自开办之日起，就成为郎溪汇集革命力量、开展革命活动的中心，影响十分深远。

由于建平公学教师认真负责，教学内容和教学方法新颖，受到了广大学生家长的一致拥护，一些在县立完小读书的学生家长还纷纷要求将子女转到建平公学就读，在郎溪社会上产生了较大的影响。

但是，有人力挺，就有人反对。这不，本来就认为建平公学有"赤化"行为的县政府教育局长周孝安，这下再也看不惯坐不住了，便串通安徽省教育厅派员前来建平公学"视察"。

视察是假，刁难为真。周孝安以学生课外读物中有李大钊、瞿秋白、蒋光慈等共产党人的文章为由，极力地在省厅视察员面前进行挑拨鼓噪，说什么"公学"名义上是"公"字，实则上是"共"字，宣传"赤化"，培养出来的也只能是一些"捣乱虫""造反者"，提出查封公学。

夏雨初听闻消息，立即主持召开党、团联席会议，问计于与会者。

"建平公学为大众，怎么就成了造反者？"

"好事不让你办好，教育局长是怎么当的？"

"学校是郎溪劳苦大众的学校，周孝安查封学校是痴心妄想，得问问广大老百姓答不答应！"

"周孝安敢放马过来，我们就和他拼到底！"

"主动出击，公开罢课！"

在大家愤愤不平之中，夏雨初拍板，葛琴带着师生执行：罢课，进行反"查封"斗争。

在党、团组织的秘密指导下，公学正式对外宣布罢课，校领导率领全校一百多名学生集队到国民党郎溪县党部门口静坐请愿，高呼口号：

"建平公学是大众的学校，反对查封建平公学！"

"教育局当权者无权限制师生的人身自由！"

"穷人的孩子上学不容易，查封建平公学没道理！"

请愿斗争很快得到郎溪社会各界人士及广大学生家长的拥护，县长粟伯龙怕闹大不好收场，急忙宣布取消"查封"。一时间，把周孝安弄得下不了台，险些丢了教育局长的乌纱帽。

建平公学校园一片欢腾，庆祝罢课取得伟大胜利。

第十章
赤心为党献忠诚

1928年3月,暖暖的春风飘飘荡荡。

春,绝对是一幅饱蘸着生命繁华的画卷。无论是破土而出的,还是含苞待放的;无论是慢慢舒展的,还是缓缓流淌的;也无论是悄无声息的,还是莺莺絮语的,只要季节老人把春的帷幕拉开,她们就会用自己独特的方式,在这里上演自然那神奇的活力。

走进春天,夏雨初精神焕发。

1. "动员陈文共举义旗"

这天一早,夏雨初来到董萌门

上，风风火火地说："有好消息！好消息来了！"

"好消息？什么好消息？快快讲来！"

"宗益寿你认识吗？"

"认识！"

"他将以中共江苏省委巡视员的身份来郎溪巡视指导农运工作。"

夏雨初说得眉飞色舞，董萌听得乐不可支。

自中共郎溪特支创立以来，宗益寿是第一位代表江苏省委来郎溪指导工作的领导。

董萌说："在宜兴学习取经时，见到过这位领导。"

夏雨初说："宜兴声势浩大的农民暴动，宗益寿同志当时为副总指挥。去年底，中共江苏省委又委派宗益寿等骨干到如皋指导农运，他为该县济难会负责人。"

"宗益寿同志是江苏省委派来的，我们除了向他汇报好工作外，还要请他给我们传授开展农运的经验。"

夏雨初点点头，赞同董萌的想法。

三天后，在翘首期盼中，宗益寿秘密来到郎溪。

"雨初，我们又见面了，真是山不转水转啊。"

"是的，我们郎川河的水早就涌动了，今天终于把益寿同志盼来了。"

"益寿同志，你还认识我吗？"董萌走上前微笑着问。

"你是董萌，我认识的。"

宗益寿右手握着夏雨初的手，左手握着董萌的手，三人欢欢喜喜地走进特支工作活动室。

当天下午，夏雨初就给宗益寿汇报了郎溪党的工作开展情况。夏雨初的汇报比较具体，一二三讲了好几个方面，有数据有实例还有分析，宗益寿听后非常满意。

"雨初同志，你们特支在短短几个月内就取得这么多的成绩，真的不容易啊！"

"我们工作没做好，还请益寿同志多多批评指正。"

"你们去宜兴学习取经，你们举行十三名新党员宣誓，你们创办建平公学等等，都是值得肯定和推广的嘛。"宗益寿对郎溪党的活动大为赞赏。

宗益寿听取汇报之后，在夏雨初、董萌的陪同下，悄悄深入偏僻的姚村山区和东夏圩区，广泛进行社会调查活动，了解农民的现实状况。

每到一地，宗益寿和夏雨初对农民兄弟都是嘘寒问暖，处处体现共产党人和老百姓心连心。

为了贯彻落实江苏省委近期工作精神，夏雨初在建平公学内主持召开了党、团联席会议。这是一次秘密的内部会议，参加的人员全是可靠的党团骨干。会上，宗益寿传达了党的八七会议精神和中共江苏省委关于近期工作的指示要点，并全面介绍了江苏全省如火如荼的农民运动情况。会议最后，宗益寿强调说："近期内，郎溪特支要尽快把农民组织起来，把穷苦农民集合在农会之中，特别要注重干部和骨干分子的思想教育工作；建平公学要尽快建立学生会，组织宣传队到农村去，宣传动员农民起来与地主劣绅进行斗争；要设法积极争取武装力量的支持，适时举行全县农民秋收暴动……"

夏雨初代表郎溪特支向宗益寿表决心："请放心，我们一定按照你的指示，把郎溪党的各项工作开展好，特别是将农民秋收暴动作为特委工作的重心，认真筹划，落实到位。"

宗益寿对郎溪的巡视，是高兴而来满意而归。

送走了宗益寿，夏雨初把工作分工到人，自己则全身心地投入到农民暴动准备上来。

农民暴动，对于郎溪这个偏远的小县来说，无疑是石破天惊之举，对于年轻的特支领导人夏雨初来说，更是一个非常现实而又严峻的考验。

"农民暴动关键是农民！""组织指挥和行动方案非常重要！""如何

打响郎溪农民第一枪？""第一枪打响后向哪个方向进攻？"一连串的棘手问题，时常让夏雨初思绪纷繁坐立不安。

这天夜里，夏雨初躺在床上翻来覆去睡不着，还是那几个问题搞得他心里翻江倒海："举行农民暴动，就得将农民组织起来，发动起来，武装起来……一旦暴动，各种风险都可能发生，甚至牺牲我们的同志……暴动，只能成功，不能失败。"想着想着，夏雨初仿佛又回到了北伐时期郎溪那火红的斗争年代：那风起云涌的农民运动，那千人提灯游行的壮观场面，那劣绅戴着高帽子游街的丑态，皆历历在目。

"只有把农民团结在农会周围，武装斗争才有可靠的基石。"宗益寿精辟的话语再次回响在夏雨初的耳旁。

其实，在特支建立之初，夏雨初就着手开展农运工作，由于建平公学师生的努力配合，这个时候全县农村已经恢复建立了部分农协会组织。这一阶段，为了把宗益寿的指示落到实处，夏雨初和董萌起早摸黑地工作，他们把特支全体党员分成东、南、西、北四片，采用分片包干的方法，想方设法扩大农会组织，为暴动做好思想和组织上的准备。

众人拾柴火焰高。通过三个多月的努力，终于在全县建立了三十多个农协会，拥有会员六百余人。这些农协会会员，有一大部分是北伐时期的农运骨干，经过短期秘密动员和训练，个个豪情满怀，人人摩拳擦掌，决心跟着共产党大干一场。

很快，一个"攻占县城"的农民暴动方案在夏雨初心中酝酿而成。但仅有这个方案是远远不够的，还得有一支比较强大的武装力量相配合。

农民暴动得有武装，否则难以成功，甚至人头落地。

自从宗益寿离开郎溪，夏雨初便开始思考如何争取武装力量这一至关重要的问题。危难之中想忠良。这时，有一个人进入了夏雨初的视线，这个人就是他的毕桥同乡、宣城读书时的同学陈文。夏雨初与陈文从小就有接触，相互熟悉也很要好。在宣城读书时，两人志趣相投，成为人生挚友。

这几年，夏雨初虽在外奔波，但对陈文在家乡揭竿而起的事，还是有所耳闻的。"若能争取到陈文武装，农民暴动就有了中流砥柱。"夏雨初在心里一直这样盘算着。

夏雨初经过再三权衡并取得特支成员一致共识后，决定返回老家毕桥动员陈文共举义旗。

董萌听了夏雨初介绍的情况，特别惊讶，积极支持道："原来你和陈文在宣城读书时是好友，还接受过恽代英、萧楚女的进步思想熏陶，这个关系我们应该好好利用，得尽快去争取陈文这支武装。"

"你觉得能成吗？"

"能成！肯定能成！"

夏雨初微笑着说："我与陈文会面是大事，得向上级党组织汇报。"

"那是。"董萌赞同道。

江苏省委巡视员宗益寿得知这一情况后，当即就把意见反馈给郎溪特支：支持夏雨初和陈文"双雄会"。

夏雨初接受党的委托，专门回乡与陈文相会，动员陈文站到革命的行列，去干那石破天惊的义举，心中滋生出一番英雄相会的豪情。

陈文，原名陈正文，字焕章，曾用名陈庆文、陈金文、陈电轮，也曾代名为闵寿龄。陈文家是毕桥镇上的殷实首户。

自建平公学开展反查封斗争后，国民党郎溪当局就时刻盯着夏雨初的一举一动。外出活动困难不少，但办法总会有的。此时，正值清明时节，为避人耳目，夏雨初决定领着妻子董淑和一岁的小焜儿，以回乡祭祖的名义回蒋顾村。

此招切合实际，结果如愿以偿。

到了蒋顾村后，夏雨初又以到镇上探望几家亲戚为由，带着董淑和焜儿赶到毕桥镇东，设法与陈文相会。

陈文得知夏雨初一家前来拜访,早就做好迎接和接待准备。 想当初,在宣城读书时,为了接受恽代英、萧楚女的进步思想,二人经常挤在一张桌上听课。 兄弟相处,不分彼此,今日相见,有好多的话要讲。

为了体现兄弟情谊,陈文早早让人在大门口专候。

"报,夏先生到!"

"报,夏先生一家三口到。"

陈文喜出望外,穿长衫戴礼帽,笑呵呵地走出客厅,主动迎上前去,张开双臂和夏雨初来了个亲密拥抱。

"陈兄弟好!"

"雨初兄弟好!"

陈文毕竟是读书人,和夏雨初拥抱之后,对董淑笑脸相迎,并问寒问暖。 这时,又见陈文随手从口袋里掏出一个红包,塞到小道煜的手中。

陈文粗中有细,令身边的人敬佩。

进了会客厅,只见桌上已经摆满水果和糕点。 刚坐稳,热茶又端了上来。 陈文想得周到,夏雨初非常感激。

相互寒暄一阵后,就到了晚饭时分。

这顿晚饭,陈文是认真准备的,他专门吩咐厨师做了一桌好菜,要好好招待夏雨初一家人。

酒逢知己千杯少。 酒桌上,老朋友相见有说不完的知心话。 当夏雨初问起他从安徽省立宣城第四师范学校毕业后的情况时,陈文满心欢喜满脸堆笑地一吐为快——

1922年夏,陈文从学校毕业回到家乡毕桥镇后,面对国弱民困的社会现实,他希望通过兴办教育来启发民众,变革社会。 1922年秋,陈文自筹资金,在毕桥镇先后办起两所学校——懿贞女校、毕桥小学。 他办学严谨,亲自制定国语和算术课程,向学生们灌输进步思想,提倡男女平等,反对一切旧习,要求女学生剪辫子,不准缠足。 但是,由于世俗的偏见和当地政府的干预，好端端的懿贞女校和毕桥小学不得不相继停办。

社会偏见的冲击，残酷现实的鞭挞，使书生意气的陈文如梦初醒，试图教育救国的道路走不通，一腔信仰成了无数个泡影。

1926年，盘踞闽、浙、苏、皖、赣五省所谓"联军"的军阀孙传芳部被北伐军打败，不少残兵败将落草为寇，百姓遭劫。小小的毕桥镇也常常遭到这些散兵游勇的骚扰，穷苦百姓十夜九惊，终无宁日。在此情况下，陈文买下一些溃兵的枪支弹药，组成一支十余人的民众自卫队，以维护地方的安宁。一次，毕桥附近的杨具山河口来了一股三十余人的散兵游勇。陈文闻讯后立即带领仅有十三支步枪的自卫队，利用熟悉地形的优势，一举将三十余名溃兵歼灭。从此以后，溃兵再也不敢从毕桥镇上路过。陈文也因此受到地方各界人士的敬慕。

陈文越谈越有兴致。夏雨初见此，端起酒杯："兄弟，为了你一举将三十余名溃兵歼灭，我借花献佛敬你一杯，表达一份晚来的祝贺！"

"哪能，谢谢雨初！"陈文一边说一边和夏雨初碰杯，然后二人一饮而尽。

陈文半斤酒下肚，话匣子就收不起来了——

由于陈文为人正直，赏罚分明，因此，他的队伍迅速发展，到1927年农历正月，陈部已扩编为宣（城）郎（溪）广（德）民众自卫团，下设四个营。4月，已拥兵近千，名震一方。陈文所部劫富济贫，匡扶正义，引起地方土豪劣绅的极度恐慌，他们纷纷跑到县衙诬告陈文"私藏军火，勾结湖匪，组织暴乱"。于是，国民党郎溪县党部在"清党"的同时，会同广德反动势力，调兵遣将抄剿以陈文为首的"股匪"。陈文被迫率部撤到广、郎、宣三县交界的鸦山一带，养精蓄锐，坚持游击。

这个时候，国民党宣城县长潘庭干与时任安徽省民政厅长的汤子仙，既是同乡，又都是当时国民党中央常委李烈钧的原部下。他俩为了扩充自己的势力，霸占宣、郎、广三县这块地盘，决定收编陈文的这支民众武装。

陈文鉴于面临的窘困，他思忖如同意收编，既能获得军饷给养，又能假借汤、潘为靠山来保存自己的实力，渡过眼前的各种难关。 于是他将计就计，提出了"只改旗号，驻地不动，人员建制不变"的收编条件。 潘庭干根据"从优收编"的原则，即席拍板，遂达成协议。 三天后，陈部正式改编为宣城县自卫团。 陈文仍任团长，下设四个中队，一切给养由潘庭干按期供给。

世上没有不透风的墙，此事不久就传扬出去，说成宣城县长潘庭干通匪，一时闹得满城风雨。 国民党安徽省主席兼三十九军军长陈调元闻讯后大惊失色，说陈文是共产党，匪祸不除，后患无穷，在对潘庭干革职的同时，调兵遣将围剿陈文。

陈文闻讯后，将部队撤出洪林桥，预先埋伏在镇旁的麻姑山下。 当陈调元派遣的两个营到达洪林桥时，天色已晚，正是这些官兵休息和用餐之际，陈文率部突然将小小的洪林镇团团包围，顿时枪声大作杀声一片，打得这些官兵茫然不知所措，哭爹叫娘乱作一团。 经过三个多小时的激战，终于将这两个营的官兵击败，缴获步枪两百余支，毙、伤两百余人。

这幕"收编"戏，害苦了潘庭干，却帮了陈文的忙。 陈文既获得了部分军饷给养，又增添了两百余支枪支。 陈团更加兵强马壮了。

陈文介绍到这里，夏雨初又端起酒杯敬他。 敬完酒，夏雨初示意让陈文继续讲下去。 俗话说，"酒逢知己千杯少，话不投机半句多"。 今天他和夏雨初见面高兴，酒过三巡，之后，酒在肚话在心不让他说也不行了，又掏出自己的心里话滔滔不绝："此次因潘'收编'而被陈调元所剿，对我和手下触动很大。 我更加清楚地认识到国民党当局的腐败，内部争权夺利钩心斗角，特别是陈调元将我打入另册，划为'共匪'，这正中我的心愿：你堂堂的省主席，说我是'共产党'，老子就去投奔共产党！"

陈文心中已植下了改换旗号、投身革命的种子。 这个年底，他又率部回到毕桥，在南漪湖畔屯兵操练。

陈文在南漪湖畔揭竿而起后的所作所为，夏雨初早有所闻；而夏雨初在北伐军支持下组建西党部，后又筹建建平公学等，又为陈文所敬仰。 酒桌上，他俩从国家的命运谈到个人的抱负，彼此倾心相吐，推心置腹。 夏雨初还见缝插针向陈文开宗明义地阐述了中国共产党的宗旨，革命的目的和方针政策，还谈到北伐革命和蒋介石的叛变，国共两党第一次合作的破裂。 陈文听了很感兴趣，他也谈到自己拉队伍打击土豪劣绅，匡扶正义，是为了给穷苦大众找条活路，表示出对共产党的敬佩之情。

时间一分一秒地过去了，陪同人员已经悄悄离席，而夏雨初和陈文的谈兴正浓。

"庆文兄，我们穷苦百姓常常被那帮官老爷视为不安分的危险分子。 其实是他们自己色厉内荏，真正有力量的不是他们那帮家伙。只有觉醒了的穷苦大众团结起来，中国才会出现翻天覆地的变化。" 夏雨初继而对陈文语重心长地劝说道，"俗话说'国家兴亡，匹夫有责'，为拯救民众于水深火热之中，你我都是堂堂七尺男儿，岂能苟且偷安？！"

陈文听后自责地说："我半生清白，不，已沾满尘垢，万望老弟为之荡涤，指我迷津，导我归宿。"

"庆文兄，你过谦了，当年还是你带着我到你的班级，两人一起挤在一张课桌上，肩靠肩地听恽代英讲一代青年如何救中国的道理。"

"雨初，那时我俩是革命青年，一腔热血为报国。"

夏雨初见火候已到，便开口直奔主题："当年，我们在宣城，萧楚女先生就讲过：'中国只有革命才能富强起来，要革命就全靠你们一班青年奋勇忘生，不怕艰苦牺牲，做不断的斗争。 只有这样，革命才能成功。'现在中国的革命，就是要靠武装斗争，就是要靠枪杆子打天下。 庆文兄，我们已经决定在郎溪举行农民暴动了，我想庆文兄到时一定会慷慨相助的吧？"

"啪！"的一声，陈文一只大手把桌子上的茶碗拍得茶水四溢。"痛快！我之所以揭竿而起，就是为了匡扶正义，打倒那些骑在老百姓头上作威作福的官绅，现在贵党准备举行武装起义，正中本人下怀。眼下国难当头，哀鸿遍野，何顾个人得失，只要有益报国之举，我当仁不让，哪管个人安危，马革裹尸。暴动创举，胜似当今物欲横流，走肉行尸。万一留得残生，则听候将令，甘为马前卒，为剪灭独夫决不惜肝脑涂地。"

"好！你的革命志向一点没变。庆文兄，我先喝为敬，再干一杯。"但夏雨初一口气连喝了两杯，接着又改口说，"好事成双！好事成双！"

几日后，为了进一步争取陈文的武装力量，夏雨初又委托团县委组织部长史济殷，以公学教务主任的身份秘密去毕桥邀请陈文来建平公学参观做客。陈文在毕桥当过两所学校的校长，史济殷请他来参观做客是符合人之常情的。陈文对建平公学早有耳闻，但百闻不如一见，欣然同意了史济殷的盛情邀请。

4月，春和景明，是郎溪最好的季节。白天，郎川河畔，树木葱茏，莺飞草长；夜晚，湛蓝色的夜幕中，一轮白玉盘似的皎皎圆月巡行，洒下一地清辉。浩瀚的银河里无数的星星，好像正从天幕的这一边，无声地向另一边流去。

建平公学的校园内，史济殷和陈文两人身着长衫，在月光下的校园里踱着方步，彼此倾心相吐。陈文讲述了他从当教师到拉队伍的经过，还从当地农民生活窘迫的现状谈到自己的理想抱负，并提出了一些不甚理解的问题。史济殷早有思想准备，按照夏雨初事先教他的内容，向陈文分析了中国现时的经济状况，劳苦大众生活贫困的原因，中国革命的前途和中国共产党为什么要领导农民进行土地革命等问题。

夜深人静，春露染湿了长衫，但他俩谈兴正浓，毫无倦意。

陈文心情十分激动，困境中是共产党人给他指明了方向。

就在这时，夏雨初突然出现在他俩的面前。 陈文说："雨初，你用心良苦，我是服了。 从现在起，我俩的事情好谈。"

夏雨初握着陈文的手说："庆文兄，我现在请你去吃夜宵，再弄两杯郎溪烧酒庆祝庆祝，你看如何？"

"行！ 哈哈——"

2. "农民暴动是一场狂风巨浪"

夜深人静。

即将接受中共郎溪特支的改编，作为团长的陈文彻夜难眠。

陈文回想自己这些年，从当初拉起十多人的民众自卫队到发展成眼下千人的民众自卫团，每走一步这其中要付出多大的艰辛和牺牲。国民党顽固派今天你"剿"过来，明天他"剿"过去，都把自己当成"匪"。 现在投奔共产党，完全走的是一条光明大道。 当年，自己和夏雨初在宣城同是进步青年学生，坐一张桌上听老师灌输革命思想，现在又成了同一战壕里的战友，要在一口锅里捞勺子，难道这不是天意？

水到渠成。

几天后，郎溪特支根据陈文的要求，特派董萌以党代表的身份前往陈团，领导民众自卫团改编。

董萌到来，陈文欣喜。

"董老弟，你来了，我心里踏实多了。"

"陈团长，有你鼎力支持，定能将民众自卫团改编成一支新型的农民武装。"

"好啊，那我们一起努力。"陈文握着董萌的手说。

但是改编并不简单，建立新型的农民武装谈何容易。

争取来的武装必须经过艰难的信仰和组织改造，才能成为真正的人民武装，而不能充分改造的人员则不得不通过严厉清洗解决。 通过收编、改造、清洗三个步骤解决问题，才能表明郎溪特支依靠信仰和组织的力量，把这一批动荡农村中复杂、落后的庞大散兵游勇改造过来，创建具有坚定信仰和严格纪律的新型武装力量。

陈文改编心切，巴不得一夜之间就成为一支共产党的队伍。

董萌说："陈团长，要把部队改编成人民的武装，看来你还要下几剂猛药。"

"下什么？ 怎么下？"

"从你身边的人入手。"

董萌全盘托出自己的想法，把利害关系说得清清楚楚。

陈文采纳了董萌的意见，从整顿军纪开始，首先拿大刀营营长吴占元开刀。 吴是跟随陈文多年的勇士，也是大刀营的元老，但他存在着严重的流寇主义思想，背着陈文纵容手下抢劫百姓钱财。 吴占元在当地群众心目中就是一个活脱脱的土匪，丧尽天良的坏事做得太多，成了当地人民群众的死对头。 陈文曾数次警告吴占元，但他置若罔闻，毫无收敛迹象，甚至造反脱逃。 陈文意识到再这样下去必成后患。 这天雨夜，陈文亲自率领一、二、三、四营奔向洪林桥，出其不意地收缴了吴占元的武器，并下令枪毙吴占元等四人，同时向全团士兵宣布了他们的罪状。

陈文的内弟彭道高虐待士兵克扣军饷，还多次外出奸淫掳掠扰乱贫民，也被陈文拉出去枪决了。

枪决了吴占元和彭道高，陈文背地里大哭了一场，毕竟过去这二人是他的左膀右臂，特别是彭道高还是他的内弟，不到万不得已，哪能下此决心。 为了建立一支人民的武装，陈文也只能选择大义灭亲，否则军心无法收拢，更无法大振。

陈文和董萌的这一招真灵，一些原来行为不轨的士兵不得不有所收敛；一些本来动机不纯混进自卫团的人和一些意志薄弱又贪生怕死的人，主动申请领取路费离开了队伍。

自愿留下的四百多人，大多都是穷苦出身的农民，他们愿意跟着共产党闹革命。

陈文、董萌趁热打铁，为了严明军纪，又拟定了陈团的"八戒"：一戒上战场时苟且偷生，凡枪一响往后退者，立即就地枪决；二戒奸淫妇女，抢掠百姓，凡证据确凿者，立即枪决；三戒骚扰百姓，凡借故肇事者，驱逐出境一百里外；四戒破坏百姓财产，凡损坏百姓财产，要按价赔偿；五戒部队占据学校；六戒官兵探亲不假而归；七戒土匪混入部队，一旦发现，就地枪决；八戒吸毒，不论官兵，一律关押强戒。

陈文在众士兵面前放声喊话："以上八戒，上报郎溪特支，下通告地方，如发现本部官兵为非作歹者，欢迎检举扭送或报告本部，扭送、报告者有赏，本部官兵相互检举者有赏，隐瞒不报者处罚。"

董萌有的是办法，陈文有的是虎威，二人密切配合，很快把陈团变了个样，当地群众见后赞不绝口。

接着，以陈团为基础，又充实一百多名农会会员，组编成五百余人枪的郎溪农民自卫团，陈文任团长，夏雨初任党代表，董萌任副党代表，集结在南漪湖畔的绵羊山一带操练。

从此，号声、杀敌声不断，南漪湖畔练兵忙。

不多日，举行郎溪农民暴动已经万事俱备。

就在这时，中共安徽省临委根据江苏省委指示精神，专门发出了题为"对发动工农群众组织暴动之指示"的《皖省委致郎溪同志信》，信中明确指出，在八七会议后的中央新政策下，我们党总的工作方针就是抛弃与资产阶级联合战线，抛弃上层政治投机，完全打入工农群众中，领导群众自起斗争。同时强调指出："在郎溪这偏僻农业区域中，其主要的工作是发动乡村农民群众的斗争，利用乡村一切大小冲突，领导群众起来抗击地主、债主、绅董、官厅等剥夺欺压。从这些斗争中，团结广大群众在农民协会之下，适时举行农民暴动。"

夏雨初对陈文、董萌说："我们立功的时候到了。"

经过商定，立即召开特支全体成员及团县委组成人员会议，传达省临委指示，决定提前举行农民暴动。为了加强对暴动的领导，先后制定了暴动方案，成立了暴动指挥部，即由夏雨初、董萌、葛琴、陈文、史济殷等五人组成，夏雨初任暴动总指挥，陈文任军事总指挥，董萌、葛琴、史济殷负责领导以程金鹿为队长的工人突击队和建平公学师生为骨干的宣传队，作为暴动发起后的内应。

"山雨欲来风满楼。"一场暴风骤雨即将席卷郎川大地。

暴动指挥部领导成员经过再三研究，拟定于1928年5月9日拂晓，由农民自卫团从县城防守较弱的小南门攻城，工人突击队和公学师生宣传队作为内应，届时应外合一举攻占郎溪县城。

距暴动时间还有两日，陈文立即赶回营地，进行最后的准备。

5月8日下午，夏雨初指派建平公学女教师季梅、吴懿君化装绕小路前往绵羊山，约定陈文于当天夜里10时前，在毕桥镇西六庙田集结行动。

陈文得令后，还让季梅、吴懿君回去转告夏雨初："保证不会延误战机。"

农民自卫团在六庙田集结完毕，陈文做了简单的战前动员，便率领三个营五百余人经飞里桥、十里岗秘密朝郎溪方向进发。

这个深夜，县城像往日一样宁静。拂晓时分，自卫团已抵达县城小南门。

"砰砰……叭叭！"

瞬间，县城小南门忽然枪声大作，弹火纷飞。大街上，建平公学宣传队员趁机在几十个洋铁桶里点燃了一串串鞭炮，同时大声呼喊：

"红军进城啦！"

"江南红军从广德打到郎溪来啦！"

"郎溪城守不住啦！"

这时，县商团、警察局及县自卫团一片慌乱，个个都像没头的苍蝇东奔西窜。在混乱中，程金鹿率领工人突击队打开了南城门，霎时间，农民自卫团如潮水般涌进了县城。

农民自卫团进城后，直扑西门蜡梅巷内的县警察局和十字街的自卫团及商团，很快缴获了数十支枪支。解除了警察局和自卫团的武装后,陈文、夏雨初即率部猛攻县党部南大门的钟鼓楼。驻守在钟鼓楼上的警备队士兵从梦中惊醒,本来就人心惶惶,再得不到警察局、自卫团的支援,随即不战自溃。不一会儿,农暴队就抢占了钟鼓楼。县长粟伯龙和自卫团长刘润泉仓皇潜逃,县教育局长周孝安束手就擒。

清晨,一轮红日从东方冉冉升起。

城内,一面鲜艳的红旗在钟鼓楼上迎风飘扬。

人们欢呼暴动胜利,欢呼郎溪县第一个苏维埃政权成立。

因革命工作需要,特支立即将暴动指挥部更名为郎溪县工农委员会,夏雨初担任执行主席。同时,工农委员会发表了《告全县同胞书》:

……不交租,不还债,不纳一切捐税。没收地主土地归农民。推翻豪绅军阀国民党县政府,杀豪绅地主,肃清封建势力。打倒奸商垄断粮食价格,打倒盐商公堂,实行自由买卖。劳苦大众团结起来,创建自己的天下。

为庆祝胜利,扩大政治影响,工农委员会还专门在县党部门前钟鼓楼广场召开审判大会,将民愤极大的贪官周孝安和劣绅卢小泉公审枪决。

在此基础上,工农委员会又颁布命令:农民暴动的主要目的,就是当家做主。眼下,春荒蔓延,得尽快打开国民党县政府的粮仓(积谷仓),将里面的大米拿出来救济贫民。一千余担啊,这下饥民有救了。同时,砸开国民党县看守所监狱,释放"四一二"反革命政变中蒙冤被捕的所谓政治犯。

当贫民领到救济大米,关在监狱的人被释放出来,郎溪城内外一片欢腾,人人振臂高呼:中国共产党万岁!郎溪工农委员会万岁!

建平公学宣传队再次走上街头,张贴革命标语,举行演讲活动,宣传共产党的政治主张和工农委员会的方针政策。

在夏雨初、陈文的领导下，农民自卫团进城后，纪律严明，秋毫无犯。城内商店照常营业，县商会还主动为农民自卫团筹集了两万现大洋。

广大市民见此情景，又仿佛回到当年北伐军进军郎溪时那火红的岁月，纷纷赞扬和拥护农民自卫团的革命壮举。

按原部署，农民自卫团在县城稍做整顿，即经广德、孝丰开赴江西与中国工农红军会师。

不料，国民党县警察局警察胡心田，这个出身于地主家庭思想反动的走狗，经不起城内士绅们的鼓噪唆使，伺机出城通风报信，因四门均有农民自卫团重兵把守，便化装翻越城墙逃出，于5月16日下午抵达芜湖，乞求芜湖县长代电国民党安徽省政府，派兵进"剿"。

5月17日，国民党驻芜湖三十七军一营会同宣城石逢山部的一个营，星夜经洪林桥、沿毕桥、飞里，开往郎溪。5月18日，安徽省政府下令宣城、广德调兵遣将，配合正规军合围郎溪。

在这紧急关头，特别是面对优势之敌，夏雨初、陈文沉着应战，先后击退围敌三次。战斗越来越残酷，形势对农民自卫团不利。怎么办？经夏雨初、陈文商量决定：先掩护建平公学师生撤出县城。

5月19日，农民自卫团在攻占县城的第十天，终因寡不敌众，孤城难守，被迫从城东南突围，经跑马岗、石槽撤往姚村鸦山山区。

战场瞬息万变十分险恶，如果不采取果断措施，就可能红旗倒地全军覆没。

在这紧要关头何去何从，必须做出科学正确的决断。

董萌提议："尽快将我们暴动的经过向上级党组织汇报，恳请他们想方设法派兵过来支援。"

陈文说："雨初，你和江苏省委熟悉，最好由你亲自跑一趟上海，把我们这里的情况报告给他们。"

眼下也只好走这条路了。"好的，不过我走了之后，你们要坚持在鸦山打游击，万不可冒险妄动。"夏雨初严肃地叮嘱。

陈文、董萌连连点头，表示坚决执行。

夏雨初走后，陈文、董萌率领暴动中幸存下来的百余人，在风餐露宿、食不果腹，又面临敌人"围剿"的绝境下，仍然在鸦山岭上坚持游击斗争，期待着黎明的日子早日到来。

夏雨初到上海后，几经周折才寻找到中共江苏省委机关，他向省委详细汇报了郎溪农民暴动的经过及失利的经验教训，同时要求省委转告设在芜湖的安徽省临委，尽快组织力量支援郎溪农民自卫团，突出敌人重围，争取东山再起。

江苏省委某负责同志听取汇报后，肯定了"郎溪第一枪打得好"。但是，根据当时的上海革命形势，急需一批既有地下工作又有领导武装斗争经验的同志去领导工人运动，于是，夏雨初就这样又被指派到沪西区去从事工人运动工作。

夏雨初对省委这位负责人的决定很不理解。但是，作为夏雨初，对于这一决定，理解要执行，不理解也要执行。

夏雨初眼睁睁地看着陈文、董萌的队伍遇有危险却无能为力。他急，他心疼，但又无法和陈文、董萌联系，只好也只能在背地里偷偷地大哭一场。

的确，大革命失败后的一段时间，党对中国的革命道路、策略，正处于痛苦的探索之中，在"左"倾盲动主义的干扰下，仍然把注意力集中于夺取中心城市，而一度无暇集结失散在各地农村中的武装力量。

1928年8月中旬，在夏雨初的多次争取下，中共宣城中心县委书记周心抚根据中共中央巡视员、安徽省临委书记王竟博的指示，准备将陈文部队收编为中国工农红军，但当周心抚通过中共宣城地下党组织负责人江干臣与陈文刚刚接上关系时，周又奉令调回芜湖，一支将要改编为中国工农红军的农民武装，因此又失去了良机。

9月中旬，南京国民政府从安徽省政府的呈报中获悉："陈文股匪，撤出郎城后，仍盘踞鸦山，企图死灰复燃……"于是，调派精锐的第九军步兵一旅，沿高淳、溧阳、广德、宣城四县向鸦山合围。局势日趋严峻，陈文、董萌率部转战在宣城的双沟、莲花塘、鸦山岭等地，与围敌激战数日，终因寡不敌众，弹尽粮绝，惨遭失败。

董萌问陈文："怎么办？"

陈文说："杀出一条血路，要不死路一条。"

于是，陈文、董萌带领七八个人，终于突出重围。

突出重围后，陈文又问董萌："怎么办？"

董萌说："到上海去寻找夏雨初。"

于是，他们取道广德，东渡太湖，前往上海……

郎溪农民暴动虽然失败了，但这次暴动就其历史地位和作用来说，其影响是非常深远的。郎溪位于苏、皖两省四县的交界处，是芜杭线的要冲，国民党统治中心南京的南大门，历来是兵家必争之地。1928年，中国革命正处于低潮时期，郎溪人民在中国共产党的领导下，在国民党反动统治巢穴的南大门，高举革命红旗，进行武装斗争，反对国民党的统治，暴动队伍攻占县城近十天，并建立了苏维埃政权。它沉重地打击了郎溪地区的反动势力，动摇了国民党在农村的统治，教育和鼓舞了广大人民。这的确是一件了不起的创举，其斗争规模之大，在当时的皖南地区都是空前的。郎溪暴动还为后来规模更大的宣、郎、广三县农民暴动积累了经验，培养了骨干，同时也展示了夏雨初、陈文、董萌过人的胆识和领导才能。

郎溪农民暴动，是被压迫者在中国共产党领导下掀起的一场狂风巨浪。

第十一章
面对劲敌剑出鞘

郎溪农民暴动失败的消息传到上海,又传到夏雨初的耳朵。简直是晴天霹雳地动山摇,夏雨初悲痛至极欲哭无泪。

"早知这样,不如和农民兄弟战死在沙场。"

"陈文、董萌,我的好兄弟,你们现在在哪?"

上海太大,车水马龙,陈文、董萌无法找到夏雨初。夏雨初即使知道陈文、董萌来了上海,要想找到他俩,也是比登天还难。况且,夏雨初授命新任务,现在做的是地下工作,隐蔽多露面少,和其巧遇更不可能。

一个好端端的农民武装说没就没了，这支武装可是夏雨初和陈文一手拉起来的，为了这支农民武装，他俩动空了脑子操碎了心。

因为惋惜，因为悲痛，还因为自责，夏雨初天天失眠，一下子瘦掉好几斤。

"前面的革命者牺牲了，后面的革命者应该踏着他们的血迹继续战斗！"夏雨初想，唯有这样，才能对得起血洒郎川河畔的农民兄弟，才能对得起郎溪的广大父老乡亲。

1. "我来创办工人夜校"

多日后，夏雨初终于从叹息、焦虑、梦魇中走出来，重新振作起精神，投身于上海的革命洪流。

但是，上海的情况非常复杂，特别是做党的地下工作，连说个话都感到不方便，他觉得施展不开拳脚。

"上海怎么和郎溪一样呢，不适应，也得适应！眼下，党的工作都很艰巨，都会有牺牲。皖南的汉子得有骨气，要经得住风雨，要不就不要当共产党员。"夏雨初时常这样激励自己不忘初心，为共产主义的伟大事业奋斗终生。

夏雨初沉下心来，慢慢适应新工作。工作一段时间后，他发现就有利条件来说，上海人口密集，工商业发达，文化教育事业集中，有一支具有光荣革命斗争传统、战斗力极强的工人阶级队伍，有一大批云集此地的革命知识分子，有着广泛而良好的开展革命活动的群众基础。因此，自五四运动以来，中共中央在十多年的时间里，基本上以上海为依托，指挥和领导着全国各地的革命运动。

从不利条件来说，上海又是闻名中外的畸形城市，是近百年来外来殖民主义统治、奴役和压榨中国人民的主要基地，是"冒险家的乐园"。这里既有殖民者"国中之国"的租界地，又有他们的殖民政府"工部局"和维护他们殖民统治的工具"巡捕房"。国民党政府也在这里建立了一套法西斯统治机构，驻派重兵，设立警察、宪兵、特务机关。除此以外，还有一大批地痞、流氓、帮会等黑社会势力，他们在帝国主义和国民党反动派的支持下，充塞于社会的每一个角落。

上海特殊而复杂的社会情况，对于新生的中国共产党来说：一方面，地下工作者可以利用租界华洋杂居、政出多门及敌人营垒中的各种矛盾，利用全市人口复杂、不查户口等各种社会空隙，寻找掩护的职业和场所，设立党的机关，进行秘密活动；另一方面，上海的敌情复杂，统治力量强大，中外反动势力既有矛盾冲突，又有相互勾结、共同对付革命力量的共性，租界之内军警遍地，统治森严，而国民党统治区即所谓华界之内，军、警、宪、特更是张牙舞爪，杀气腾腾。

此时，中共中央机关和江苏省委都设在租界，但国民党特务警探、法租界和公共租界巡捕房的巡捕、包探相勾结，共同缉捕中国共产党人和革命分子。"四一二"反革命政变后的上海，浦江两岸还散发着浓郁的火药味，留在破旧城楼和房屋上的累累弹痕，在向人民控诉着蒋介石顽固派的卑劣和凶残。整个十里洋场仍处于腥风血雨之中。

夏雨初从郎溪来到上海，无疑是逃脱了敌人缉拿追捕的魔爪，又闯入了一个非常危险的虎穴。

事实上，自从1927年大革命失败后，中国共产党在创建红军、坚持武装斗争、实行土地革命、建立农村革命根据地的同时，正在以城市为中心的国民党统治区（即白区）内，利用合法和非法、公开和秘密的斗争方式，进行艰苦复杂的地下斗争。白区斗争是党领导中国革命的一条重要战线。正是在这样的背景下，中共中央和周恩来决定采取相应对策，建立强有力的政治保卫机构，保卫党的领导机关安全，同时调派一批党的优秀干部坚持地下工作，深入工厂组织发动工人群众，开展工人运动。

根据周恩来关于"白区工作的同志，要走到社会中去寻找职业，深入群众，勤业，勤学，勤交，艰苦细致地做群众工作，以恢复和建立党组织"的指示，江苏省委指派夏雨初潜入沪西从事工运工作，扩大同社会的接触，从中了解各种社会动态。对于夏雨初来说，这是一项艰巨的任务，也是一项光荣的任务，任重而道远。

通过自我调整，夏雨初的精神状态有了明显好转。

沪西区是工厂区，以棉纱纺织厂居多。根据地下工作的需要，夏雨初化名张建华，以教书先生作为职业掩护，出现在工人群众中。因为夏雨初较胖，所以工人们都称呼他为张胖子先生。

有话对党言，组织是靠山。

这天夏雨初来到沪西区委，一位姓曹的部长接待了他。

"雨初同志，有事尽管说。"

"曹部长，我想在曹家渡棚户区创办一所工人夜校。"

夏雨初在北京参加过长辛店工人夜校的创办，他积累了一定的工作经验。上海沪西区和北京长辛店的环境基本相似，通过办夜校来组织发动工人群众，这是党的地下工作的需要，特别像夏雨初这种情况，初来乍到人生地不熟的，打基础的工作必须从接近工人开始。

"请说说你的具体想法。"

"部长你看，这里的纺织厂居多，工人相对比较集中，适宜夜校活动。再说我刚从外地过来，应该先从熟悉当地工人群众入手。至于教材嘛，我自己来编写。"

打灯笼也找不着的好事，曹部长当即表态支持。

有上级领导的支持，夏雨初来了精气神。经过半个月加班加点的准备，曹家渡棚户区的工人夜校终于开班了。

夜校的教材，都是夏雨初自编自刻（钢板蜡纸）自印。他以通俗白话文形式，编写了一本《工人为什么受苦》的小册子，一方面教贫苦工人识字，另一方面向他们宣传反剥削、反压迫、求解放的道理。

办工人夜校，是夏雨初到上海为党做的第一件事，他一心想在这方面干出点成绩。在教学过程中，他重视一课一议，启发工人们去思考：

"人世间何以有穷富？"

"那些不劳而获者为什么占有大片工厂和大量的财产？"

"做工的人一年辛苦到头却为何一无所有？"

他让工人们畅所欲言，说不上也不要紧，可以站出来询问。待工人们说得差不多了，再集中进行一次辅导，他常常这样告诉大家："工厂的产品本来是工友生产出来的，应当归工友们所有，只是因为资本家用种种剥削方式，把工人的劳动成果剥夺去了，所以穷的愈穷，富的愈富，究其根源，这是资本主义剥削制度造成的。工人要想翻身，必须铲除此种不合理的剥削制度。因此，穷苦工人得团结起来进行斗争。"

经夏雨初这么一点拨，大家全弄明白了，印象也加深了。"原来我们这些穷人是这么形成的。"大家议论着，愤怒着，甚至当即有人要去找纺织厂老板讲理。

夏雨初看火候已到，便顺手从桌上拿出一根筷子一折，就断了，然而又拿出十根筷子合在一起，怎么也折不断。他打着手势说："人多力量大，只要大家齐心合力，资本家就不敢剥削我们了，穷人就能翻身得解放。"

灯不拨不明，理不讲不透。工人明白事理，分得清好坏，只要有人捅破那层窗户纸，隐藏的问题就暴露出来了。经过夏雨初的几次开导，工友们思想豁然开朗，对中国革命充满信心，迸发出火一般的热情。

夏雨初在做工人的思想工作方面是有一套的，他紧密联系上海五卅惨案、"四一二"政变中上海工人阶级顽强不屈、前仆后继的血的事实，以声情并茂的激昂演讲，激发和号召工人团结起来，坚决和资本家斗争。

当夏雨初讲到"四一二"政变，蒋介石指使军队用机枪扫射手无寸铁的工人请愿队伍，其中有许多女工和童工在宝山路上流血牺牲的情景时，台下的工友们个个脸色铁青，双目如剑，好像一团团烈火在燃烧。 夏雨初站在讲台上，一只手叉着腰，另一只手挥舞着说："蒋介石在共产党和工农群众的血泊中建立了自己的小朝廷，蒋介石顽固派的穷凶极恶并不标志其强大，他已经输光了过去骗取的那一点可怜的政治资本，他不会有一天安宁的日子。 上海的工人阶级是一支伟大的革命力量，革命先烈的血不会白流！ 今天共产党虽然被迫转入地下，但是革命仍在发展，人民会进一步觉悟，进一步团结起来的！"

台下的工友们完全被夏雨初的演讲激情所吸引感染。 他们感到在这里上了夜校之后，浑身充满着信心和力量。

工友们越是这样赞不绝口，夏雨初越是想方设法把夜校办好。

为了把工人夜校办得更加生动活泼，夏雨初还教工人学唱他自己写的具有反帝反封建性质的《八平歌》《工人四季歌》等。 这些歌谣揭露了当时社会的不平等，鞭挞帝国主义、封建主义、官僚资本主义欺压和剥削工人的罪行，唤醒广大贫苦工人起来革命，建立一个平等合理的新社会。

"平民起来闹革命，推翻军阀和洋人。 害虫一日不除掉，中国一日不太平……"质朴的几句话唱出了人们对军阀与入侵者的愤恨，也唱出了对革命必胜的决心。

《八平歌》《工人四季歌》，不仅夜校学员唱，校外工人也跟着唱，歌声响彻棚户区的夜空。

不久，歌声就秘密传到了曹家渡日资内外棉第七厂，没想到也启发和教育了这个厂里的工人，他们纷纷不请自到，或学歌或向夏雨初诉苦。

原来，这家由日本资本家独资经营的工厂，男女工人近两千人。 工厂主自以为财大气粗，又有租界"工部局"作为靠山，独断专行，飞扬跋扈，视中国工人为"东亚贱民"。 他为了谋取更大的利润，千方百计地榨取中国工人血汗，克扣工人工饷，无故殴打工人，还豢养了一批日本浪人，于光天化日之下公开侮辱中国女同胞。

"简直无法无天，工人不是好欺负的。"夏雨初拍着桌子说。

工人群众的反抗情绪一触即发。

于是，夏雨初又让夜校一批工人骨干深入到该厂工人住地，秘密串联，发动他们起来和工厂主斗争。

1928年12月，公开斗争的时机已经成熟，夏雨初组织发动震惊上海滩的日资内外棉纺厂工人同盟大罢工。罢工中，大家齐声呼喊：

"克扣工人的工饷有罪！"

"不准侮辱中国女同胞！"

"日本浪人从中国滚出去！"

"必须改善工人的生活条件！"

这次罢工一直持续了三天，虽然"工部局"派员镇压，但众怒难违，日本资本家考虑到自身利益，不得不向中国工人妥协，补发克扣的工饷，改善工人的生活条件，那些日本浪人再也不敢欺负妇女了。

这是广大工人兄弟罢工的胜利，更是夏雨初创办夜校的胜利。

2. "谁说我像个孙猴子"

自从夏雨初在沪西工人棚户区住下后，就努力接近工人并为他们做好事。其中他帮工人写家信出了名，他那一手欧阳询《九成宫》的正楷小字写得像刀子刻的一样有力。这写家信的头一开，就不断有人来求他，于是他成了免费的"代书先生"。

有一位男工经常请夏雨初写家信，这天他又请夏雨初写了一封，还告诉别人说："张胖子先生，不但字写得好看，而且内容也写得周全得体，写完一念，全是我心里要说的话。"

写信这事一来二去传开了，来求夏雨初的工人越来越多，有些人遇到疑难问题也来问他。他还主动走出去，到工人住的破房子里串门。有时遇上工人生病，家里人手不够，他就整夜在那里守护。工人没钱买药，他就自掏腰包，送药上门。有一次棚户区北面那个像鸽笼一样密集的房子失了火，当时他毫不犹豫地冲进火海，一连救出三个小孩和一个病重的老人。谁也想不到这个"张胖子先生"腿脚那么利索，力气那么大。人救出来了，他的衣服却被烧坏了，头发也被烧焦了。

工人们的心眼最实在，你对他诚心诚意，他就乐意把心掏给你。夏雨初就是他们心目中的老师，大家越来越信任他，喜欢他。

夏雨初深深扎根在工人之中，在一些工厂建立了赤色工会和工厂委员会，恢复和建立像行帮性质的群众组织——兄弟团、姊妹团和女工俱乐部，设法团结教育工人，形成强大的集体。

夏雨初办事机敏干练，特别是他的社会活动能力逐渐为更多的同志所了解和赞赏，并引起了中共党组织和有关领导人的重视。1929年1月，他因工作出色，受到中共中央的嘉奖，并被任命为中共沪西区委委员兼工联部长。

这一夜，夏雨初一直兴奋到天明。

随着革命斗争形势的需要，上级又让夏雨初兼任沪西区委保卫锄奸部长，他的活动范围变得越来越广，掩护身份也越来越多——时而衣着长衫、礼帽，以教书先生模样出没于工厂棚户区；时而西装革履，戴着太阳镜，挎着照相机，以记者身份混迹于上海上流社会；时而像一个来无影去无踪的夜游神，登上某个高楼楼顶散发传单；时而又在胡同里弄刷贴墙头标语，弄得警探、特务们仓皇失措，疲于奔命。

几乎是一夜之间，夏雨初在黄浦江畔成了一个无事不能的"孙大圣"。

"谁说我像孙猴子。"夏雨初倒不这么认为。

多日之后，沪西工人棚户区的老少突然发现身边少了一个人，这个人正是大家可亲可敬的夏雨初。

原来，早在1928年5月18日，中共中央就发布了《关于在白色恐怖下党组织整顿、发展和秘密工作》的通告，并编印了《秘密工作常识》发到全党。秘密工作中规定了工作人员互不串门，互不交谈不应该知道的情况，为了应对可能出现的事变，从中央领导同志到每个工作人员都要熟记事先准备好的一套"口供"等制度。夏雨初虽然做地下工作晚了一点，但当他得知这一文件精神后，坚决执行上级指示，时刻严格要求自己。

由于工作的特殊，也由于环境的险恶，夏雨初自从兼任保卫锄奸部长后，似乎隐姓埋名悄无声息了。除了沪西棚户区的工人对他难得一见，朋友们有时也许久见不到他，还以为他到什么遥远的地方去了。即便偶尔碰到他，他也只是笑笑，点点头，最多不过三言两语打个招呼。如果是在马路上，他则装作视而不见，大家也不知他在干什么。总之，此时的夏雨初，成了一个神秘人物。

一天下午，他口袋里装着头天没有发完的传单到大光华影院去观赏首次公映的新影片。电影快结束的时候，夏雨初离开座位，把八十多张传单掏出来，在黑暗的过道里迅速向在座的观众传送过去。观众还以为是影院里发的影刊呢。

趁着电灯没亮，他溜出了电影院。天上下着雨，披着油布雨衣的警察站在十字路口指挥车辆，行人顺着马路两旁避雨的走廊行走。夏雨初混入人群里，走了十几步，突然人声鼎沸，回头一看，原来电影院已经散场，一群涌出来的观众被雨困在大门口，有的手里还拿着以为是影刊的传单呢！

这时，他认出有个暗探在人丛里东张西望，不由得暗暗好笑。

夏雨初还参加了"红队"的行动。"红队"是当时中央特科的下属组织，是由上海工人武装纠察队中选出的一批优秀分子组成，主要任务就是在中央特科领导下，依靠党组织和革命群众，收集掌握情报，镇压叛徒和特务，保护中央负责同志，营救被捕同志，保障中央机关和各种会议的安全。"红队"亦称"打狗队"，当时曾以四条枪闻名上海滩。"红队"镇压叛徒特务的斗争屡屡得手，取得了辉煌的战果。

一次，中央特科的一个会议在沪西区委召开，夏雨初义不容辞地承担保卫任务。会议进行中，他留意到区委机关的公务员郑明华以倒茶送水为名，时进时出，行动有些诡秘。从事地下工作的职业敏感，使夏雨初顿生疑虑，便上前阻拦。

"小郑,你停下。"

"你想干吗?"

"我想干吗,你心里清楚。"

"夏部长,你……"

两人在走廊里一推一拉中,突然从姓郑的上衣口袋里掉下一个黑黑的胶质小方盒,说时迟那时快,夏雨初一个箭步冲上去,一把抓住了那个小方盒。

那姓郑的见此,拔腿就跑,夏雨初猛追不舍,结果在区委机关干部的拦截下,将其抓获。

经特科同志审查,那小方盒里原来装的是窃听器,这姓郑的原来就是混入区委机关伪装成公务员的一名特务。

夏雨初因此又受到了上级的表扬。

这件事情的发生,对区委震动很大,区委立即加强了对干部的审查工作,并建立了严格的保卫制度。

夏雨初神出鬼没的行动,慢慢引起"包打听"和侦探们的跟踪。

这天,他身藏着党内密件外出,在有轨电车上突然觉察出一道鹰隼一样的目光向他射来。他灵敏得很,斜眼一瞅,一个身穿古铜色绸衫、手里摆弄着两个大铁球的家伙,正瞪着贼溜溜的眼睛四处搜寻着,显然是个密探。

夏雨初担心出事,机警地提前下了车。谁知刚穿过一条小胡同,他就感觉到身后好像长了"尾巴"。经过一年多地下工作的锻炼,他对周围的感觉异常敏锐,他立刻像运动员走进比赛场地一样,全身的神经立即兴奋起来,紧张地进入"竞技"状态。

这是一场比沉着、比镇定、比勇敢、比信心、比智慧的角逐,他已经多少次甩掉过狡猾得像狐狸一样的追踪者。被追踪是危险的,"竞技"胜利又是愉快的,但今天和往常不同,如何甩掉尾巴,如何处理党的密件?他一边"竞走",一边摸着口袋。哎,有了!口袋里还装着一块大饼哩!于是,他从容地走进一家茶馆,要了一杯茶,把手伸到衣袋里将密件揉成纸球,然后和着大饼,大口吞了下去。

大饼还没有吃完,那家伙尾随而至了,斜吊着膀子站立着,手里两个铁球弄得"咯咯"作响,用皮笑肉不笑的表情,死死地盯着夏雨初。夏雨初轻蔑地瞟了他一眼,拍拍落在西服上的饼屑,站起来想走。

"知趣点,自己交出来,省得爷们儿动手。"这家伙狡诈道。

夏雨初冷冷地说:"对不起,有劳尊驾吧!"

这家伙气呼呼地在夏雨初身上搜了一遍,一无所获,便灰溜溜地走了。

当时在白区工作的同志确实不易,必须时时处处保持警惕,如果不慎暴露了蛛丝马迹,那后果是不堪设想的。

夏雨初经过学习和锻炼,已经适应上海的地下党工作,甚至"青出于蓝而胜于蓝"。

第十二章
于无声处建奇功

"来了,来了,张胖子先生的太太来了!"沪西曹家渡棚户区的工友们相互转告。

"乖乖,张胖子先生的太太长得好漂亮!"老婆婆、小媳妇们赞不绝口。

过去没人知道夏雨初的妻子长啥模样,当她突然出现在众人的面前时,曹家渡棚户区的人肯定要看个究竟。

1. "以家庭掩护地下工作"

董淑来上海,她事先没有思想准备。那天,夏雨人拿着夏雨初的信对她说："董淑，雨初让你速去上海见面。"

就这样，董淑被夏雨初从郎溪调到了上海。

为什么这么急？

原来，1927年9月，党中央由武汉秘密迁到上海，逐步建立了适应地下斗争的隐蔽而精干的秘密机构，制定了秘密工作的原则、制度和纪律。中央规定各级机关必须实行机关社会化和党员职业化，机关、交通站等要以家庭、商店、医院等形式作为掩护，工作人员在行动、衣着和社会交往上都要符合自己的身份。

夏雨初因工作需要，很少住在区委机关，大部分时间吃住在棚户区，形单影只，久而久之，便引起了"包打听"的注意。

这时在白区的地下工作者，大都是以建立家庭或男女同志扮成夫妻为掩护。夏雨初的处境引起区委负责同志的重视，遂指示他尽快将家属接到上海，以便开展革命工作。于是，夏雨初立即写信给长兄夏雨人，嘱咐"董淑速来沪相见"。

董淑接到消息时，她刚从宣城回来不久。这是因为在郎溪农民即将暴动的时候，也就是国民党郎溪当局搜捕"暴乱分子"之前，夏雨人一看形势不利，便在那天天亮之前，让董淑领着小道焜出城，上了停靠在南门码头拉煤油的小火轮，前往宣城隐居在美孚洋行转运站内，躲过了一场劫难。

郎溪农民暴动失利后，夏雨初到了上海。直到郎溪的形势有所缓和，董淑才领着焜儿回到城里。对丈夫情深意笃的她，时常因牵挂而坐立不安。就在她引颈翘盼之时，接到了夏雨初嘱咐她速去上海的来信。董淑见信如面，匆匆收拾行装，领着焜儿出门，由夏雨人安排从溧阳乘船，从水路赶到了上海。

小道焜和爸爸好长时间没见面了，当到上海第一眼看到爸爸时，有点认生，但在妈妈的催促下，很快扑上去把爸爸的腿抱住不放了。

"乖乖，让爸爸亲亲！"夏雨初把焜儿抱在怀中亲了又亲。

董淑站在一旁眼泪哗哗，激动得说不出话来。

入夜，将圆未圆的明月渐渐升到高空。董淑紧紧依偎在夏雨初宽阔的胸膛前，静静享受着夫妻团圆的喜悦。

"淑，我欠你的实在太多太多了，这些年，我在外东奔西走，你一个人在家抚育焜儿，真是苦了你了。"夏雨初喃喃地安慰董淑。

"初，只要你好，全家都好，我苦点累点算不了什么。"董淑没有埋怨，全是理解和支持。

这一夜，他俩几乎没睡，小别胜新婚嘛。

董淑从偏僻的皖南小县城，一下子来到十里洋场的大上海——那纵横交错的宽阔街道，那密集耸立的高楼大厦，那摩肩接踵的人来车往，那名目繁多的百货商品……这一切，也让她犹如刘姥姥进了大观园，十分茫然不知所措。

再近距离接触上海人，特别是上海人满嘴的什么"阿拉""吃否消""伐来塞"的方言，她一句也听不懂，还有那些女性华贵的装束，花哨的打扮，也与她格格不入。

如何在这个大都市生活下去，董淑的内心确实有些忐忑不安。

"不过三月，保证让你适应。"夏雨初打包票说。

"那敢情好，我放心了。"

"世上无难事，只怕有心人。这大上海的人有多少是正宗的？听他们口音大多是江浙皖一带。人家能适应，你就能适应，别担心，加油！"

夏雨初一番开导，董淑重燃激情。

为了尽快地适应上海大都市的生活，董淑凭着自己过人的悟性，没用多长时间，就学会了一些上海方言，如"阿拉""吃否消""侬来白相"等，另外衣着打扮也入乡随俗了。

在夏雨初的劝说下，董淑又把名字改为童华，但邻里则称她为张师娘、张胖嫂。

"张胖嫂？"董淑听了好想笑。

家安好了，名字改了，和左邻右舍也熟悉了，这时夏雨初有话要对董淑说。

这天夜里，夏雨初悄悄地说："淑，你这次来上海，是组织上的决定，目的就是以家庭掩护我的工作，你一定要处处谨慎行事，不得有半点疏忽大意。"

直到这时，董淑才弄清夏雨初让她速来上海的真正意图，原来这是组织上的决定。董淑是个聪明人，夏雨初话中的话，她一听就明白了。

"嗯，这些我会牢牢记住的。"董淑点头。

这一夜，董淑失眠了。她深知此次来上海，并不是与丈夫共享儿女情长、天伦之乐，而是要协助一个职业革命者去工作，去战斗。这是党的一项秘密工作，万万不可麻痹大意。

其实，从董淑与夏雨初相识以来，他上学也好，他革命也罢，或是组织农民武装暴动，她一直都扮演着"啦啦队"的角色，从来不拖夏雨初的后腿。这次来到上海，在丈夫身边工作，她已经下定决心，争取干得更出色。

董淑和夏雨初一样，也是见到任务就眼红。

董淑的精明强干，组织上一目了然。出于地下工作的需要，为给董淑以正式职业作为掩护，区委决定在工厂棚户区附近创办一所私立工人子弟小学。由区委出面几经选择，在比较僻静的地段租了一幢木质结构旧式楼房。楼下层三间，另有一个天井小院，作为小学教室，招收二三十名学生。楼上两间，外带一个大阳台，这阳台又连着别人家的阳台，作为夏雨初一家的住宿兼区委交通站。董淑公开的职业是小学教员，实际上担任着区委交通员。

"从此，我是区委交通员啦！"董淑开心极了。

夏雨初伸出大拇指说："这是一个正儿八经的职务，你一定要好好珍惜。"

"是！长官！"

"哈哈——"

从此，董淑白天忙着教书，夜晚帮助夏雨初刻钢板，印传单。每当夏雨初通宵达旦地写文章，写信函，董淑总是寸步不离地陪伴在丈夫身边，为他准备点心，沏茶，或抄写材料。

因为革命工作需要，夏雨初常常深更半夜才回来，而董淑总是耐心地等着，有时居然倚着门框就睡着了。深夜街上警车尖啸，突然把她从梦中惊醒，每当这时，她都紧紧搂住丈夫的脖子，生怕别人夺去她心爱的人似的。她深爱自己的丈夫，竭尽全力支持他的工作。

这天夜晚，屋外的夜空群星闪烁，万籁俱寂。屋内的灯下，夏雨初铺纸磨墨，准备奋笔疾书。

"我来。"

董淑拿过丈夫手中的烟墨，一边在放了水的石砚中不轻不重地磨着，一边对丈夫说："你总是这样忙，白天忙了夜里还要忙，日子久了会吃不消的。"

"不碍事！"夏雨初坐在木椅上柔情地看着磨墨的妻子，宽慰道，"我的身体结实得很，这是我当年辍学在家坚持锻炼的结果，很受益哩！"

"雨人大哥时常说你那时像'疯子'。"董淑又道，"也没见哪个锻炼身体像你那样的。"

"疯狂以增斗志。我多么想再爬一次家乡的石佛山啊。"

的确，当年夏雨初在老家经常去爬石佛山强健体魄。

石佛山，位于郎溪县城东，属黄山余脉。这里怪石嶙峋，千姿百态，构成奇、险、怪、趣的奇观。著名的有撑云石、和尚石、风动石、蟾鸣石、蟠桃石、金龟石、卧牛石、照壁石、试剑石等，特别是"风动石"，此石重三十余吨，堪称"天下一绝"，绝在乍推即动，再推不移，令人叹为观止。

董淑从夏雨初的话语中听出来了，他好像想念老母亲了，想念大哥大嫂了，特别是想念和他一起生死赴硝烟的陈文、董萌了。

2. "一点差错也会酿成严重后果"

"嘟！ 嘟嘟——"

国民党的警车，像个"绿头苍蝇"，到处"嗡嗡叫"，讨厌死了。

种种情况表明，上海的白色恐怖日益严重，国民党对上海的控制更严了，共产党的地下活动越来越困难。

自从建立了沪西交通站，楼下有工人子弟小学，楼上有一个温情脉脉的家庭为掩护，这一地区党的地下工作得以顺利进行。

有了董淑这个贤内助，夏雨初工作顺畅多了。

董淑不简单，胆大心细。每当楼上开会，她就领着孩子们在楼下大声朗读课文。一有情况，她就叫孩子停住朗读声，楼上就支起了麻将桌，"哗哗"地搓起了麻将。

夏雨初有时临时需要在家里开个碰头会，董淑听后心领神会，立即领着小道煜在弄堂家门口坐着纳鞋底或织毛衣，一旦发现有什么不三不四的陌生人在弄堂转悠，她就机灵地猛扭一下小道煜的屁股。"哇"的一声哭，屋里的同志就知道外面有"狗"了，便采取相应的措施应对。

交通站，是沪西区委书记经常出没的地方。区委书记经常穿一件长衫，戴一副深度近视眼镜，蓄着长发，阔圆脸，宽额头，像个学者模样。他对董淑的工作指示得很详细，如采用什么样的课本，教学生唱什么歌曲，可能发生什么问题等，都一一交代清楚。他到这里主持召开过几次会议，发现董淑的掩护工作做得都很出色。那天董淑再请区委书记指教时，区委书记连连称赞道："蛮好！ 蛮好！ 你很有经验嘛！"

"谢谢您的鼓励，以后保证做得更好。"

"那好那好。"

有问有答，恰到好处，挺有意思，大伙笑了。

从区委书记和大伙的笑声中，董淑体会到革命工作的乐趣。她在心里想，要是在这个时候和雨初来一段琴箫合奏庆祝一番该多好啊。

但此时此刻的现场不允许。

客人走后,董淑向夏雨初说出刚才的想法。

"会有那么一天的!"

"知我者,雨初也!"

两人来了一个亲热的拥抱。

由于董淑主动配合,处处谨慎从事,夏雨初多次顺利地完成了党组织交给的光荣任务。

但就在这个时候,一件意外的事情发生了,最终导致子弟小学被破坏。

那天是礼拜天,学生不上课,夏雨初与董淑正在楼下逗小道焜玩耍。这时,当过区委交通员的黄某带着四个沪西警察局的警察突然闯入小学。夏雨初预感到情况紧急,忙站起身走到门口迎接,满脸堆笑地说:"各位长官,光临小学,欢迎欢迎!"

一个佩戴警督衔的警官扫视了一下小学,从鼻子发出一声"哼",回过头来问黄:"他是你什么人?"

黄某没有正面回答,却向夏雨初求救道:"表兄,破费一回,救救小弟吧!"

夏雨初看清这些人的来意,定了定神,忙说:"请上楼用茶,有事好商量。"

上楼时,夏雨初故意大声说给董淑听:"都是在场面上混生活,难免有个不合适的时候。在家靠父母,出门靠朋友嘛。"

为拖延时间,上了几个楼梯,夏雨初突然停下脚步,面对这位警督抱歉地说:"我这位表弟不长进,还望长官多多关照。"

上楼后,警督提出要五百元钱才能放人。夏雨初赔着笑说:"哎呀!我们一个穷教书匠,就是榨骨熬油也拿不出来呀!"说着,从柜子里取出大哥夏雨人刚寄来的一百元塞到警督手里。

警督还想讨价还价,一面用自己的名片作为收条,一面专心地点钱。正在这时,黄某竟然趁机从楼上阳台跳下去逃走了。警督急忙命令两名警察下楼出前门追捕，还朝阳台连放数枪。

黄某这一愚蠢而可耻的行为，把子弟小学完全暴露给了敌人。危急时刻，夏雨初趁敌人慌乱之际，从楼上大衣柜后的一道暗门逃出小学。

这所子弟小学后面不远处有一家商行，这天正举行开业典礼，鞭炮声声，宾客如流。枪声传来，人们顿时一阵骚乱。夏雨初趁机混在人群中进入店内，待了一会儿才出来。出来一看，街上敌人正在搜捕。一位佣人模样的老太太从一家体面的房门出来泼水，夏雨初向她点头示意。这位热情的老人便赶忙把他让进房内，随手将门闩上。老人默默地带夏雨初到客厅小憩，一边像招待客人一样递烟给他，一边温和地说："屋里没有别人，先生尽管放心在这里休息一下。"

等到街上平静下来，夏雨初谢过老人，迅速赶往区委机关。到了区委，夏雨初立即向区委负责同志报告了黄某违反秘密工作纪律，致使子弟小学被破坏的经过。后来黄某因此受到了警告处分。

夏雨初从楼上暗门逃出后，沪西警察局将董淑连同未满三周岁的煜儿全部逮捕。就地经过一番审问，董淑一口咬定自己是个教书的，别的什么都不知道。由于黄某已经逃走，提不出人证，而且逮捕黄某的那个警督以自己的名片给子弟小学的主人留下接受一百元贿赂的收据，理亏心虚，只得承认是一场误会，不了了之。

有惊无险，逃过一劫。

子弟小学被破坏了，但联络工作不能中止。根据工作需要，上级决定让他们换个地方，开一个商店掩护地下工作。

这天，上海沪西春平里一幢门面的门前，挂出了一个"利民商店"的木牌。夏雨初为这家店的老板，董淑为老板娘。

经商这活难不住夏雨初和董淑，因为他俩都出生在商人之家。称秤、包茶食、打酱油等，还有迎来送往，他俩全是行家里手。

开业这天，区委祝贺的人还真来了不少。

"天生我材必有用。雨初、小董干这一行更在行。"区委书记称赞道。

"那是，夏董两家在郎溪祖辈做生意，大哥夏雨人人称'铁算盘''一口准'，我和董淑在这里站这小柜台，简直是张飞吃豆芽——小菜一碟。"

"把你能得不轻。"董淑白了夏雨初一眼。

"哈哈——"

这时，董淑眼明手快，抓了一把糖，一边发一边说："好长时间没有这么开心了，今天我请在座的各位吃糖。"

"这是喜糖，得来一块。"

"哎呀，牙快甜掉了！牙快甜掉了！"

大家你一言我一语之后，屋内又是一阵哄堂大笑。

……

为了吸取上次小学被破坏的教训，党组织还派了一位烧饭的阿姨，协助夏雨初和董淑做好地下交通联络工作。

"童华是个好苗子，你要好好带一带。"这天，区委书记给夏雨初再次压担子。

"请书记放心，我正在努力。"

其实，夏雨初早有这个打算，哪怕是自己的爱人，多一个党员就多一份革命力量。打那时起，夏雨初加快对董淑的培养，如在执行任务中，让她化装成女工、佣人或青年学生，她都能把自己搞得惟妙惟肖。有时她需要充当阔太太，尽管董淑感到不习惯，夏雨初还是说服她梳妆打扮起来，以应付场面。她除了单独外出联系熟人、朋友，建立秘密工作外，还常常穿起旗袍，涂上口红，挎着夏雨初的手臂外出活动。他俩装着送亲友的样子，到车站、码头与党内的同志接头，掩护区委负责同志和交通员秘密行动。

经过一系列斗争的考验，党组织决定吸收董淑入党。

应该说，董淑入党是夏雨初多年培养的结果。

1929年11月底的一天晚上，在利民商店的小楼上，由区委组织部的一位女同志主持，带着董淑向党旗宣誓加入中国共产党。

宣誓后，董淑热泪盈眶，非常激动地说："为了中国革命的成功，我愿意跟着党上刀山下火海，直至全国劳苦大众得解放！"

从此，董淑多了一份革命责任，和夏雨初一起跟着党奔走在救国救民的征程上。

加入党组织的董淑，再也不是从前的董家大小姐和一个普通的家庭妇女了。她时刻牢记党的奋斗目标和地下工作铁的纪律，在工作中认识了不少同志，但在公开场合，大都以先生、小姐、老板称呼，认识也装不认识，更不询问党内的事情。因工作需要，她有时衣着时尚，奔波于曹家渡与沪西区委之间，传递情报；有时也随夏雨初进出纱厂，与纺织女工交朋友或传送消息和分发传单。实践中，她慢慢学会一套盯梢和反盯梢的斗争经验。

有一次，她到曹家渡日内外棉厂工会去送一份紧急会议的通知，一进厂大门，就被一个"包打听"盯上了，她走到哪里，"包打听"就跟到哪里。

怎么办？

她灵机一动，一头钻进厂区的女厕所。"包打听"只好止步，睁着大眼盯着女厕所的出口不放。这时，董淑恰好碰上了一位平时熟悉的小姐妹也来上厕所。这位热心的女工知道她是"张胖子先生"家的师娘，今天来厂肯定有重要的事情。她听董淑简单说过情况以后，马上会意地摘下了自己头上的白罩帽，脱下了白罩兜交给董淑。董淑即刻改扮成女纱工，从容地走出女厕所，顺利地完成了通知任务，而这位"包打听"还站在厕所门口干等呢。

在白区工作，特别是地下交通工作，时间观念尤为重要，如约定什么时间，什么地点，以什么暗号和什么方式见面，绝对不可出半点差错，一旦出了差错，哪怕一小点，也会酿成严重的后果。

一天夜晚，夏雨初外出，董淑一人在家，恰巧小道焜夜里发高烧。她急急忙忙地抱着焜儿跑到医院，回来时看钟已是深夜11时，与另一交通员约定的交换情报的时间整整超过了一个小时，按组织规定一旦超过预约的时间，绝不能再去见面了。她非常懊悔，深深地自责。凌晨夏雨初回家时，董淑将这一情况如实汇报。

平时对她温文尔雅的夏雨初，这回却动了肝火，批评道："董淑，我们这是在上海搞地下工作，不是来上海闲居观风景的，孩子发烧，你不能抱着孩子先将情报送到，然后再去医院吗？！"

看着低头啜泣的董淑，夏雨初只好稍微温和地说道："我们搞地下工作的，绝不能做错事，因为每一个错误一到我们手里，都会变成大的，小的也是大的。我们从事的是世界上最残酷也是最崇高的职业，任何一个变故，任何一次疏忽，乃至一个正常的错误，都可能结束我们的生命。最好的办法，就是严格遵守纪律，把生命置之度外。"

丈夫语重心长的教诲，使董淑认识到自己的错误。在今后的工作中，董淑更加谨慎，更加机灵，多次出色地完成党交给她的任务。

漫漫人生路，笑对风雨行！

3．"'夏小开'这个绰号蛮好"

上海，依旧奢靡喧闹的十里洋场，风起云涌，波澜诡谲。光怪陆离的夜总会，歌舞升平，纸醉金迷……这里是外国人和资本家的乐园。

而对于上海市民、工人来说，除了吃不饱，就是穿不暖，过着牛马不如的生活。

哪里有压迫，哪里就有反抗和斗争。但是，斗争谈何容易，因为此时上海的共产党并不强大，很多革命工作得通过地下秘密地进行。

夏雨初就是在这种环境中练就了处变不惊、沉着应对的高超本领。

这时的夏雨初与两年前相比，在危急关头所表现出来的机智灵活，可以说达到了出神入化的地步。

这天，他本是穿着西装出门的，回来时却穿了一身厨师装。

董淑看到心里一怔，忙问："出什么情况啦？"

"有个尾巴,被我甩掉了。"

"好险啊!"

原来,夏雨初在马路上行走时,突然发现有两个形迹可疑的人盯梢。他立即沉着地走进一家饭店,似乎在寻找座位。一会儿,那两个盯梢的人也进了店堂。在这十分紧张的一刹那,他走进厨房,换了厨师服,戴上口罩,随手拎起一只送食篮,巧妙地出了店门。

"小瘪三,和阿拉来这一手,那阿拉就陪你们玩玩。"

"雨初,你说的是上海话,还是安徽话呀? 笑死人了。"

"洋夹土。 呵呵。"

夏雨初笑,董淑也跟着笑,好开心的样子。

俗话说"祸不单行",这不,第二天,夏雨初回家时,已经到了家门口了,突然发现有人跟踪,他一进门就高喊:"童华! 童华! 我的肚子饿了,快弄碗蛋炒饭给我吃。"一面疾步登上二楼阳台,一面支撑起事先为应急准备的特大洋伞,跳到邻居的阳台上,潜走了。

又是一次有惊无险。

就这样,为了应付突发事变,夏雨初还经常变换身份,时而西装革履,时而长袍马褂,时而一身短打,时而化装成瘪三模样;有时是乘坐小汽车,出入豪华的旅馆、酒家,有时则以步当车,悄悄地行走于街头巷尾。 他这种巧妙的斗争艺术,使他虽然身处敌人统治区,在白色恐怖之中从事地下工作,却变得潇洒自如,从未落入敌人的魔掌。

这天,夏雨初又接到一个重要任务,而且时间非常急迫。

董淑打开衣柜,帮夏雨初挑选衣服。

"就穿西装吧。"

于是,董淑帮他拿出了一套西装,他趁机手一伸就穿到了身上,动作十分麻利。

夏雨初刚来上海那会儿,他最不习惯穿的衣服就是西装,后来,出于地下工作的需要,慢慢养成了穿西装戴墨镜的习惯。 西装革履,是他衣着上的一个特点,也为他对敌斗争带来了方便。 在上海,衣服就是身份证、通行卡，甚至成为进攻和防御的武器。因此，不相识的人还以为夏雨初是资本家的儿子，熟识的朋友则称他为"小开"。"小开"在上海话里，即为阔少爷。对此，夏雨初并不介意。同事们喊他"小开部长"，他也默认了。连当时中央领导同志都知道党内有两个"小开公子"：一个是时任上海文委书记的潘汉年"潘小开"，另一个就是从事工运的夏雨初"夏小开"。

既然大伙叫他"夏小开"，他再出门就不大好穿长衫了，大多西装革履进出酒楼饭店周旋应酬，颇有阔少的做派，但所有的花费都是自筹的，没有动用一点党的活动经费。当时，革命正处于低潮，党没有活动经费，一切费用都靠地下工作者自己筹措，条件许可的还得上缴一些给上级组织。

夏雨初的地下活动经费从何而来？

原来，都是董淑每每写信向在郎溪的大哥夏雨人索要的。每当兄长寄的款多，他总是抽出一些周济其他同志，而他们自己的日子过得却十分寒酸，住的是亭子间，吃的是粗茶淡饭。有时一时接济不上，连粗茶淡饭也会断炊，只好就着白开水，啃冷面包充饥。在那段日子里，董淑连陪嫁的戒指也只好拿到当铺去当卖，有时一家三口为吃一碗鸡蛋花还要你推我让的。

但大哥夏雨人不了解这些情况，在家和亲友谈起这事时，说："乖乖！老三在上海用钱不得了，差不多要把我的美孚洋行搞垮了，我每月寄给弟媳的款子足够十个人的开销，不晓得他们一个三口之家花钱怎么这样厉害。"

夏雨初在上海出色的地下工作成绩里，也包含着夏雨人一家人默默的奉献。

不出所料，这次任务，夏雨初又马到成功。

董淑悄悄地问："药品搞到了没有？"

夏雨初悄悄地说："搞到了！"

这是党交给夏雨初的任务。前线药品紧缺，十万火急！

"'夏小开'出马,一个顶仨!"

"那'夏小开'的夫人呢? 一个顶几个呀?"

夏雨初和董淑很少开玩笑,但一旦玩笑开起来,那也是把肚子笑疼。

时间就这么一天又一天过去了。

夏雨初不忙的时候,在家除了站柜台,还帮董淑做家务,或带儿子出去转上一会儿,边转边观察周围情况。

夏雨初是个多才多艺的人,不但能说会干,还会写作,这是他的特长,始终没丢。 在地下斗争之余,他常拿起笔写一些杂文、诗歌,然后投给左翼作家创办的刊物。 他的稿子质量高,从来没放过空枪,都是百发百中。 其文章矛头所向,主要针对国民党新军阀及其帮凶的反共反人民罪恶活动,揭露他们绞杀革命的种种倒行逆施的行径。

1920 年 12 月,他创作了一首题为《颈上血》的诗:

军阀手中枪,

工人颈上血;

颈可折,

肢可裂;

奋斗精神不可灭!

劳苦的大众们!

快起来团结!

1930 年元旦,夏雨初与董淑又以笔名发表了一首题为《元旦有感》的讽刺诗:

元旦日红,万事向荣。

刀下头落,革命成功。

升官发财,荣祖耀宗。

敲诈勒索，糊弄农工。
大小官员，革命光荣。
轿车洋车，革命交通。
洋房别墅，革命寓公。
上行下效，受贿从容。
吹吹拍拍，官运走红。
赤化"共匪"，决不留种。
铲草除根，清党反共。

这嬉笑怒骂、笔锋犀利的讽刺诗，无情地鞭挞了蒋介石、汪精卫等国民党头面人物反共反人民的丑恶嘴脸。

这就是夏雨初和董淑：风雨同舟向前进，于无声处建奇功。

第十三章
金陵古都见丹心

黄浦江是上海的标志。

夏雨初专程来到这里，想好好欣赏一番。因为，自从他来到这座城市，就有了这个强烈的愿望；又因为，他即将告别这座城市，去新的岗位为党工作。

大概在两个钟头前，中共江苏省委负责人找他谈话："雨初同志，党决定对你予以重任，任命你为中共中央特派员兼南京市委委员，去南京领导和组织那里的武装暴动。你富有领导农运和工运的经验，相信你不会辜负党对你的厚望……"

这是历史使命，夏雨初没说二

话，青春似火负重任。

1. "我们有着钢铁般的革命意志"

夜幕已经垂下，但外滩看不到落日的余晖。要是在老家的郎川河畔，或在蒋顾村土戏台上，一定会欣赏到太阳落山的景致——西北方向的天空，红色晚霞逐渐变紫，变灰，变黑……

那是乡间的田园生活，多么美丽的一幅图画。

"呜——"

轮船汽笛声由远而近，被晚风送过来。紧接着，路灯亮了，商店、高楼的电灯也亮了，瞬间，眼前的大上海成了灯的海洋。

夏雨初向岸边走了又走，顿感水澜江宽，城远波近。此时，鼓噪耳边的只有江水拍打岸边的哗哗声，在高楼上看似飘带一样的黄浦江，走近后原来宽阔无比。江面上波浪叠涌，浩浩荡荡，滚滚向前，尽显雄浑壮阔。夜色中穿梭着的轮船悠悠移动，或是顺流而下，或是逆江而上……

此刻，夏雨初的内心如同黄浦江的浪涛，平静不下来。

明天，就要离开这座冒险家的乐园，离开和自己朝夕相处的战友，以及相依为命的爱人董淑，前去六朝古都金陵进行一场将会更加残酷壮烈的斗争。

这是党的信任，这是党的重托，必须圆满完成任务。

已经来不及一一打招呼了，这和上战场一样，打起背包就出发。

"临行前，有好多好多的事情急待你回家处理呢！"

这时，似乎有一个呼唤声在他耳旁提醒，于是他立即中断了脑中繁杂的思绪，匆匆地离开江边赶到站点，乘上有轨电车向家的方向奔去。

董淑是个顺风耳，夏雨初被派到南京的消息，她已经知晓。这会儿，她在家里已经把夏雨初的行装准备得差不多了。

董淑清楚得很，这次南京武装暴动任务，对于夏雨初来说，又是一次生死赴硝烟。董淑是一名共产党员,关键时刻不能拖丈夫的后腿。董淑明白,作为一个共产党员,任何时候都要做好出发准备,明知山有虎,偏向虎山行。

夏雨初进了家门,笑眯眯的样子。

这时,他看到写字台上摆着一碗桂圆红枣汤,便走上前去端了起来:"董淑,你咋还没吃,快凉了,来,我喂你。"

董淑笑笑,走近他,温情脉脉地抚摸着夏雨初那日渐消瘦憔悴的脸庞,慢声慢语地说:"我是特地做给你吃的呀!瞧你熬的,工友们说都快认不出你这位张胖子喽。"

"哦。"夏雨初打趣道,"可你是两条生命的人,更需要补充营养。"

董淑有点害羞,用手拢了拢茸茸的短发,下意识地看了看自己微微隆起的小腹说:"雨初,给我们未来的孩子起个名字吧。"

夏雨初沉思片刻,说:"不管是男是女,就叫'效忠'吧。把焜儿的名字也改了吧,就叫'复仇'。"

董淑会意地点点头,喃喃地说:"效忠、复仇,复仇、效忠,对党效忠,为民复仇。"

夏雨初问:"名字怎样?"

董淑答道:"还能说不好?好!"

夏雨初说:"这是革命后代的名字,得有'革命'的含义。"

董淑"嗯"了一声。"雨初,你能否请示一下组织,让我和焜儿随你一起去南京执行任务,这样相互间也好有个照应。"董淑期期艾艾地要求道。

"这几年,董淑为党做的工作已经不少了,对我的照顾也是无微不至,但……"夏雨初想到这里,抓过董淑的手说:"我去南京,是中央的决定,没有指示让你陪我去,我们只能无条件地服从,你还是领着焜儿放心地回郎溪老家吧。"

说到这里,夏雨初转过头,瞅了瞅正在酣睡中的焜儿,孩子那雪

169

白的左臂放在被褥外，右臂紧紧地抱着枕头，脸上露出甜甜的微笑。

夏雨初走过去弯下腰，在焜儿的脸上亲了一口，顺手把他的小手放到被窝里。

董淑忧郁且悲伤地说："我和焜儿及即将出世的小生命，都不能没有你呀！此次你去南京……"

夏雨初把右手食指压在嘴唇上，轻轻地"嘘"了一声，让董淑不要再说下去了。

夫妻间的离别，对于他们来说早已是风雨寻常事，然而唯独这一次，感到十分强烈。"无情未必真豪杰"，两人的手紧紧地拉在一起，四目相视，深深的相亲相知尽在不言中。

董淑，并不是一个弱女子，她虽然出生在大户人家，但这么多年来为了丈夫的革命工作，自己一人领着孩子，过着颠沛流离、含辛茹苦的生活，从无怨言。她愿意为自己心爱的人做出牺牲，但她不愿离开，更不能没有他。然而，知书达理的董淑深知此时此刻丈夫的心情，假如自己这次执意跟随丈夫去南京，只能给他增添累赘，同时又为党的组织纪律所不容。孰轻孰重，她心里自有分寸。

又一阵刺耳的警笛声"嘟嘟"地划破了宁静的夜空。

董淑下意识地一把搂住夏雨初，如泣如诉地念诵李商隐的《无题》："相见时难别亦难，东风无力百花残。春蚕到死丝方尽，蜡炬成灰泪始干……"

夏雨初瞧着娇小的爱妻，即将与她分飞天涯，想到自己的命运只是为着炽热的革命而奋斗，生命的过程可能只是一幕悲壮的牺牲，所谓热烈痛快的爱情生活只有在梦里追寻……可是，天性刚强的他只能对他的爱人这样说："淑，你不要这样伤感，我们有的是精诚相结的爱情，有的是钢铁般的革命意志，聚散离合，悲欢苦乐，这些平凡常人的生活，不值得我们烦恼与留恋！"

夏雨初爱恋地抚摸着董淑的乌发，他知道此时妻子心里想的是什么。是啊，此次南京之行凶多吉少、生死难卜。他也是一个七情六欲俱全的男子汉，他何尝不想和贤妻娇儿生活在一起，共享天伦之乐呢？可如今的中国山河破碎，国难当头，在这"朱门酒肉臭，路有冻死骨"的当下，共产党员岂能留恋于一己之私，而置祖国这个大家于不顾？！

"雨初，我是不是太多情主义了？"

"哪个讲的？"夏雨初边说边为妻子擦拭挂在脸上的眼泪，"女人有点多情主义有什么不好，难道都要像《水浒传》中的母夜叉孙二娘。"

听丈夫这样一说，董淑脸上露出苦涩的一笑。

"无情未必真豪杰，多情何尝不英雄！多情并不是贬义词，共产党人就是最多情的人，多少革命志士为国为民牺牲了，正因为他们'多情'，热爱祖国，热爱人民，才谱写了可歌可泣的英雄篇章！"

董淑静静地望着丈夫，毅然决然地点点头："嗯！"眼神中充满着对丈夫的信赖。

第二天晚上，夏雨初就要出发了。

但是，就在刚刚，夏雨初趁董淑上厨房的时候，悄悄把自己心爱的箫从行李箱里取出来，放在枕下。

夏雨初再次回头望望上海这个家，看得出他对这个家依依不舍。

下了有轨电车，到闸北火车站还有一段路程，夏雨初说："我们走过去吧。"董淑点点头："行。"夏雨初抱着焜儿，董淑提着行李箱，默默地走向车站。

街上的路灯稀落，天上也没有星月，黑暗郁闷得像要压到头顶上。

闸北火车站已远无白天的喧哗闹哄，月台上也比较冷清寂寞。

旅客这么少，说明世道不太平。

一会儿，列车就要开了。夏雨初将焜儿递给妻子，接过她手中的行李箱，依依不舍地登上了列车。董淑怀抱着焜儿，木然地站在月台上。

终于，列车发出"咣哧咣哧"的声音，吃力地启动并慢慢地向前滑行。

董淑紧咬着嘴唇,努力克制抽泣:"保重——雨初——"

没办法,到底还是哭出声来了,这是她与丈夫离别的第一次哭泣。

夏雨初此时的内心,也好像响着一种"风萧萧兮易水寒,壮士一去兮不复还"的悲壮,不禁动情地从车窗中伸出双手向董淑挥动:"一定要多保重啊!"

列车已经出站,轰隆轰隆的声音随之远去,但董淑仍抱着焜儿站在月台上,踮起脚尖再目送一程……是的,她还能望见远去列车烟囱里冒出的柱状的烟雾……

2."英国佬从南京滚出去"

"呜——"

一声尖锐的汽笛声,提醒着旅客们:南京站到了。

站台上一片喧嚣嘈杂。

上海闸北站那么冷清,到了南京就变了样。 也许白天比夜晚安全,人们愿意一早出行。

突然,一队警察荷枪实弹地出现在车站的出口处,挨个对乘客进行大搜查。

夏雨初在上海动身之前就做好了各种应变准备,将籍贯改为绩溪,姓名是李兴国,职业是上海《申报》记者。

"叫什么名字,来南京干什么?"

"李兴国,从沪来宁公干。"他边答边傲慢地掏出记者证装模作样地晃了晃。

那群警察见他西装革履、皮鞋锃亮、气度不凡,便也深信不疑了。

"嗯,走吧。"

夏雨初轻而易举地出了车站,一会儿就消失在人流中。

自古"天下财富出于东南,而金陵为其会"。 南京有着两千年的建城史和建都史，是中国四大古都之一，有"六朝古都""十朝都会"之称，是中华文明的重要发祥地，历史上长期是中国南方的政治文化中心，有着厚重的文化底蕴和丰富的历史遗存。

在夏雨初的心目中，还有一个非常值得崇拜的人——孙中山。

孙中山是中国近代民主革命的开拓者，中国近代伟大的资产阶级革命先行者，中华民国和中国国民党缔造者，三民主义的倡导者，《五权宪法》的创立者。他1905年成立中国同盟会，辛亥革命后被推举为中华民国临时大总统。

从孙中山宣布中华民国成立的那一刻起，南京事实上已成为中华民国历史上的第一座都城。而这时距朱元璋定都南京五百余年，距太平天国定都南京六十余年，历史再次把南京推向时代的巅峰。正如孙中山的自评："欧美之共和国创建远在吾国之前，20世纪之国民，当含有创制之精神，不当自谓能效法于十八九世纪成法而引以为自足。"

但是，古都金陵，自从蒋介石背叛了孙中山的"三民主义"，在这里建立国民政府后，昔日的皇城气派，被一片白色恐怖所代替。整个城市警探密布，戒备森严，充满杀气。

夏雨初到达南京后，很快和地下党接上关系，并和南京市委主要领导见了面。

面对白色恐怖的南京，夏雨初已经做好冲锋陷阵的准备。

作为中央的特派员，如何组织南京的武装暴动呢？

夏雨初想，当务之急是迈开双腿深入工厂、学校调查研究，否则没有任何的发言权、主动权、斗争权。他和南京市委领导同志交流了这一想法。

夏雨初凭借自己在上海的地下工作经验和随机应变、足智多谋的能力，和南京市委的其他两个同志一起，在短短的二十多天内，先后深入十几家工厂、五六所大中学校，摸清并掌握了大量的第一手材料。

这是一次南京党的领导人秘密会议，议题主要有两个：一是分析面上形势，二是确定下步工作重心。

有位同志发言说："南京是座英雄的城市，有着光荣的革命斗争传统。五卅运动期间，南京和记蛋厂工人为声援上海工人，也为改善自身待遇，坚持罢工长达四十二天，直到英国资本家接受工人的大部分条件后才复工。1927年3月，北伐军光复南京。江右军进入南京后，工人阶级首先组织起来，在中共南京地委和江右军政治部的领导与支持下，成立南京总工会，两百多个基层工会派代表参加了成立大会……

这时，另一位同志把话接过去说："南京总工会成立后，各行各业的基层工会如雨后春笋，纷纷建立起来。在总工会的具体指导和帮助下，基层工会在维护职工利益，改善职工的政治、生活待遇和劳动条件等方面做了大量的工作，得到了广大工人群众的拥护。在'四一二'反革命政变中，南京总工会组织虽遭国民党反动派破坏，但还幸存一批基层组织和党员。"

"这些幸存下来的基层组织、党员，为我们下一步举行武装暴动提供了坚实的思想基础和组织基础。"夏雨初插了一句。

关于下一步的工作重心，在大家发言之后，夏雨初谈了自己的想法："我认为，现在南京的工厂大部分集中在下关和浦口两个地区，我们应该把工运工作的重心放在这两个地区。只有发动工人，依靠工人，武装工人，才能取得南京武装暴动的胜利。"

夏雨初的发言一针见血，大家没有提出不同意见。

会议结束后，夏雨初就拿起行李去了下关。

下关，对于夏雨初来说并不陌生，1921年他辍学在家时，协助大哥夏雨人打理美孚洋行，曾多次来到下关码头装运煤油，有时等船一住就是好几天，对这里的大小街巷、轮船码头都十分熟悉。这是夏雨初接下来开展革命工作的有利条件。

经过调查摸底，夏雨初觉得下关英商的和记蛋厂群众基础比较好，可以作为发动工人暴动的切入口。于是，他走进该厂当了一名普通工人。

和记蛋厂，顾名思义就是做鸡蛋生意的。当时，鸡蛋是欧美的主要食品，洋人不但吃鸡蛋，还用鸡蛋做主要调料，最常见的如三明治里的美乃滋、生菜沙拉中的千岛酱等。然而，20世纪初还没有一年能下两三百个蛋的高产蛋鸡，当时欧美的蛋鸡一年只能下几十个蛋。鸡蛋产量赶不上人口增长，欧美蛋价水涨船高，眼瞧着英国人快没有廉价三明治可吃了。这时候，英商将眼光投向热银涌动的中国。在中国收蛋是一门获利倍蓰的大好生意，因为鸡蛋太便宜了，即使贴上运费耗损与关税，跨越大洋运到欧美后还是能大赚特赚。

夏雨初进入这个工厂后，首先和工友们打成一片。他穿上工作服，走到工人中间，谁也不知道他是中央派来的特派员。重活、脏活，他都抢在先干在前。大家夸奖道："这个新来的工友真能干！"

时间不长，夏雨初就打听到当年闹工潮的几名老工人。机缘巧合，这几名老工人中有一个叫李兴旺的，年近五十，身板硬朗，性情耿直，是一名老党员。

获悉这一重大消息，夏雨初喜上眉梢，立即走近了这位李兴旺。这天下班路上，夏雨初主动走上前去，给李兴旺敬了一支烟，自报家门："我叫李兴国，听说你叫李兴旺，认识你很高兴。"

李兴旺接过烟，望着夏雨初说："哎呀，那我们同宗同辈，是本家兄弟啊，失敬失敬。"

从此，他俩就走到了一起。时间不长，李兴旺就知道夏雨初是中央派来的特派员。党的领导人就在身边，李兴旺总算找到组织了，兴奋之情溢于言表。经李兴旺介绍，夏雨初又与中共党员邓定海、宋如海取得了联系。接下来，经过大家的共同努力，解散了原有的黄色工会，组建了一个新工会。

新工会新气象，倍受工人们的拥护。

这期间，夏雨初还多次深入到浦口机械厂、金陵兵工厂等十几家工厂和码头，在工人群众中进行阶级斗争的启发教育，协助他们组建基层工会。

随着和记蛋厂工会在群众中的影响愈来愈大，英国资本家深感任其发展对自己不利，便想尽一切办法进行破坏。

"白日做梦！"会上，夏雨初拍着桌子说。

"英国资本家从来没把我们当人看，我们自己把自己当人看了，他们就想方设法进行破坏，不能让他们的阴谋得逞，我们也不能老像过去那样窝窝囊囊地活着，应该和他们当面斗争，谁怕谁啊！"邓定海站起来怒不可遏。

李兴旺接着说："这帮英国佬，从来不关心工人的死活，就连工会这点活动，他们也要大肆破坏，太让人寒心了。我们得为自己做主，不能老让工人兄弟吃苦头。"

"斗则活，不斗则死。"夏雨初决定采取强硬态度与英国资本家进行斗争。

党支部书记邓定海根据夏雨初的指示，把工人代表议定的八项条件递交给厂方，如不接受，立即罢工。

可是，就在罢工斗争的熊熊烈火即将燃烧的关键时刻，没想到照蛋房的工人代表方殿成被对方收买，向敌人告了密，结果四名工人积极分子被抓进监狱。

"怎么办？"邓定海请示夏雨初。

"开始罢工！"夏雨初挥着手说。

工人们咽不下这口气，人人摩拳擦掌，好比一堆干柴见火就燃。

1930年2月10日，厂工会正式宣布罢工，要求资方接受全部条件，释放被捕工人。

英商一看大势不好，立即买通了国民党南京特别市党部，勾结社会局和南京市黄色工会，企图采取"刚柔兼施，恩威并济"的办法，分化工友，平息工潮。这时，在市党部和社会局的唆使与怂恿下，和记蛋厂原黄色工会强奸民意，与英国资本家签订了所谓的"劳资协议"，并宣布从4月3日起复工。

"这个协议不能代表我们工人的意愿。"邓定海、宋如海、李兴旺站出来针锋相对。

"一天不答应八项条件,我们就一天不上班。不获全胜,决不罢休。"夏雨初鼓励工会将罢工进行到底。

4月3日,天阴雾浓,没有太阳。和记蛋厂那哑了很久的汽笛又发出了刺耳的尖叫。

厂门口,一张国民党南京市社会局的布告贴在墙上,上书:"查和记劳资纠纷拖延已久,于社会治安殊多妨碍。今劳资双方达成协议,理应即日复工。如有不良分子从中阻挠、图谋不轨等情,必加严惩。"

"胡说八道,放屁!"工人纠察队员冲上前去,把墙上的布告撕得粉碎。

一群流氓无赖扑上来和纠察队员扭打起来。

在煤炭港(这里是从下关到和记蛋厂的必经之路),这时国民党下关区党部委员、红帮头子、和记工厂总稽查李松山纠集数十名流氓打手,挥舞着铁尺和短刀,围打周汉清、宋如海带领的纠察队员。宋如海被劈倒,邓定海被追捕。

这还了得!愤怒的工友们挥舞着铁拳,冲上去同这帮流氓打手搏斗,棍棒雨点般地向敌人的头上砸去。

就在这时,一队英国水兵打着"保护侨民"的旗号,赶过来给走狗撑腰壮胆。国民党宪兵也打着"弹压失业工人和在业工人械斗"的幌子,强行"武力保护复工",专抓专扣手无寸铁的工人。

在敌人的围攻下,工人重伤数十人,轻伤者不计其数,五名工人被逮捕。

和记蛋厂工人的鲜血染红煤炭港。这就是震惊全国的南京"四三"惨案。

"住手!放下屠刀,洋人不得在这里蛮横!"

中华全国总工会和中共江苏省委分别发出了"反抗帝国主义在南京屠杀工人""援助南京'四三'惨案"的指示,要求各级组织发动群众声援"四三"惨案，反对帝国主义及国民党的反动统治。

共产党站出来一声吼，全市乃至全国纷纷响应，上海数十个工人、学生团体成立了后援会，举行了声势浩大的示威游行，声援和记蛋厂工人的正义斗争。

4月5日，夏雨初和南京市委的其他同志发动了下关、浦口二十多家工厂工人及中大、晓庄师范、金陵大学学生，组成一支近万人的示威长龙，开向和记蛋厂，声援罢工工人的合法权益。

接着，在南京市委和南京工人总同盟的动员和推动下，全市码头工人、铁路工人、电车工人、黄包车夫近十万人，也纷纷走上街头，举行了一场声势空前的大罢工。

"打倒帝国主义走狗！"

"打倒英国资本家！"

"英国佬从南京滚出去！"

愤怒的口号声响彻南京的大街小巷，一些市民、学生自发地加入游行队伍。工人总同盟大罢工一时造成全市交通瘫痪，社会秩序混乱，引起了总统府的"圣怒"，下令镇压。

夏雨初与中共南京市委其他领导同志趁势通电全国，发表了《告全国同胞书》。上海、芜湖、济南、杭州、苏州、无锡的工人兄弟纷纷驰电声援，闹得举国上下沸沸扬扬。

国民党当局唯恐星火燎原，事态扩大殃及全国，酿成第二个五卅运动，便逐渐改"镇压"手段为"怀柔"手段，慢慢将事态平息下来。

通过这次全市工人总同盟大罢工，全市各级工会组织得到迅速恢复，大部分工厂都建立了工人武装纠察队。一些帝国主义外商厂主出于无奈，开始逐步改善工人的待遇和生产生活条件。

为了发挥舆论作用，扩大政治影响，夏雨初提出恢复1927年创办的《南京工人》期刊。在复刊号上，夏雨初亲自执笔写了一篇题为《南京工人的骄傲》的复刊词，高度赞扬了这次全市工人总同盟大罢工，号召全市工人"压迫不止，我们就要战斗不息！"

至此，南京工人大罢工画上了一个圆满的句号。

3. "坚决将外国军舰赶出下关"

南京，表面上风平浪静，其实背后是危机四伏杀气腾腾。

历史大潮的涤荡，没有让昔日"帝王之家"的封建气息荡然无存。在国民党反动派的统治下，南京变得越来越糟糕了。

白天，南京大街上警笛一声连着一声，搅得市民不得安宁。夜晚，秦淮河边，明城墙下，就连明晃晃的大街上，也很少有女孩子走动，否则会遭到不幸。

不出市民所料，就在这个时候，金陵大学的一个女学生出事了——被英美水兵挟持到军舰上轮奸，致使该女生含恨投江自尽。

这一事件发生后，立即引起南京社会各界的轰动，纷纷要求国民党当局惩办这帮杀人凶手，但南京国民党当局对外卑躬屈膝，毫无动作。

夏雨初是中央派到南京的特派员，中国人已经被外国人欺负成这个样子了，再不站出来和他们讨个说法，还叫什么共产党特派员？！还叫什么中国人？！

"这事一定要管！管定了！"夏雨初一气之下，把个茶杯摔得粉碎。

南京各大院校的学生也咽不下这口恶气。

南京学生的爱国运动，有着光荣的革命斗争传统。早在1927年3月24日，在北伐军江右军进入南京的当天，英美军舰炮击南京，直接干涉中国革命，造成了震惊中外的南京惨案。事件发生后，北伐军江右军政治部，指示市总工会和市学生联合会，组成联合调查组。4月4日，联合调查组向江右军政治部提交了一份书面报告，要求向英、美政府提出严重抗议；要求帝国主义赔偿损失；解除外国人在华的一切武装势力；惩办肇事凶手；向我政府道歉，并将调查情况在《南京工人》上详细披露。

然而，事过三年之后，这些英美军舰依然我行我素，在下关一带的长江水面上游弋，无视中国人民的严重抗议。更令人不能容忍的是，这些外国军舰上的水兵经常登岸，在下关一带的饭店、酒吧里酗酒肇事，竟敢在光天化日之下对金陵大学女生下毒手。

是可忍，孰不可忍！

中共南京市委坚决支持夏雨初的行动，拟定组织全市学生掀起一场驱逐外国军舰的爱国运动。

有着学运斗争经验的夏雨初，首先找到市学联负责同志，然后深入到南京晓庄师范。

晓庄师范，是中国著名的教育家、思想家、爱国者陶行知先生创办的。陶行知是安徽歙县人。夏雨初到了晓庄师范后，便以安徽小老乡的乡情与陶行知先生联络感情，向他介绍了英商资本家和美军舰的水兵们的种种劣行，引起了这位德高望重的教育家的极大愤怒，甚至拍案而起。

晓庄师范地下党支部书记刘季平闻讯也赶来了。刘季平对夏雨初早有所闻，见到夏雨初格外尊重，再经一番交流，二人政见一致，脾气性格相投，只恨相见太晚。

"夏兄，你就快给我们下命令吧！"

"季平，我想这样办，你们晓庄师范带个头，先把请愿队伍拉出去，将声势造起来。"

"好！坚决照办！"

就这样，在陶行知、夏雨初的支持下，在刘季平的亲自组织下，晓庄师范两百多名师生很快奋而群起组成了一支请愿队伍，第一个走上大街游行请愿：

"打倒帝国主义！"

"驱逐外国军舰！"

"严惩肇事凶手！"

请愿队伍所到之处，口号声震耳欲聋。

晓庄师范师生被发动起来后，夏雨初与市学联负责同志又赶往东南大学。早在1926年，东南大学在中共地下党的指挥下，成功开展过反对"学阀"的斗争。东南大学有一定的政治基础，这次一定要把他们发动好利用好。

夏雨初和学联负责人赶到东南大学，分头上找领导下找学生会，功夫不负有心人，校领导和学生会积极行动，很快组织起一支八百余人的请愿队伍走上街头，声援晓庄师生的请愿斗争。

两所学校在南京动起来后，请愿斗争的浪潮很快波及全市二十多所大中学校，广大师生纷纷加入斗争的行列。

在这些请愿的队伍中，尤以金陵大学的队列引人注目，队伍前端由两个女生手捧该校受蹂躏致死女生的大幅遗像，紧跟其后的学生们举起写着"打倒帝国主义！""驱逐外国军舰！""严惩杀人凶手！""血债要用血来还！"等白布黑字的醒目横幅，横幅后面还跟随数百名手臂上佩戴着黑纱的请愿师生，边走边高呼口号。

全市师生的怒火和激情全被激发出来了。夏雨初觉得向南京核心地域的请愿时机已经成熟。他和市学联负责同志商量后，便立即带领广大师生分别到英、美驻南京领事馆和国民党南京市党部大门口静坐请愿。

到了那里，师生们除了高呼口号，还向英、美领事馆提出以下严重抗议：一、惩办肇事者；二、向被迫害致死的女学生家长请罪，赔偿损失；三、开走停在下关码头的所有军舰；四、将这次事件调查情况分别在南京各大报纸上进行详细披露。

这次请愿行动造成的影响很大，国民党当局哪能听之任之，便拿第一个上街请愿的晓庄师范开刀，除密令封闭该校，还通缉校长陶行知。

魔高一尺，道高一丈。

师生们的请愿斗争，很快得到工人及广大市民的支持，驱逐外国军舰和支持晓庄师范复校的斗争浪潮一浪高过一浪。国民党南京市党部门口，每天都云集着社会各界声援请愿斗争的人群。

市党部的官员们唯恐学生的过激行为酿成"对外事件",一方面勒令各校要严管学生,不准闹事;另一方面又不得不派员向该女生家长赔礼道歉,重金安抚。

教育部也不得不同意晓庄师范复校。

英、美领事馆也各自向本国当局报告了这次事件的经过,为平民愤,同时也担心再闹学潮,不久,英、美、日停靠在下关码头的军舰离开了南京。

通过全力驱逐外国军舰的斗争,全市学生会组织得到进一步发展,成为支持工人运动的一支生力军。

这次南京学生爱国运动的胜利,中央特派员夏雨初功不可没。

4. "一定要把暴动的枪支搞到手"

月夜,万籁俱寂,只有树叶轻轻地发出丝绸般的摩擦声。

"雨初同志,党决定对你予以重任,任命你为中共中央特派员兼南京市委委员,去领导和组织那里的武装暴动。你富有领导农运和工运的经验,相信你不会辜负党对你的厚望……"

夏雨初来到南京后,多次梦到组织上找他谈话时的情景。

党的信任,党的重托,夏雨初时刻记在心上,还要坚决落实到实际行动中去。

"作为党的特派员,来到南京政绩何在?"夏雨初经常这样口问心心问口。

"组织南京武装暴动?关键在武装。组织下关和记蛋厂工人罢工,组织南京晓庄师范、金陵大学师生驱逐外国军舰,从某种意义上说,这些还算不上是武装暴动。"夏雨初寝食难安,不时在心里念叨,"武装暴动、武装暴动……"

夏雨初深知枪杆子对暴动的重要性,他当年在家乡郎溪闹农暴时,如果不是及时争取到陈文那支农民武装,单凭建平公学师生和农协会的力量,攻占郎溪县城是不可能的。所以,他一踏入南京,就开始思考武器、武装这两个棘手的问题。

就在这个时候,有人建议"筹建红十四军第二师"。

原来,中共南京市行委为了响应湘赣暴动,扩大武装力量,拟报请中共江苏省委同意,着手筹建中国工农红军第十四军第二师。

"好！好！好！"夏雨初看到这份报告,一连喊了三个好。

南京市行委报告好！这个头带得更是好上加好！夏雨初决定参与其中,给予强有力的支持。

这天,在夏雨初的指导下,中共南京市行委拟定在玄武湖游艇上召开第一次军事会议。

玄武湖的夏天是美丽动人的,特别是湖中的人们划着小船,享受着湖面吹来的凉爽的风。桨儿划动,平静的水面顿时荡起了一道道波纹。

湖中心一只大游艇上坐着六七个青年,他们一边划着船,一边低声地交谈。

原在红军第十三军担任过团长的张逸民,首先介绍了全国工农红军的发展形势和军事建制等情况,然后建议道:"现在全国已有十三个军,鄂豫皖边正在筹建红十四军一师,我们不如就筹建十四军第二师吧,这样也可以就近相互呼应。"

夏雨初和刚接任市行委书记的李济平等一致同意这个提议案。

"要在短期内筹建好这支武装,迫在眉睫的任务就是要尽快设法筹集一批枪支弹药,整训扩大工人武装纠察队,如有可能最好能争取部分国民党武装加入。"

夏雨初接过李济平的话头:"武器弹药这事交给我,我去兵工厂找黄时春、蒋华中。争取国民党武装的事,我也想试试,去找方将军。"

黄时春、蒋华中、方将军？大伙盯着夏雨初的脸要答案。

夏雨初说:"黄时春、蒋华中是金陵兵工厂的两名地下党员,我和他俩已经很熟了;方将军,名字叫方振武,你们肯定听说过,过去在国民党军队里当过将军,是我的安徽老乡,现在被革职在家养老。"

听夏雨初这么一介绍,大伙高兴得手舞足蹈。

"当心,游艇……"

李济平笑着说:"翻不了,翻不了。"

会后,大家分头准备,但要数夏雨初的任务最重。夏雨初的第一站就是去找黄时春和蒋华中。

原来,早在全市工人总同盟大罢工之前,夏雨初就通过地下党组织联系上金陵兵工厂的两名地下党员。这两个人,一个叫黄时春,一个叫蒋华中,两家人都住下关。黄时春和蒋华中都是北伐时期入党的老党员。黄时春的大儿子黄小明在浦口机械厂当工人,是一个思想进步、敢做敢当的热血青年。上海"四一二"政变时,黄小明因积极掩护地下党负责人,被国民党反动派秘密杀害,尸体被沉入长江。这件事一直是黄时春的一个心病,这几年他虽然与上级党组织失去了联系,但他一刻也没有忘记自己是一名共产党员,仍做着一名共产党人应该做的事情。

夏雨初敲了两下门:"老黄在家吗?"

这时,吱一声门开了。黄时春见是夏雨初,立马迎上来:"稀客稀客,屋里请,屋里请。"

敬完茶,黄时春说:"雨初,'无事不登三宝殿',今天你肯定有事找我。"

"那我就开门见山了。时春,我想尽快将金陵兵工厂内五六名地下党员组织起来,成立一个特别行动小组。"

"特别行动小组? 主要任务呢?"

"靠山吃山,你懂的。"

黄时春听后非常激动,说:"这几年,我就像断了线的风筝,停了奶的婴儿,那滋味多难熬啊! 这下好了,组织上终于给我分配任务了,即使我有什么不测,我也好闭眼去与明儿做伴了。"

夏雨初站起身子,握着黄时春的手说:"老黄,我们一同战斗,坚决为明儿报仇!"

黄时春热泪盈眶。

金陵兵工厂坐落于南京紫金山山谷里,是国民党南京首都卫戍司令部枪械处下属的一个生产制造兵工武器的工厂。为防意外,枪械处规定制造与组装两分离,兵工厂专门生产步枪、手枪的各种零件及子弹,每星期将这些零部件装运一次送到市内枪械处。在枪械处监督下,将这些零部件组装成枪支后封存,每道程序都有严格的规定。兵工厂四周高墙上安有电网,大门口有重兵把守,工人上下班都要经过严格检查,外人是不易混进厂内的。

"雨初,你放心,办法总会有的。"黄时春对到敌人心脏去搞枪支弹药充满信心。

几天后,兵工厂特别行动小组第一次全体成员会议在下关黄时春家秘密召开。黄时春的老伴在大门口负责放哨。夏雨初、张逸民出席了会议。

"同志们,你们每天辛辛苦苦生产出的产品,就是供国民党反动派屠杀我革命同胞的工具。现在,我们就是要利用你们生产的这些工具反过来去对付他们这些刽子手。要把武装暴动的枪支搞到手,你们几个人肩上的担子不轻啊。"夏雨初对特别行动小组充满信心并提出殷切期望。

"任务再难也要上,我们一定为党效力。"

"没问题,党需要的东西肯定搞得到。"

夏雨初拍着大腿说:"我要的就是你们这句话!"

会上,大家就具体行动方案又做了一番周密计划,最后决定利用每星期一次往市里送零部件的机会,由行动小组半路上在装货的车上动手,由张逸民率领工人武装纠察队届时埋伏接应。

说干就干。

这一天又送"货"了,夏雨初安排三名组装高手随车同往。卡车驾驶室里只坐着两名枪械处的军官负责押运。驾驶员是一位训练有素的地下党员,事先还买了一些高级香烟和食品,盛情款待这两个"押货"官。驾驶员边开车边与他俩搭讪套近乎,尽量吸引他们的注意力。车厢里的行动小组兼机动手迅速打开木箱,从中挑选一些所需的枪支零件。

这一切,神不知鬼不觉,没留下一点破绽。

枪支零件搞到手后,经过黄时春一组装,支支都是排得动、打得响的好武器。

就这样,一连几次,屡屡得手,后又经特别行动小组之手,陆续筹集了一些子弹。

李济平看着这些崭新的枪支,喜形于色地说:"雨初,你真有办法!"

"这是老黄他们几个人的功劳,但没想到事情这么顺利,武器弹药说搞就搞到手了。"夏雨初笑呵呵地说。

黄时春摇着手说:"不不,我们几个是执行者,全是雨初的点子好!"

5."党考验我们的时候到了"

南京城里警车来来去去,狐假虎威地向行人横冲直撞。

"去你妈的,王八蛋,走狗!"市民们愤愤不平地咒骂。

夏雨初听后在心里说:"骂得好!"

夏雨初还想多听几句,但不行,他得赶快去找方将军,争取军事援助上的事。

方振武,字叔平,又名运策,安徽寿州人,是辛亥革命时期的同盟会员。1927年以后,蒋介石背叛革命,专制独裁的面目逐渐暴露,方振武也坚决地走上反蒋道路。1929年5月,方振武出任国民党安徽省主席。他本着"革除积弊,精简节约"的方针,采取了一些果断措施。为便于开展工作,实施其抱负,他强行撤换了一批厅、署官员,做了一些必要的改革。但是,这时的蒋介石已经开始实施加害他的部署，制造了一个"方部吴实信参议收买凶手对蒋行刺"的案件，将吴参议押解南京审讯。虽然诬陷不攻自破，却发出了谋害方振武的一个讯号。果然，1929年9月中旬，蒋介石以开会之名，将方诱至南京，革除其军内外一切职务，勒令其赋闲在玄武湖方公馆，当起了寓公。

不过，方振武始终把国家独立、民族振兴的希望寄托于中国共产党，自北伐以来长期同中国共产党进行真诚合作。大革命失败后，方振武不畏强暴，甘冒风险，收容和掩护了大批共产党人，并安排在他的部队担任重要职务。

夏雨初通过陶行知的引荐，结识了这位德高望重、有胆有识的安徽老乡。见了两次面，方振武很欣赏夏雨初对时局的真知灼见。不久，两人便成为无话不谈的忘年交。

夏雨初来到方将军家时，他正在拿着水壶浇花。

"雨初老乡，欢迎欢迎。"

"方将军好，种草养花，闲情逸致。"

"呵呵，也只能这样子了。"

方将军放下手中的活，让保姆泡了一壶茶，然后和夏雨初边品茶边聊天。

聊到方将军开心处，夏雨初的话突然来了个急转弯："将军大人，小老乡这次来向您汇报一件大事，还请您老人家多多支持帮助。"

"雨初，有事尽管说。"

"不瞒将军说，最近我党将在南京采取武装行动，现请求老将军出手予以军事援助。"

方将军一怔，沉思片刻后，才说："我给你介绍个人，你去找他吧！"随后挥笔疾书，写了一封书信。

这封信是方将军写给他的旧部三十三旅旅长余亚农的。原来，余亚农追随方振武多年，为人仗义疏财，疾恶如仇，对方将军忠贞不贰，言听计从。

夏雨初拿到亲笔信后，和方将军说了几句客套话，然后事不宜迟,即刻动身,赶往余部。

到了余部,夏雨初主动出击,对余晓之以理,动之以情,倾心相吐。余亚农是个爱国者,又有方将军亲笔信,便当场表示倾力协助。

万事俱备,只欠东风。

离预定武装起义的时间越来越近了,市行委战前的各项准备工作紧张而有序地进行着:

在东郊紫金山谷,张逸民带领几百名工人武装纠察队员进行紧张的军事训练……

在石坝街,李传夔、冯柏六等在一间密室内,夜以继日地赶写标语,油印宣传传单……

在成贤街的地下市行委机关,李济平、夏雨初、任雪涛、谭籍安等正在南京军事绘制图前,排兵布阵,运筹军机……

夏雨初说:"这次暴动,选在国民党反动派的老巢,风险很大。工人起来了,学生也起来了,暴动就成功了一半。这次暴动,旨在发动工人和学生团结起来,向黑暗政府发起进攻。这次暴动,不一定动摇得了国民党反动派的根基,但只要我们唤醒工人、市民、学生,就是胜利。"

任雪涛说:"暴动就会有牺牲,但我们不怕。从小暴动再到大暴动,从南京再到全国,只要全国人民觉醒了,一起来和国民党反动派斗争,最后的胜利肯定属于中国共产党领导下的全国人民!"

大家对这次暴动充满信心。

然而,敌人的嗅觉也很灵敏,他们已预感到近期南京"共党"将有重大的行动,便派出大批军警、宪警四处打探搜捕,而且是一步一步地向市行委逼近。

南京武装暴动已经箭在弦上。

正是应了那句话,"天有不测风云,人有旦夕祸福",正当南京市总行动委员会厉兵秣马,决定在8月1日举行全市武装起义的前夜,不料,风云突变,一起祸起萧墙的意外事件发生了。

7月下旬的一天深夜，在新街口黎明书店，南京团市委的组织部长石云松突然被捕。

石云松出身于南京一个资本家家庭，毕业于金陵大学，原本是一个思想进步的青年，曾参加过多次学生运动，后成为南京学联负责人之一，1929年上半年入党。这次市委策划武装暴动，成立市委总行动委员会，他与团市委书记一道被选调进了市行委，担任市行委下设的联络处处长。联络处就设在新街口黎明书店内。

石云松入狱后，经受不住敌人的严刑拷打，为了苟且偷生，沦为可耻的叛徒，向敌人出卖了他所知道的市行委的一切行动。

石云松当了叛徒，此时的共产党人并不知晓。然而，国民党反动派正悄悄地给共产党人布下天罗地网。

下关商埠街白利戏院内的美华理发店楼上的一间屋子，正是市行委设在这里的一处指挥暴动的首脑机关。这天晚上，室内窗帘下垂，八仙桌上的煤油灯烦躁地跳动着。桌旁围坐着夏雨初、李济平、郭纪堂、李元和、陈宝华、宋如海等同志。

"同志们，酝酿已久的武装暴动即将来临，党考验我们的时候到了，为了缜密起见，万无一失，下面再……"

夏雨初话音未落，只听楼下突然传来"天要下雨，我们打烊了"的报警声。

"不好！"夏雨初一把抓过行动方案，就着灯火点燃了。

咣当一声巨响，楼下的大门被敌人踢开了，"咚、咚、咚！"敌人径直朝楼上扑来。

情况来得太突然，已经什么也来不及了。

敌人上来了，踢开门，冲进屋，端着枪，把夏雨初、李济平等团团围住。

敌人当场搜出赤色先锋队组织计划一份、共产党各种传单标语印刷品一大包……

夏雨初、李济平等六名同志被捕。

第十四章
我以我血荐轩辕

国民党反动派的警车川流不息，尖叫声刺破南京城区的上空。

夏雨初被押上警车后，他关心的不是自己，想的全是大家的安危。任雪涛呢？只要他不碍事，武装暴动仍可进行。但夏雨初转念一想："党内肯定出叛徒了，要不敌人的警车不会如此扎堆。唉，任雪涛恐怕也是凶多吉少。"

夏雨初把牙齿咬得咯吱响。

1．"这是与敌人的最后较量"

不多时，羁押政治犯的监狱到了——南京卫戍司令部稽查处秘密监狱。 夏雨初、李济平、郭纪堂等六人第一批被捕的就羁押在这里。

监狱大门迎面墙壁上画着一面青天白日旗,旗徽两边刷着几行大字:"苦海无边,回头是岸。""生命宝贵,须认清此时此地。""忠诚坦白,勿错过最后良机。"

监狱长廊的两侧是一间间牢房,长廊的尽头是个偌大的院落。 四周高墙上架着通电的铁丝网,与三个高高矗立的岗楼相连接。 岗楼上架着一挺机枪,还有持枪警惕巡视的哨兵。 晚上,探照灯不停地扫来扫去,居高临下地监视着整座监狱。

这是国民党反动派经营多年的一座监狱,用他们自己的话说,"固若金汤,插翅难飞"。

一天后,夏雨初被单独囚禁在一间小黑牢里。 原来敌人从石云松嘴里得知夏雨初是共党的一条"大鱼"。

小黑牢一面是铁栅栏,三面是石头垒起来的墙,黑得如同在地窖里。 墙壁潮得发黏,墙角满是看不见的苔藓和蚂蚁。 一股类似牲畜排放的恶臭,混合着强烈的尿味和霉腐味,熏得夏雨初直作呕。

这里看不见白昼,成团的蚊子在他头顶上嗡叫,数不清的臭虫爬到他的脚上咬来啃去。

夏雨初在郎溪人称"夏三哥",在上海做地下工作被美誉为"夏小开",哪住过这种地狱,吃过这番苦头。 不过,夏雨初从被捕那刻起,他已经做好了思想准备,他在心里反复地告诫自己:"第一,吃得住恐吓,决不低头;第二,吃得住极刑,决不交代;第三,吃得住诱惑,决不上当。"现在看来,还要加上一条:"吃得住蚊子、跳蚤、臭虫的叮咬,决不示弱。"

"咔嚓"一声,铁栅栏门的锁开了。 一个秃头看守送饭来了。 他临走时,乱翻夏雨初的口袋,要把裤带拿走。 夏雨初不让拿,秃头恶声恶气地说:"这是狱规,没有裤带,吊死鬼就不会来找你。"

夏雨初本想买通秃头给外面送信,一看秃头这副德行,满脸凶横,只好放弃了。

他吃不下饭,想喝水却没有,胸中像堵了一块大石头。

过道的电灯亮了,看守换了班。昏黄的光线把铁栅栏的影子倒映在草席上。黑夜,漫长的黑夜已经来到。

夏雨初筋疲力尽,但胸中的怒火却一直在燃烧。夜一分一秒地过去了,不知什么时候过道的电灯被看守关掉。牢房里又是一片黑漆漆的了。

慢慢地,过道里有脚步走动的声音。一看守过去,一犯人过去,一狱警过去……忽然,一个高个子,肩膀微斜的影子在铁栅栏外面晃了一下。夏雨初的心猛然跳动起来,再定睛一看:天啊! 是任雪涛……

任雪涛掉转头,朝夏雨初这边瞥了一眼,眉头动了一动,就走过去了。

夏雨初跌坐在草席上,心好像要从胸腔里跳出来。他感到有生以来从未体会过的那种不能自制的痛苦。他不知道这一天是怎么过来的。直到过道里的电灯再次开亮时,才知道黑夜又到来了。

"你是李兴国吗?"一个跛腿的看守忽然靠近他,悄声问。

夏雨初立即站起身,走到铁栅栏的门前,答道:"是。"

"我告诉你,任雪涛被捕了。"

夏雨初直望着对方发暗的面孔和阴沉的表情,怀疑他是奸细。

"有一张字条要给你。"跛腿说着迅速地扔进一个小纸团,接着又扔进一盒火柴。

"看完烧掉,我叫秦穆。"他说完就走了。

没错,字条是任雪涛的笔迹,上面写着:

> 十日被捕,与谭同牢。家被抄。今晨初审,指你已招认,且说出许多机密。我当然不会受骗。送此信给你的老秦是自己人。我的口供,你可问他。你的也请速告。

夏雨初把字条烧了。一会儿秦穆又转到这里，照样在铁栅栏外走来走去。这时候夏雨初才开始看清楚这个有点跛腿的青年是个坏血病者，脸色苍白而晦暗。

夏雨初把身子藏在铁栅栏旁边的暗影里，听着秦穆转述任雪涛的口供和被捕经过。秦穆告诉他："石云松这条狗，把所有他认识的同志名单全交上去了。"

夏雨初大吃一惊，叛徒竟然是石云松。

直到这时，夏雨初才真正清楚，南京党组织已经遭到严重破坏。唉，市委书记都被敌人逮捕了，其他同志还能有啥好的结果。

二十名党员落入敌人的魔爪之中，夏雨初无比惋惜欲哭无泪。

作为中央的特派员，在这种恶劣情况下，应该如何发挥作用？

夏雨初想，既然武装暴动没有成功，大家被羁押在同一个监狱里，那我们就在这里和敌人斗争到底。

此时此刻，在夏雨初的心里，这入狱的二十名共产党员，就是一支英雄的队伍，将以自己的铮铮铁骨，在黑牢中与敌人做最后的较量。

2."得了肉体，毁不了意志"

提审开始了。

"这个李兴国是头号人物，把他拿下就大功告成。"国民党卫戍司令部稽查处兼代处长田景兴对提审人员下令。

田景兴，中等身材，四十多岁，脸上没有一丝笑容，皱纹不多却每条深可到骨，如刀刻一般。他穿着一身深灰色中山装，浑身上下散发着逼人的寒气。

"李兴国，姓名，年龄，家住哪里……"

"李兴国，'伪中央'派你来南京的主要任务……"

"李兴国，'伪中央'的上海领导机关在什么地方……"

"李兴国，你们共党江苏省委机关在南京何处……"

"李兴国，你们所谓的市行委还有哪些人……"

"李兴国，全部如实招来……"

接连五天，夏雨初被提审了五次。每次都是重复着这几个问题的审讯，但每次夏雨初都闭着双眼，一言不发。

通过一连几次对夏雨初的提审，田景兴渐渐地觉得要让这个倔强的小伙子低头，不是一件简单容易的事。田景兴虽然没有完全灰心，但到第四次提审的时候，终究有些心烦了。

提审硬话之后说软话，这是敌人惯用的伎俩，夏雨初早就做好了思想准备。田景兴话越多，夏雨初话越少，到最后，干脆就沉默了。

"别再固执了，李兴国。"田景兴说到这里，渐渐觉得没有什么把握，这个自认为"攻城为下、攻心为上"的审讯专家，只好改变话题，言辞也有讲究，"年轻人容易受骗，一时走错了路，是可以原谅的。像你这样的青年，我不知救了多少个。过去我在上海，也有不少共产党朋友，他们被捕，都是我出面保释他们的……我们这种人跟你们不一样，我们还讲一点义气……不过，像你，你要不对我老实，我就是想救你也没有法子。"

夏雨初还是徐庶进曹营——一言不发。一双眼睛冷冷地盯着摆在稽查处长桌上的案卷，心里暗自思量："你连我真实姓名、籍贯都没搞清楚，看你还有啥能耐？"

"你到底说不说呀？你们江苏省委机关到底住在什么地方，你们所谓市行委还有哪些人？"冷场了一会儿，田景兴又开口了，但声音有所变化，听得出，他是冒烟了，"告诉你吧，其实我们都知道，你还是放明白点。现在两条路摆在这里让你挑：一条是你照实说了，我立刻放了你；一条是你不说，顽固到底，我就把你判死刑。"

"判吧！"夏雨初淡漠地回答，接着又沉默了。

田景兴狠狠地捏紧右手，要不是他手上拿着《曾国藩治世箴言》来克制自己，他差不多要往夏雨初脸上摔过去了。他站起来，朝着窗口走去，向窗外做了个暗示的手势。

一会儿，门槛那边，有个脑袋怯怯地探了一下，跨进来一个白面瘦长的青年，夏雨初抬起眼来一瞧：石云松！立刻，他觉得身上所有的血液向脑门冲了上来。

"你不会不认得他吧？"田景兴带着冷笑故意地问夏雨初。

石云松迟疑地向夏雨初点点头，立刻又低头垂下眼睛，一绺头发掉下来，盖住了他的额头。

"你们谈谈吧。"田景兴笑了笑说，"这里可以让你们自由畅谈，我不旁听。"说完，他走出去了。

室里只剩下他们二人。夏雨初的眼睛像一把利剑似的盯着石云松。这个昔日风流倜傥的公子哥眼前显得有些憔悴，整个人流露出极度疲倦和颓丧的狼狈相。人一旦做了狗，什么都显得下贱！

"你进来没几天吧？"石云松惶惑不安地坐下问，不敢正视夏雨初的眼睛，"你暂时还没受刑吧？好运气！我一进来就被他们整得死过去活过来，什么老虎凳、荡秋千、钢鞭子抽，我都尝过。你瞧你瞧……"他将起衬衣让夏雨初瞧他脊梁上的伤疤。夏雨初转过脸，不瞧。"我真是想死哟，他们不让我死。不要怕我，兴国。我是故意诈降的，我可以对天发誓……"

夏雨初愤怒得浑身发抖，咬着牙，压低嗓子骂道："你还有脸说！叛徒！出卖同志！"

"兴国，你不要发火，等我把话说完。"

"石云松，你出卖了二十名党员，现在又来充当国民党反动派的说客，可耻！"

"李兴国怎么知道逮捕了二十名共党的？"

石云松被骂得哑口无言。

瞧着夏雨初那倒竖的双眉和带着杀气的血红的眼睛，石云松不由得从头到脚直打寒战。

"兴国，你误解我了。"石云松又结结巴巴地说，"做人真难啊，应当承认事实，咱们垮了，当然得随机应变。俗话说，识时务者为

195

俊杰。"

"住口!"夏雨初吼道,慢慢走过去,看着眼前这张可耻发白的脸,忽然使劲一拳打过去。 石云松向后一仰,连人带椅子翻倒在地。

"卑鄙! 狗!"夏雨初尖声吼着,又扑过去。 一种无法抑制的狂怒,使得他一把抓住石云松的颈脖子,使劲拼命地往砖地上砸。 他想把眼前这个肮脏的脑袋砸得粉碎。

吓掉了魂的石云松在地上翻滚,拼命要挣脱那铁钳似的双手,过度的惊吓使他丧失了自卫的力气,他沙哑地对外喊叫起来。

两个狱警冲进来,费了很大的劲才把夏雨初的"铁钳"掰开。

石云松一翻身从地上爬起来,立刻头也不回地往外溜跑。

夏雨初喘着粗气,脸铁青,腿哆嗦,怒火往上冒。

田景兴和刑侦队长随后赶到了。 田景兴气得脸涨得连刀刻的皱纹也变紫了。 他生气地对三角眼的刑侦队长喊道:"把他带去吧,'动手术'!"

夏雨初不用他们带,掸掉身上的灰尘自己走。

夏雨初被推进一间暗室。 两个打手过来,剥光他的衣服,绑住双手,按倒在地上。 一个麻子拿着竹扁担,没头没脑地往夏雨初身上打,才几下,脊背和屁股就隆起一道道紫青条。 再几下,皮裂开了,血溅出来,扁担也红了。

夏雨初有生以来没有这么痛楚过,眼睛直冒金星。 当他发觉田景兴就站在他身边时,又咬紧牙关,把叫喊的声音往肚里咽。 他想就是被打死了,也不能叫喊,让田景兴笑话。

"怎么样? 该说了吧?"田景兴带着拖腔问,划一根火柴,把熄灭的吕宋雪茄点着。

夏雨初忽然抬起头,目眦欲裂。 在这一刹那,田景兴明白过来了,对方并没有屈服。

"再打! 打到他出声!"田景兴重新发出命令,喷出的烟雾在他冷酷而没有表情的脸上缭绕。 竹扁担又挥起来,照样听不见叫喊的声音。

竹扁担打裂了，换了新的再打。

夏雨初牙关一松，晕了过去……

不知过了多久，夏雨初醒了过来，又回到了这个世界，这个不斑斓却真实的世界。

两个钟头后，过道的电灯亮了。老秦站在铁栅栏外，看见夏雨初浑身乌的乌、紫的紫，不由眼眶红了。他从口袋里掏出一个纸包，塞给夏雨初说："里面是药粉，敷几天，伤就会好的。"又问："你有什么嘱咐吗？"

"你要设法将石云松这条狗的情况，尽快向江苏省委报告。另外，给我弄点纸笔来。"

秦穆照办。

往后接连七八天，夏雨初又受了四次刑：灌辣椒水，压杠子，吊秋千，用竹签子刺指甲心。他被敌人折磨得遍体鳞伤，体无完肤。每次用刑时，他总听见田景兴凑在他耳朵旁说："李兴国，这回得出声哇！你不出声，我们又要在你身上多用力气了。"

但夏雨初还是跟从前一样，紧咬牙关，从晕过去到醒过来，不吭一声。

夏雨初几乎希望晕过去就永远不要再醒来。最初，当他被凉水浇醒，发觉自己还活着，甚至感到一丝失望。这时候，一个带着亲切鼓励的声音从记忆里浮上来："要顶住！如果活比死难，就选难的给自己吧。"这是前几天任雪涛写给他的几句话，这使他重新恢复了勇气。他仿佛看见一个肩膀微斜的影子走到身旁，凝视着他，用手轻轻摸着他灼热的脑门。

多么严厉又多么温和的老任啊！

每次受刑后回到牢房，夏雨初总盼着能从老秦那边得到什么字条，即使是简短的几个字，对他都是珍珠般宝贵。

老任又何尝不是呢，他俩相互鼓励着。

老任和老谭同样也受了刑。有一次,夏雨初同时接到两张字条,任雪涛的那一张说:

受了一次水刑和两次烙刑,他们一遍一遍折磨我,我对自己说,就是下油锅,我也这样。得了肉体,毁不了意志。

谭籍安的那一张说:

又荡了一次秋千,死了又活。老任今天对我说:"世界上只有一种人,他能在黑夜预见天明,他的名字叫布尔什维克。"我也这样想。谁相信共产党会胜利的,他也胜利了。

夏雨初默诵着这些字句,即刻忘了身上的伤痛,脸上又露出微微的笑容。

3. "我愿舍此头颅,追随共产主义"

这是夏雨初入狱后的第十三天。

田景兴在刑讯室里翻阅案卷。夏雨初被押过去时,最先刺到他眼睛的是桌上台灯的银罩反射出来的强烈光线。

"你们很快就要被处决了。"田景兴冷冷地说,脸藏在台灯后面的暗影里,"我再给你一个机会,你要是把你所知道的从实招来,还可以免你死罪。给你五分钟考虑,现在是 11 点 30 分,到 11 点 35 分为止。"

"不用考虑了。"夏雨初打断他,脸上反射着台灯的银光,凛然地瞧着暗影里的田景兴,"我们是无罪的,至于你们要怎么判决,那是你们的事。"

"你们怎么没罪? 响应湘赣共匪图谋暴动,妄图颠覆中华民国,这就是罪大恶极,罪不可恕!"

夏雨初鄙夷地答道:"你们这个所谓的中华民国,'民'还在国之前,可是'国'从来没有属过'民'。虽说蒋介石完成了大一统,还不是蒋家王朝,只不过蒋介石没有袁世凯的魄力,要不然,早就当了皇帝。吏治腐败,贪官污吏横行,军人不能提枪,文人只会相轻,这个国家哪有一点希望?横征暴敛,苛捐杂税,民不聊生,哀鸿遍野。这样的国家,早就该打破,再造一个。"

夏雨初态度坚决,田景兴无计可施,只好又劝诱道:"留得青山在,不怕没柴烧。权宜之计,保命要紧。自己的命没有了,你还怎么去革别人的命?"

夏雨初不为所动:"看革命立场坚定与否,只有三个因素:爱情、金钱、生命。爱情就是女人,我不好色;金钱就是享受,我不贪财;生命就是苟活,我不怕死。革命有投降的,自然有就义的,我愿舍此头颅,追随共产主义。"

"别演说了!"田景兴粗暴地挥一挥手说,"让我提醒提醒你的理智,人最宝贵的是生命,你今年不过二十七岁,你总不能因为一念之差,连命都不要了。"

"死只死我一个人,但千万个共产党人是活着的。"

"都要死的!让我提醒你,我们正在围剿。有一千杀一千,有一万杀一万!人民,人民,人民值几个钱一斤?猪一样的!"田景兴厌烦地叫起来,"睁开你的眼睛吧,李兴国!今天是谁家的天下,你知道不知道?你们共产党完了,你只要写一份悔过书,即可找保释放。"

夏雨初断然拒绝:"我自问无罪,为何悔过,要我像石云松那样写悔过书,以此来换取自由,那是白日做梦。如果我写了,就等于死了。我宁愿死去地活着,不愿活着地死去。"田景兴被激怒了,他耸耸肩膀:"别再嘴硬了,一句话,你打算死呢,还是打算活?挑吧!"

夏雨初轻蔑地笑了:"你把时间忘了,现在已经过了11点35分了。"

田景兴刷地变了脸,狠狠地扫了夏雨初一眼,回身对刑侦队长吼道:"把他押出去!"

狱警把夏雨初的两手缚绞剪在背后,押走了。

经过静悄悄的走廊,经过一片泥沙和碎石铺成的旷地,这是十几天来没有接触过的旷地,脚底下是水墨画似的灯光树影。 夏雨初挺起胸脯,庄严地向前走去,好像他要去的是战场而不是刑场。

"我的生命就要结束了,但党的斗争是不会结束的。"夏雨初边走边想,血在脉管里起伏着,"同志们会继续干下去的,老任、老谭他们有危险吗? 张逸民有危险吗? 啊,亲爱的同志,作为你们的战友,我是带着坚贞赴死的。 我没有辱没布尔什维克这个名字。"

远处卖馄饨的挑子,从街头摇着铃铛响过去。 大概快午夜12点了。

夏雨初忽然想起任雪涛唱过的一首《红旗歌》,那歌词又浮现在他的脑海里:

> 把你手里的红旗交给我,同志,
> 如同昨天别人把它交给你。
> 今天,你挺着胸膛走向刑场,
> 明天,我要带它一起上战地,
> 让不倒的红旗像你不屈的雄姿,
> 永远鼓舞我们从胜利,走向胜利。

夏雨初被押到了一棵梧桐树下面,站住了,两个狱警把他绑在梧桐树上。

夏雨初发觉离他五六步远处还有一棵梧桐树,也绑着一个。 那人光头,脸被树影子盖住,脑袋耷拉着。

听着那些狱警叽叽喳喳地在那里议论,似乎那光头是个贩毒犯。

夏雨初抬起眼来,多么美丽的夏夜,晶莹的星星在无际的天宇上闪烁着动人的光芒;蝈蝈、蟋蟀和青蛙,在草丛中池塘边轻轻唱着抒情的歌曲。

夏雨初奇怪自己这时候还有欣赏夜景的心情。

"我是在繁星闪烁的夜空下面被杀害的。"他觉得让自己的生命微光与祖国独立富强的光明未来融为一体是有价值的。

前面有"咔嗒"的声音，狱警在使劲扳着枪栓。

夏雨初昂起头，面对着刽子手，等待着……

两个狱警把枪端了起来，那黑洞洞的枪口正对准他。他鄙视那枪口，鄙视那两个神气十足徒然显得可笑的狱警。

一秒——两秒——三秒。"砰！"枪声响了。黑暗的树丛里，受惊了的夜鸟拍着翅膀，"哇哇哇"地怪叫几声，在灰蒙蒙的月光下不见了。

"砰！"又是一声枪响。

夏雨初觉得自己的头还是抬着，子弹没有打中他。笨家伙！

"砰！砰！"

他照样站着，扭头瞧瞧旁边的秃头，秃头腿弯下去了。狱警走过去，围着中弹的秃头察看着。他这才弄明白，原来这是阴险的稽查处长拿他来"陪斩"的。

这时候，从黑暗的树影里忽然气喘吁吁地走来一个矮矮的影子，原来是三角眼刑侦队长。他靠过来附在夏雨初的耳旁，诡秘地低声说："我跟处长说情来着，我说你年纪轻，一时误入歧途，让你缓些日子想想。"

夏雨初听后觉得好笑，已经想了十几天了，早就想明白了，怕死就不是共产党人。

第二天早晨，老秦悄悄地扔进一个纸团给夏雨初，是任雪涛和谭籍安合写的：

昨夜你就义的消息传到这里，我们都震动了。我们听见远处的枪声，默默地在心里唱《国际歌》，没想到半个钟头后，你又回来了。看着你挺着胸膛的影子从铁栅栏外过去,我们感到布尔什维克精神的不可侮。

你的榜样将鼓舞着狱内和狱外的同志。

我们拥抱你,亲爱的兄弟。

夏雨初看后,脸上露出了微笑。他在心里说:"刚才'陪斩'的那一幕,完全可以写成一篇小说。"

又过去了两天。

夏雨初已感到最后的时刻快要到来了。夜里,他就着过道上昏黄的灯光,给他心爱的董淑写了一封绝笔信。

淑:

当你接到这封信时,我早已离开这个世界了。我是带着我的信仰,遗憾过早地离开这个世界。我对自己说,假如人死了可以复活,假如生命可以由我重新安排,而且,假如你像一年前那样再对我说:"我走的是难走的一条路。"我仍然要回答你:"让我再走那条最难走的路吧,让我再去死一回吧。"替我吻我们的焜儿。我曾说过,我走后你不要像封建时代的节妇,靠数摸铜钱过日子,你还很年轻,应当选择志同道合的同志,组建新的家庭。不要为我悲伤,应当坚强,应当为我们的信仰,为广大活着的人奋斗到底。

要坚信,我们总会有胜利的那一天。

另者:替我向母亲大人,向大哥、大嫂问好!我要感恩,衷心感谢他们这么多年对我的养育之恩……

永别了,亲爱的淑。

第二天,夏雨初将这封信及郎溪夏雨人的收信地址,一并交给了秦穆同志……

第十五章
碧血雨花气若虹

新的一天又开始了，但这一天变得有点怪怪的，没有犯人被带进带出，牢房里如死一样的静寂。

诱骗、上刑、叛徒指认、陪绑假枪毙，敌人软硬兼施想尽手段，夏雨初还是响当当、铁骨铮铮的共产党员！

敌人无论多么狡猾，夏雨初都不会上当。

1."一定要大义凛然上刑场"

这天下午，秦穆来了，和夏雨初说："眼前是一种不正常现象，短暂的静寂之后，稽查处长田景兴就要来了。"

这话怎讲?

原来,监狱突然静下来,就说明有情况了,稽查处长田景兴肯定要来监狱,他来这里准没好事。 他是死神派来的差役,人一到,就在铁栅里外的过道上晃来晃去,"判死刑"的名单藏在他口袋里。 管钥匙的看守和狱警在他后面跟着。 他冷漠而低声地叫名,一点也不露凶恶,被他叫到的人,都是一去便不再回来。

"死就死呗,早准备好了。"夏雨初话锋一转,"老秦,你再给我说说其他兄弟的情况。"

此地不是说话的地方,秦穆只是简单地说了几个人——

张逸民是一个懂得在苦难环境中打退苦难的人,每天照样打着太极拳,始终保持着一股军人的风习……

郭纪堂和李济平在受刑后,为了抗击深深的伤痛,常常轻轻地哼唱着家乡的小调……

任雪涛则以写诗朗诵的方式,抒发对党、对人民、对家乡、对亲人的赤胆忠心……

多么高尚的情怀啊! 他们为了自己的信仰,为了祖国的明天,视死如归。

敌人的老虎凳、钢丝鞭、烙铁、竹签、电椅、水刑、吊秋千在夏雨初、任雪涛、李济平、张逸民等这些老布尔什维克身上不见效,同样,在沈一山、陈宝华这些十八九岁的年轻布尔什维克身上也同样不见效。 敌人永远不能从这些特殊材料造就的共产党人口中得到任何有价值的东西。 他们这样的共产党人,就像一泓清澈而爽朗的山泉,即使流经崎岖险阻的山道,也同样会发出愉快悦耳的声音。

此时此刻,具有钢铁意志的二十名党员,没有人害怕死亡,死亡拿他们没办法。 活着的人照样活着,爱唱歌的照样用歌声唱出他内心的骄傲,爱争辩的照样为着一些理论上的分歧在激烈地争辩。 好像他们已经忘记这是在牢狱,又好像他们即使明天要去赴死,今天仍然要把争辩的问题搞清楚。

秦穆说得没错，静悄悄的黎明之后，稽查处长田景兴真的到监狱来了。大家越是痛恨他，他越是抛头露面，死不要脸。一天没露头，现在来了，这只恶狼又想怎么样？但他这次只言未发，耀武扬威地转了一圈，然后拍拍屁股走了。

这是一个不祥之兆。

原来，国民党南京首都卫戍司令部报申高等法院的判决书下来了，由卫戍司令部公布罪状：

> 为宣布罪状事……案据本部稽查处兼代处长田景兴。
> 先后呈解在京破获共产党机关，因而捕获之共产党徒任曜，又名任旭升(即任雪涛)，李兴国，谭籍安(化名陶斌，又名陶怡园)，郭纪堂(即郭洪励，化名仲达)，李维选(即李济平，号公舫，化名王仲斌、周志清)，黄祥宾，宋如海，汤藻(化名杨再文)，傅琳伯(化名黄龙先，又名谌章锦)，王梦仙(化名王厚生)，李元和，陈宝华，雷仲云(即雷雨农)，沈一山，张逸民(即张植翰)，陈继昌(即陈龙伯)，李传夔(即炙虞)，蒋宗銮(即蒋仲巳)，冯柏六(即冯秦晖)，房正年(即房桢连)等二十名。暨在各该犯居留处所搜获了共产党计划宣传品多部，经本部分别提庭刑讯，互相证实，该任曜、李兴国、郭纪堂等二十人，确系共党重要分子。或历伏本京秘密活动，或来自起乱，促现阴谋，据该各犯供词，以及各种证据，无非受第三国际使命，希图蛊惑民众，利用工农，煽诱士兵。勾联匪盗，扰害首都公安，响应湘赣共暴，实属罪大恶极，无可宽饶。该任曜、李兴国、谭籍安、郭纪堂、李维选、黄祥宾、宋如海、汤藻、傅琳伯、王梦仙、李元和、陈宝华、雷仲云、沈一山、张逸民、陈继昌、李传夔、蒋宗銮、冯柏六、房正年等二十名，着均处以死刑，此外，合行宣布罪状，俾众通知，此布。

秦穆焦急地跛着腿，走向每一个牢房低声转告："判决书下来了，一共二十名，明天下午就要执行……"

短暂的沉寂之后，没有伤心的哭声，牢房里的歌声渐渐地响起来：

> 起来，
> 饥寒交迫的奴隶！
> 起来，
> 全世界受苦的人！
> 满腔的热血已经沸腾，
> 要为真理而斗争！
> ……
> 不要说我们一无所有，
> 我们要做天下的主人！
> ……
> 这是最后的斗争，
> 团结起来到明天，
> 英特纳雄耐尔一定要实现！

雄浑的《国际歌》在整个监狱里回荡。夏雨初的眼睛里闪烁着晶莹的泪花，他想起古人有云："死之所以可贵者，以其义不苟生。"从献身革命的第一天起，他就把生死置之度外，随时准备舍生取义，没想到这一天真的来到了。

这时，秦穆又慢慢地走过来，手扶铁栅栏，悄悄地对夏雨初说："兴国同志，你要我转寄的信，昨天已按你交给的地址发出去了。"

"谢谢！ 谢谢！"夏雨初连连点头道谢。

"被捕多少天了？"夏雨初默默地计算着，"如果没有记错的话，今天该是8月17日下午了。"

啊，整整十九天，多么残酷而又难熬的十九天！

敌人耍尽了一切手段，对这些铮铮铁骨的共产党人无计可施。夏雨初知道敌人黔驴技穷后，将是气急败坏无恶不作，等待革命者的将是流血牺牲！这一刻，就在眼前了。

秦穆没有说什么，也不想再说什么，唯有两行热泪送战友。

"老秦，不要这样。我是中央派来的特派员，就是死也要带个好头。"

夏雨初越这么说，秦穆越是伤心落泪。

"老秦，最后再请你办一件事，好不好？"

"好！什么事？"

"请你帮我转告大家，一定要大义凛然上刑场！"

"坚决照办！"

秦穆走后，夏雨初静静地坐着。是的，就这一会儿，他的思绪飞到了家乡郎溪，飞到了亲人的身边。

"可爱的蒋顾村，是我出生的地方，忘不了这里的祠山庙、土戏台，还有那绿油油的茶树……"

"远方的郎溪啊，我多想变成一只小鸟，飞回去再喝一口郎川河的水，再尝一次佛山酥、闷酱，再参加一次'降福会'，再观赏一次南漪湖的风光……"

"亲爱的母亲大人，我在这里向您老人家跪下了，是儿不孝，不能为您养老送终了……"

夏雨初向着家乡的方向，一边在心里喊着妈妈，一边连磕三个响头！

"大哥、大嫂，你俩是我们夏家的大功臣，没有你俩的支持帮助，我就无法实现自己的人生梦想，小弟也在这里向你们说一声谢谢了……"

"董淑，亲爱的，我和你相识相知，成为恩爱的夫妻，这是天赐的缘分，是我一生最大的幸福……亲爱的，你今后身上的担子不轻，把两个孩子养大不容易,要好好教育我们的孩子学好,让他们长大了做一个对社会有用的人……亲爱的,院子里的梅花和翠竹,你要精心地养护……亲爱的,还有那支心爱的箫,是我唯一留给你的礼物……亲爱的,永别了,如有可能,我们下辈子再做夫妻吧!"

"陈文、董萌,亲爱的战友们,未来永远属于中国共产党!"

夏雨初想对家乡、亲人、战友说的话,全在心里从头到尾默念了一遍。这样他心里要好受一点。

苍天有灵,会把他的话带到的。

黑牢铁栅,夜深闷热。夏雨初突然想起他那首《颈上血》。是的,他要拿这首诗来纳凉。

军阀手中铁,
工人颈上血;
颈可折,
肢可裂,
奋斗的精神不可灭!
劳苦的群众们!
快起来团结!

伴随着这首激昂的诗篇,夏雨初在胸中又慢慢地漾起一股激情和豪情,眼前似出现了那奔流不息的郎川河水,群情激昂的工人、师生,无数只森林一样密集的拳头……倏忽间,又变幻为苍天厚土之间,疏落萧索的远近荒村,面黄肌瘦的家乡饥民……陡然,脑海中又出现一望无际的麦田,成千上万奋臂挥镰的农民,似疾风骤雨,席卷中国大地……

"中国,我爱你!"

"党,我的母亲!"

夏雨初站起身挺起胸,掸去身上的灰尘,准备投入新的战斗!

2."英特纳雄耐尔一定要实现"

8月18日下午。

在呜呜的警笛声中,二十辆黄包车载着二十名共产党人,经东牌楼、夫子庙、新街口,出中华门,直奔雨花台。

一队身着黑色警服的军警,个个都像杀红了眼的刽子手,已经在刑场站成两列,面对面地打开了枪刺,构成了一道狭窄的刀巷。

这里是"鬼门关"。身着短布衫、黑长裤的夏雨初,缓缓地走下黄包车。大义凛然的他,沾满了血迹的头发在他的额前飘动着。在穷凶极恶的敌人面前,夏雨初面不改色,镇静地昂起头,从容不迫地走进"刀巷"。他鄙夷地斜视两侧的黑狗子们,两道浓眉下烈目如剑,发出令敌人战栗的炯炯寒光。

"起来,饥寒交迫的奴隶!起来,全世界受苦的人!满腔的热血已经沸腾,我们要为真理而斗争……"他边走边引吭高唱《国际歌》,慷慨悲壮,铿锵有力。

紧接着夏雨初的身后,"刀巷"里又走进了任雪涛、谭籍安、郭纪堂、李济平……年仅十八岁的沈一山和十九岁的陈宝华走在"刀巷"的最后。

在夏雨初的带领下,震撼人心的《国际歌》响彻整个雨花台。

大义凛然上刑场,二十名共产党人做到了。

此时此刻,自发赶来送行的南京市民一步一步地向前涌动,几乎要冲上去把这些所谓的"要犯"团团围住。他们这么年轻,是中国未来的希望,不能杀,杀了他们有罪!

敌人害怕了,将刺刀恶狠狠地转向手无寸铁的人民群众。

为了不殃及无辜,保护人民群众,任雪涛、夏雨初带头高呼:

"中国共产党万岁!"

"打倒国民党反动派!"

壮烈豪迈的口号声响彻云霄震撼大地。

"站住,转过身去!"色厉内荏的行刑队长挥着手枪,对夏雨初、任雪涛等吆喝道。

"共产党人从来不怕死,是永远杀不完的!"

"人生自古谁无死,留取丹心照汗青!"

夏雨初拍着胸脯在刑场上大声呐喊。特别是文天祥的这首古诗,被夏雨初在这刑场上喊出来,是他为国安国盛宁愿慷慨赴死的民族气节。

二十名共产党人,面向刽子手们向前一步,再向前一步!

刽子手们颤抖了,端在手中的枪不停地摇晃。行刑队长惊慌失措,立即挥着手枪大声嘶喝:"准备,瞄准!"

一排黑森森的枪管又举了起来。

"瞄准——开枪!"行刑队长恶狠狠地将大手从上往下一劈。

"砰砰砰",一串串罪恶的火舌立刻无情地卷向二十名共产党人……

啊!整个山岗、松林全共鸣着夏雨初、任雪涛等那激昂的视死如归的呐喊。

钟山苍松劲,雨花碧血流。夏雨初、任雪涛等二十名共产党人,慷慨就义,气贯长虹!

此时,就在此时,西北天际顿时云开雾散,通红通红的云霞,如同万面红旗招展。

你看啊,夏雨初、任雪涛等二十名烈士好像就站在犹如红旗的云霞中,向前来送行的南京市民挥手致意!

市民们不走,他们也不走……

第十六章
热泪盈眶祭英魂

1930年8月19日,南京《新闻报》报道:"首都卫戍司令部,于昨日下午3时,签提共匪二十名,绑赴雨花台执行枪决……临刑时,诸匪引颈而待,无畏缩状……"

就在夏雨初、任雪涛等二十名共产党人被国民党反动派集体屠杀的第二天,南京上空从一早便开始电闪雷鸣暴雨倾盆,一直持续到晚饭后才渐渐停下,反常的气象引发南京市民的猜想和议论。

有的市民在背后说:"蒋光头坏事做得太多了,连十八九岁的孩子都不放过,他们不就喊几句口号,发几张传单，有什么大不了的。这天上打的雷啊，就是来教训蒋光头的，不是他躲藏在暗室里，早被雷电劈成十八瓣了。"

有的市民打抱不平，站在街头大声说："你们看看啊，昨天在雨花台被杀的二十个小伙子，大多二十岁左右，那个李兴国也不过二十七岁，他们有多大罪过，要拿机关枪扫射？这帮杀人不眨眼的恶魔，早晚下油锅，不得好死。"

还有的市民同情道："谁家没有儿女，把孩子养这么大容易吗？说杀就把人家杀掉了，这叫哪家王法？苍天有眼，伤心过度，整整哭了一天。"

老百姓的眼睛是雪亮的，大家心里都有一杆秤。老天爷高高在上，更是看得一清二楚，对国民党这帮反动派的残暴行为很恼火，要不就不会发这么大的脾气，又是打雷，又是下雨的。"人在做，天在看。"这话一点不假。

此时此刻，南京人民群众的千千万万颗心更加向着中国共产党。

中国共产党抓住这一有利时机，在夏雨初等就义后的第四天（8月22日），中共中央机关刊物《红旗》发表了《为反抗国民党捕杀南京二十个革命战士宣言》：

工友们！农友们！士兵兄弟们！一切劳苦同胞们！革命青年们！

本月18日下午3点钟南京国民党政府卫戍司令部,在雨花台枪杀了任雪涛、李兴国等二十个共产党员！这二十个英勇战士,当绑上黄包车时,高唱国际歌,大呼革命口号,临刑慷慨就义,而且吓破了国民党军阀官僚的狗胆！

共产党是无产阶级的政党,共产党员是中国革命和世界革命的唯一先锋战士！……

我们坚信,中国大革命绝不是国民党的惨无人道的白色恐怖手段所能镇压下去的！……我们要为死者复仇,只有积极的武力暴动,推翻帝国主义和国民党的统治而代之以苏维埃政府,只有这样,才能消灭白色恐怖,得到最后解放。

共产党的这份宣言,揭露了国民党反动派的丑恶嘴脸,更是对国民党的公开宣战。

这份宣战书问世后,任雪涛、夏雨初等二十名共产党人被国民党反动派集体屠杀的消息,很快传遍了全国各大城市。一时间,舆论哗然,人民愤怒抗议,特别是金陵大学几十名教授发出了联名抗议书,抗议国民党反动派的血腥罪行。一些民主人士纷纷奔走呼号,抗议国民党当局滥杀无辜,践踏人权。南京市地下党的同志纷纷要求中共江苏省委尽快铲除叛徒,以叛徒的血来祭奠英烈,为死难的同志报仇雪恨。

在国民党白色恐怖下,南京地下党的同志冒着生命危险,在烈士们就义的当天夜晚便潜入刑场,将二十名死难烈士的遗体,移至刑场南侧乱石冈下,一一妥善掩埋。

在夏雨初等还未就义时,秦穆就按照夏雨初的嘱咐,通过地下党组织,将石云松叛变的情况及时上报中共江苏省委。

石云松叛变后,积极投靠国民党反动派,为虎作伥,助纣为虐,充当了敌人的鹰犬,领着敌人四下抓捕他昔日的领导和战友,致使中共南京市委遭受灭顶之灾。江苏省委得到秦穆从狱中传出的消息,立即指示锄奸部门尽快处决这个叛徒。

锄奸行动小组经过多日跟踪侦查,这天终于打听到石云松正在筹办婚事。这是一个锄奸的好机会,让他的婚礼变成葬礼。

这天,石云松在婚礼上,穿红挂绿,摇头摆尾,一副得意忘形的样子。

可以下手了。

就在石云松出来上厕所之时,锄奸行动小组的神枪手,轻轻扣动了扳机,一颗子弹穿过他的胸膛,石云松被当场击毙。

这个可耻的叛徒最终没有逃脱人民的惩罚。

董淑既是革命伴侣，也是一位继承人。

夏雨初临危受命赴南京后，董淑并没有马上离开上海，因为她的组织关系在上海，只要不离开上海，就可以通过地下党打听到夏雨初的下落。

但事与愿违，刚开始她还能收到夏雨初的来信，但后来就收不到了，她担心过，害怕过，急也不顶用，只能放在心上煎熬。多少个深夜她捧着夏雨初的那支箫泪如雨下。

夏雨初在南京被捕殉难，开始董淑一点不知晓。直到烈士就义的第八天，沪西区委的同志才到家通知她，并让她急速转移。

夏雨初牺牲的噩耗犹如晴天霹雳，董淑肝胆俱裂，悲痛欲绝，无法自拔。此时的她，既不敢放声痛哭，怕惊动了左邻右舍；又担心引起"包打听"的注意上门找麻烦，只能流着泪水，带着身孕，领着煜儿匆匆离开上海。

这是组织上的安排，回郎溪是最佳的选择。

从上海到郎溪这一路上，董淑真的不知道是怎么过来的，简直是死里逃生。

为了孩子，她没有好办法，只能一个人扛着。活着就是对夏雨初最好的祭奠。

到老家后，孩子安然无事，但她却病倒了，一躺就是几天几夜，高烧不退。

她命真大，终于从死亡线上挣扎过来，转危为安。她和即将出生的孩子全没事了。

由于夏雨初在南京更改了籍贯和姓名，国民党郎溪县当局对夏雨初在南京所发生的一切事情毫不知情，因此，夏家暂未受到株连。

董淑回郎溪之后，想方设法和上海地下党组织接头，但因交通和电信不便，一段时间失去了联系，不过，她没有暴露共产党员的身份，更没有泄露共产党的秘密。

这天，夏雨人怀着沉重的心情，将三弟临刑前写的绝笔信交给了董淑。 这位饱尝生离死别、痛失亲人的伟大女性，再也控制不住内心的悲愤，当着家人的面放声痛哭，泪如雨下。

大哥大嫂是看着夏雨初长大的，又是看着夏雨初和董淑成婚的，这才几年，二人就阴阳两隔，想着想着，实在忍不住，也跟着痛哭了一场……

"不要悲伤，应当坚强。"雨初那亲切的声音再一次在董淑耳畔回响。 她毕竟是一位共产党员，没有忘记自己入党宣誓的誓词，她默默地告诫自己："活着的人要继续活下去，只有继承烈士们的遗志，才对得起九泉下的各位英雄。"

怎样继承夏雨初的遗志？ 她喃喃自语道："信仰不能变，共产党人的责任不能变，继承雨初的遗志不能变。"这三个"不能变"，使她站在了人生境界的最高点。

为了继承丈夫的遗志，她毅然决然地给子易名：大儿子夏道焜易名为夏复仇——向国民党反动派复仇雪恨；刚出生的小儿子夏道清易名为夏效忠——永远效忠于党，效忠于人民。

在那白色恐怖、腥风血雨的岁月，董淑通过给子易名，向党表明了自己的革命立场，也是一名坚强女性向国民党反动派的庄严宣战！

为防夜长梦多，躲避反动派对烈士后代的追杀，董淑将老大夏复仇送到弟弟董萌家寄养，自己则带着襁褓中的夏效忠到乡间亲戚家去躲避。 她自己内心的悲痛是无法向人倾吐的，只有深深地埋在心底，才能度过眼前的岁月。

董淑在流亡和不安中，把两个孩子一天天带大，他们也慢慢懂事了，这给董淑带来不少安慰。

光阴荏苒。 一晃，夏雨初在雨花台就义三年了。

这三年来，大哥夏雨人朝思暮想，总想把三弟的骸骨运回家乡安葬，使其落叶归根，魂归故里。 为此，他利用做生意经常去南京的便利，四处打听三弟的骸骨所在。 终于，在常州做生意时，一次偶然的机会，他结识了当年给他寄信的秦穆同志。

原来，南京地下党组织遭到破坏后，省委认为让秦穆继续留在敌人的监狱迟早会出问题，于是，省委就派他到常州，以经营食盐生意为掩护，设立省委交通站，负责上海与南京之间的交通联络工作。夏雨人做食盐生意经常到常州进货，同行遇同行，从相识到相知，很快成为生意场上的好伙伴。

这天晚上，秦穆和夏雨人在一起喝酒，酒过三巡，话就多了起来。

"老夏，我想向你打听一个人，这个人就是你们郎溪城里的。"

"说出来听听，也许我能知道。"

"他姓李，叫李兴国。"

"李兴国……李兴国，这人……真的没听说过。"

"三年前，李兴国托我把一封信寄给他哥哥，他哥哥好像不姓李，姓夏。"

"啊？"夏雨人大吃一惊，"李兴国的这封信是不是寄到郎溪美孚洋行货栈的？"

"是啊！"

"恩人啊，我终于找到你了。"夏雨人握着秦穆的手说，"那个请你寄信的李兴国不是别人，正是我的三弟夏雨初，李兴国是他的化名。"

"原来中央特派员李兴国是你的弟弟？"秦穆不敢相信，又不得不信，这年头还有谁敢冒充共产党的家人。

为了李兴国，不，为了夏雨初这个大英雄，两人干了一杯又一杯，最后整整干掉了一瓶。

泪水伴随酒水，这一夜他俩再也无法入眠，是的，他们要用这种特殊的方式，为他们心中的"生死赴硝烟"的英雄，再守一次灵。

通过秦穆，夏雨人终于在南京找到当年掩埋烈士遗体的同志。

1933年秋的一个夜晚，在南京地下党组织的协助下，夏雨人请人将三弟的遗骸从土穴中敛起，然后在下关码头租了一条机帆船将其遗骸运回郎溪。

为遮人耳目，夏雨人对外宣称："三弟在外做生意，三年前患急病在异乡去世。"

出殡的那天清晨,送殡的人都拥挤在仓巷的街道上。人群中,来得最多的是原建平公学的青年学生。

夏雨初的灵柩挂满了花环。

夏雨初终于魂归故里。

这一天,董淑和夏雨初的母亲又一次哭得死去活来。

"野火烧不尽,春风吹又生。"

夏雨初烈士在家乡播下的革命火种,很快成为一股燎原之势。不久,就爆发了广(德)、郎(溪)、宣(城)三县农民暴动。在江苏省委的指导下,成立了广郎宣苏维埃准备委员会,开展起轰轰烈烈的土地革命运动。就在夏雨初烈士就义后不久,在广德王金林领导的皖南红军独立团的影响下,郎溪姚村山区以造纸工人陈建富为首,组织起一支拥有五百七十多人的农民赤卫队,树起一面"三抗"(抗租、抗粮、抗税)大旗,一举攻占了国民党郎溪县乡公所,成立了郎溪县第二个苏维埃政权——姚村苏维埃政府。

为了继承夏雨初烈士意志,抗日战争爆发后,共产党员董淑先后把大儿子夏道焜(易名夏复仇)、二儿子夏道清(易名夏效忠)送到抗日前线。在抗日战场上,次子夏道清屡建战功,后为国捐躯,年仅二十岁。

"一唱雄鸡天下白。"

1949年10月1日,毛泽东主席在天安门城楼宣布:"中华人民共和国中央人民政府成立了!"在国歌声中,毛泽东亲自按动电钮,升起了第一面五星红旗,五十四门礼炮齐鸣二十八响……

这天晚上,郎溪县人民政府组织万人提灯大游行,热烈庆祝中华人民共和国诞生。大街小巷红旗招展,锣鼓喧天,鞭炮齐鸣,广大群众一起举起手中的纸灯、纱灯,把郎溪的县城照得通明。这是一片欢腾的灯的海洋。中国共产党万岁!中华人民共和国万岁!毛主席万岁!口号声此起彼伏,响彻不眠的夜空。

夜深了，人们仍不愿离去，眼含激动的泪花，欢欢喜喜，蹦蹦跳跳，谈论今天，企盼未来！

为了庆祝祖国的诞生，为了庆祝人民的胜利，董淑还特意做了几个拿手菜，端到夏雨初的坟前，一一摆上。她不再悲伤流泪，今天主要是庆祝。她打开一瓶酒，斟满一杯，轻轻地洒在坟前，然后又斟满一杯，双手端起来，说："雨初，你的理想没有选错，你的血也没有白流，中国共产党人前赴后继，终于打败了日本帝国主义，推翻了蒋家王朝，成立了中华人民共和国，我们胜利了，让我们干杯！"

说是坚决不流泪的，但喜悦的泪水更难控制，一滴又一滴从她的脸颊滚落下来。

接着，董淑又斟满一杯端起来，说："道清儿，中国革命胜利了，中华人民共和国成立了，你对党效忠功不可没，妈妈在这里也敬你一杯！"

董淑擦干眼泪，接下来一下子摆了三个杯子，全部斟满，说："雨初，道清，让我们一起为祖国的美好未来，为郎溪的美好未来，为夏家的美好未来再干一杯！"

董淑说完，把杯子举过头顶，然后一口喝了下去。

后 记

我是眼含热泪完成这部作品的。

夏雨初一家四口,都是共产党员。这是一个红色的家庭。夏雨初和夏效忠(夏道清)先后为中华人民共和国捐躯,年龄全不到三十岁。在那个年代,夏雨初和董淑都出生在郎溪的大户人家,不愁吃不愁穿也不缺钱,特别是人称"夏三哥"的夏雨初,不光自己走出来参加革命,还把妻子、内弟以及村上的有志青年全带出来加入了中国共产党。郎溪蒋顾村虽是个偏僻的小村落,这里的年轻人却在夏雨初的带领下,谱写了一曲又一曲人生的壮丽篇章。在郎溪,在宣城,在芜湖,在上海,在南京……凡是夏雨初到过的地方,他身后都留下一串串闪光的脚印。为了心中的革命理想和追求,最后虽身陷铁窗炼狱却临危不惧、顽强不屈,不惜流尽最后一滴血,血染雨花台。夏雨初将永远活在我们心中!

董淑是夏雨初一手拉到革命队伍中来的,这位年轻的革命女性不简单。在上海地下工作期间,她怀着身孕为党送情报。夏雨初去南京执行任务期间,她期盼着夏雨初领导南京武装起义的好消息,但事与愿违,因叛徒的出卖,夏雨初等二十名革命者在雨花台慷慨就义。他们的英雄事迹和不朽精神,正是一首"巍巍钟山苍松劲,碧血雨花气若虹"的赞歌!为了防止国民党反动派"斩草除根",在上海地下党组织的帮助下,董淑搀着一个孩子,怀着足月的身孕回郎溪,是何等的艰难，要遭受多大的痛苦，常人很难想象。 回郎溪后，在无法和上海党组织取得联系的情况下，怎样才能继承夏雨初的遗志？ 她喃喃自语道："信仰不能变，共产党人的责任不能变，继承雨初的遗志不能变。"这三个"不能变"，使她站在了人生境界的最高点。 在革命工作最需要的时候，她又毅然决然地给子易名：大儿子夏道焜易名为夏复仇——向国民党反动派复仇雪恨；刚出生的小儿子夏道清易名为夏效忠——永远效忠于党，效忠于人民。 毫无疑问，董淑是中国的一位伟大的母亲，是中国共产党的一名优秀党员。 董淑，我们永远怀念你！

夏家还有一位为中国革命解放事业做出巨大贡献的人，他就是夏雨人，他虽然不是党员，没有上过战场，但他几乎把做生意挣来的钱全部用在了夏雨初读书和闹革命上。 夏雨人的思想觉悟非常高，只要夏雨初需要钱，只要革命需要钱，他从来不说二话，想尽一切办法筹措。 夏雨人是夏家的大恩人，也是中国共产党的大恩人，他的光辉事迹应该记录在史册，值得我们敬仰和学习。

一人革命，全家光荣。 一位英烈，使这个家族传承了无限荣耀，并不断得到发扬光大。

在夏雨初烈士的革命英雄主义精神的影响下，1950 年，夏道胤毅然参加了中国人民解放军。 夏道胤是夏雨人的儿子，是夏雨初的侄子。 四年后，他光荣地退伍回乡。 退伍回来的第一天，夏道胤放下背包，来到夏雨初烈士墓前，庄重地举起右手敬个军礼，在心里默默地说："叔叔，我要一辈子守好您的坟墓！"就是为了这个掷地有声的诺言，六十多年来，夏道胤老人一直默默地守护着烈士的英灵。 每年除夕，夏道胤总会来到陵园，在陵墓前摆上供品，手抚着墓碑，喃喃地汇报家乡发生的新变化。

夏家老屋，有着一百多年的历史，被完好地保存下来了。 城里再好的房子，夏道胤全没相中，始终坚守在这座老屋里，他认为这就是革命的传承。 夏老的清贫坚守，感动了无数后来人，因而被评为 2012 年"感动宣城"十佳人物。 六十多年来，夏道胤满头的青丝已变成斑斑白发,岁月写满了他守护陵墓的忠诚和执着。六十多年来,他向到陵园凭吊的青少年、干部、群众,宣讲夏雨初烈士事迹两千多次,到各地做专题报告六百多场次,直接受教育的有三十多万人。

夏道胤为了让儿子夏昌一与烈士陵园结缘,在儿子夏昌一很小的时候,就向他灌输革命道理,讲烈士的故事给他听,带着他一道到烈士陵园守墓……日复一日,年复一年,夏昌一和父亲一样,对夏雨初烈士有了别样的亲情。前些年,夏昌一原来在杭州打工,可自打守护陵园后,他就不出远门了,只和妻子在家种着八亩多地,有时在镇子上打打短工。他家收入不高,还要供两个孩子读书,生活十分清贫。有些村民对他说,你父亲没有享到清福,你又找罪受。夏昌一说:"说实话,我没什么特别高尚的思想,可是只要我一到烈士陵园,就想到守护烈士墓是我今生的一份责任,就想到要把爱国主义精神传播下去。"

在夏雨初烈士陵园的管理处,我有幸见到了夏昌一。他是一个地地道道的农民,言语不多,实实在在。他文化不高,由于受夏雨初光辉事迹的感染,更是进行爱国主义教育的需要,还主动拿起笔创作了一首小诗:

> 叔祖二人为信仰,报效祖国上战场。
> 赤胆忠诚献青春,为国为民求解放。
> 人民幸福永不忘,学习英雄好榜样。
> 烈士精神记心上,爱国教育是力量。
> 国家富强有能量,中华复兴新辉煌。

全是大白话,大实话,读起来到口到心。这就是正能量,值得肯定和学习。

就在我全神贯注撰写本书的时候,又有幸接到一个来自昆明的电话。老人叫董时汉,是夏雨初内侄,他激动地告诉我,夏雨初用过的眼镜盒、煤油灯现在都陈列在雨花烈士展览馆里,当年就是他捐赠的。董时汉出生时,姑父夏雨初早已牺牲。董时汉说,姑父有两个儿子,当时大儿子夏道焜才三四岁,跟着他们家一起逃难,他一直叫他哥哥。几年前,他去世了。董时汉说,夏雨初和自己家,原先都是安徽郎溪人,后来因为战乱,全家四处逃难,最后来到了昆明。夏雨初的小儿子,后来也像姑父一样参加了革命,加入了新四军,在渡江战役之前的一场战斗中受了重伤,后来光荣牺牲,成为革命烈士。1951年,姑妈董淑因病也离开了人间。董时汉说,哥哥夏道焜的身体一直不好,自己没法出远门,所以也就没去过雨花台。"文革"之后,雨花台要寻找烈士资料,他代替哥哥跑遍了上海档案局、南京中国第二历史档案馆,以及合肥、南京两地的军区机关,终于收集到了姑父夏雨初的部分事迹材料。董时汉说,他也只去过两次雨花台,一次是20世纪60年代那次为姑父整理资料,在雨花台旁住了七天,感触非常深;还有一次,是20世纪90年代,恰好到南京出差,去纪念馆瞻仰了一次。很希望有机会再去雨花台看一看。最后,他还说,谢谢江苏省委宣传部、江苏省作家协会做的这件事——撰写雨花英烈系列纪实文学。这件事做得很有意义,让我们感到党和社会还没有忘记当年那些抛头颅洒热血的革命先烈。

董时汉老人的一席话,让我深受感动和教育,心情久久不能平静。

这些年,郎溪县委县政府对夏雨初烈士陵园的保护,尤其对夏雨初革命事迹的学习宣传非常重视。1988年,县政府拨专款对夏雨初烈士陵园进行修缮,使陵园焕然一新。陵园位于郎溪毕桥镇蒋顾村南两百米,夏雨初烈士墓坐东朝西,高一米。夏雨初烈士墓南侧为其妻董淑之墓,其北为其子夏道清烈士墓。1995年,郎溪县委还将夏雨初烈士陵园确定为全县"道德教育基地"。每年清明,县领导带头,县部委办局以及学校师生纷纷前往夏雨初烈士陵园,缅怀先烈和祭扫烈士墓。

我是第一次去郎溪采访，对郎溪留下了美好的印象。在领撰本书的过程中，对郎溪县委宣传部、郎溪县委党史办以及夏道胤、董时汉、顾永俊、夏家霖等领导和同志提供的一些宝贵史料，在此，一并表示诚挚的谢意。

愿雨花英烈精神不朽，理想信念之树长青！

参考文献

1. 安徽省政协资料研究委员会:《人物春秋》,合肥:安徽人民出版社,1987年。
2. 董时汉:《董淑的风雨人生》,内部出版,2008年。
3. 顾永俊,夏家霖:《夏雨初传》,南京:江苏人民出版社,2016年6月。
4. 郎溪县委党史办:《郎川风雷》,内部出版,1991年。
5. 郎溪县委党史办:《郎川星火》,内部出版,1991年。
6. 郎溪县委党史办:《夏雨初传》,内部出版。
7. 南京雨花台烈士陵园管理处:《夏雨初烈士档案》。
8. 夏道胤:《回忆我的家庭》,内部资料,2010年。
9. 夏家霖:《峥嵘岁月》,内部出版,2006年。
10. 宣城地委党史工作委员会:《农民暴动》,合肥:安徽人民出版社,1989年。

a)